UNDERLAND CHRONICLES III

地下城

温血诅咒

GREGOR AND THE CURSE OF THE WARMBLOODS

[美] 苏珊 · 柯林斯 (Suzanne Collins) 著
黄静雅 译

新世界出版社
NEW WORLD PRESS

图书在版编目（CIP）数据

地下城·温血诅咒／（美）柯林斯著；黄静雅译．—北京：新世界出版社，2013.9

ISBN 978－7－5104－4612－2

Ⅰ．①地… Ⅱ．①柯… ②黄… Ⅲ．①儿童文学－长篇小说－美国－现代 Ⅳ．①I712.84

中国版本图书馆CIP数据核字（2013）第211497号

著作权合同登记号：图字01－2013－5178

地下城·温血诅咒

作　　者：（美）苏珊·柯林斯	**译　　者：**黄静雅
选题策划：今古传奇文化	**责任编辑：**丁媛媛
文字统筹：吴晓龙	**封面设计：**刘　军
责任印制：李一鸣　黄厚清	**出版发行：**新世界出版社有限责任公司
社　　址：北京西城区百万庄大街24号（100037）	
发 行 部：（010）6899 5968	（010）6899 8733（传真）
总 编 室：（010）6899 5424	（010）6832 6679（传真）
http：//www.nwp.cn	http：//www.newworld-press.com
版 权 部：＋8610 6899 6306	**版权部电子信箱：**frank@nwp.com.cn
印　　刷：北京华忠兴业印刷有限公司	
经　　销：新华书店	**开　　本：**880mm×1230mm　1/32
字　　数：160千字	**印　　张：**10.375
版　　次：2013年11月第1版　2013年11月第1次印刷	
书　　号：ISBN 978－7－5104－4612－2	
定　　价：28.00元	

献给卡普

第一部分

瘟疫

1

格雷戈尔盯着卫生间的镜子愣了一会儿，这才鼓足勇气缓缓地打开了那份写有预言的纸卷，然后将写了字的一面对准镜子。通过镜子的反射，格雷戈尔看清了预言诗上的第一行字，那是预言的名称——“温血预言”。

像往常一样，这几行字让他感到非常不适，那感觉甚至一直蔓延到了胃里。

这时候，屋外传来一阵敲门声。“小靴子要出发了！”八岁大的妹妹莉兹喊道。

格雷戈尔立即松开纸卷的上端，让它卷回原样，然后将它迅速塞进牛仔裤屁股口袋里，把毛衣往下拉了拉，遮住了口袋。目前，他还没打算把新预言的事告诉任何人，若非万不得已，他将一直保守这个秘密。

几个月前，就在圣诞节将至的时候，格雷戈尔经历九死一生，逃离地下王国回到了家中。在他眼里，地下王国是个位于纽约城地下的黑暗世界，是会说话的老鼠、蟑螂、蜘蛛，以及各种超大号生物的家。那里也有人——他们皮肤苍白，眼睛呈紫罗兰色，于十七世纪时来到地下，只用石头便建造了气势磅礴的王之城。到目前为止，王之城的人们仍在为格雷戈尔是英雄还是叛徒而争论不休：在上一次的冒险中，格雷戈尔放过了一只名为灾星的白色幼鼠。而这一举动在很多地底人看来，是不可饶恕的，他们坚信，总有一天灾星会给他们带来灭顶之灾。

王之城的现任女王尼莉莎，是一位拥有先知能力的羸弱少女，这一超凡的天赋并没有给她带来幸福，反倒让她备受折磨。格雷戈尔上次离开时，就是她把那张写有预言的纸卷塞进了他的口袋。格雷戈尔原以为尼莉莎给自己的是那段已经解决了的"灾星预言"，没想到打开一看，却是一首新的恐怖预言诗。

"这样可以时不时拿出来看看，反思一下。"尼莉莎这样说。看来她的话也不算错——"温血预言"的确需要"反"过来看，要是不借助镜子，你肯定无法明白其中的意思。

"格雷戈尔，快啊！"莉兹再次敲响了房门。

格雷戈尔打开门，发现莉兹正和两岁大的妹妹小靴子在一起。尽管今天不用出门,但她们仍全副武装:戴着帽子,披着外套,穿得鼓鼓囊囊的。

“我要尿尿!”小靴子尖叫着,一把将裤子拉到脚踝那儿,跌跌撞撞地向厕所跑去。

“要先进厕所,再脱裤子。”莉兹不厌其烦地提醒道。

小靴子扭捏着爬到马桶上,“我现在是大女孩了,我能自己尿尿!”

“说得好。”格雷戈尔说着,冲她竖起了大拇指。小靴子对着他甜甜地笑了。

“爸爸在厨房里做饼干呢,那边的烤箱正开着。”莉兹边说边揉搓着手,好让自己暖和起来。

公寓里寒气逼人。过去的几周内,整座城市的气温创下了历史新低,这也给城市供暖带来了很大的压力。由于缺乏维护,加上锅炉力道不足,整栋楼的供热管道很难让人满意。住在这里的人叫苦连天,已经给市里相关部门打了好多电话了,但依旧没什么改善。

“快收拾好,小靴子,要吃饼干了。”格雷戈尔说。

小靴子听到哥哥的声音,连忙扯下近一米长的厕纸,开始自己擦屁股。每当旁边有人想帮忙,她总会说:“不要,我自己能做到。”

格雷戈尔在确保她洗完手、擦干以后,准备弄点保湿霜涂在她皲裂的皮肤上。就在格雷戈尔即将去挤瓶子的时候，莉兹及时抓住了他的袖子。

“那是洗发液！”她提醒说。这些天来，莉兹对什么东西警惕性都很高。

“没错。”格雷戈尔连忙换了个瓶子。

“有果冻吗，格雷戈？”小靴子满怀希望地问道。

格雷戈尔被小靴子对他的新称呼逗乐了，他一边将保湿霜涂在小靴子的手背上，一边不由得笑了起来。他被她叫做“格——戈”已经有一年时间了，现在她终于能往里面塞进一个“雷”字了。

“有葡萄果冻。”格雷戈尔说，“是我专门为你准备的，你饿了吗？”

“太好了！”小靴子说。格雷戈尔一把将她背了起来。

格雷戈尔背着小靴子来到厨房，一股温热的气流扑面而来。爸爸正从烤箱里取出一盘饼干。看见他能起床做顿简单的早餐实在太棒了。要知道，爸爸在地下王国被老鼠们关押了近两年半的时间，逃出来的时候已经奄奄一息了。格雷戈尔第二次从地下王国回家时，正值圣诞节，那次他特意为爸爸带回了不少特制的药品。从目前的状况来看，那药的确起了作用——爸爸不再像以前那样频繁发烧，手抖个不停了，甚至还略微长胖了些。虽然他离完全康复还有一段距离，但格雷戈尔一直期望着那些药能够持续有效。如果一切顺利,等秋天来的时候,爸爸就能重新返回学校,继续做他的科学老师了。

格雷戈尔将小靴子放进已经裂开的红色塑料婴儿椅中,如果没记错的话,这把椅子他小时候也坐过。小靴子用脚跟欢快地踢着椅子,热切地期待着早餐的到来。爸爸做的饼干看起来非常美味,特别是相对于月末的伙食来说。要知道,整个家庭的运转,都得靠妈妈每月初那点微薄的工资维持。每到月末,家里的情况总是十分拮据。但爸爸却在此时,给他们做了饼干,煮了鸡蛋。小靴子还能喝上一杯稀释苹果汁——大家齐心协力才省下了这么点儿——其他人都在喝热茶。

爸爸让他们先吃,然后端了一盘去送给奶奶。就算天气有所好转,奶奶大多数时候也会待在床上,不肯挪动半步。为了能让奶奶暖和一点,他们在床上铺了电热毯,盖了厚厚的被子。尽管如此,格雷戈尔每次去看奶奶时,她的手依旧冰凉冰凉的。

“果——冻,果——冻,果——冻。”小靴子像唱歌一样喊道。

格雷戈尔帮妹妹把饼干掰开,在每块饼干上都放了满满一大勺果冻。小靴子立马狠狠咬了一大口,弄得满脸都是紫色的果冻。

“嘿,好好吃,不要把它们都涂在脸上,好吗?”格雷戈尔说。小靴子听了这话，咯咯傻笑起来。每当小靴子笑的时候，她周围的人总会忍俊不禁。那种小孩子特有的傻笑声，听起来相当有感染力。

格雷戈尔和莉兹必须迅速吃完早饭，要不然上学就要迟到了。

"别忘了刷牙。"他们从餐桌边站起来时，爸爸提醒道。

"要是能抢到厕所，我就去刷牙。"莉兹边说边朝格雷戈尔笑了笑。

这已经成了他们家特有的玩笑话。格雷戈尔最近在厕所里待的时间越来越长了。公寓里只有一间厕所，而格雷戈尔经常把自己反锁在里面，独自研究预言。家里人似乎都注意到了这件事情，只是不清楚其中的原因。妈妈老是拿格雷戈尔开玩笑，说他待在里面是为了打扮自己，去吸引学校里女孩子的注意。格雷戈尔一时无法反驳，只好装作被妈妈识破的样子，竭力表现得很尴尬。事实上，他的确在想一个女孩，但她不在学校里，而且他也不在乎她怎么看他的发型，他只想知道她是否还活着。

那个名叫卢克萨的女孩，虽然和格雷戈尔同为十一岁，但却早已是王之城的女王了。或者该这样说，她曾经是女王——就在几个月前，她不顾议会反对，偷偷溜出去和格雷戈尔会合，准备协助他去完成杀死灾星的使命。后来，她为了救小靴子，只身在迷宫里和一群老鼠不断周旋，终于创造机会让一只非常英勇的蟑螂载着小靴子逃走了。但卢克萨现在在哪里呢？她会不会在死亡之地迷了路，做了老鼠的阶下囚？抑或是已经死了？还是发生了什么奇迹，让她安然无恙地回家了？还有她的蝙蝠欧若拉，还有太普——那只背着小靴子逃命的蟑螂。还有傻奇提普——一只嗅觉敏锐的大老鼠，她甚至只用鼻子就可以区分出物品的颜色。他所有的朋友们都失踪不见了，这一切都让格雷戈尔魂牵梦绕，日思夜想。

临走前，格雷戈尔告诉地底人，一旦有什么消息就立马通知他。他们本应该在洗衣房的隔栏那儿给他留张纸条——那个隔栏正是通往地下王国的入口。可他们为什么没这么做？事情到底进展得如何了？

卢克萨和其他人到底是生是死？自己能否仅凭一己之力解开神秘莫测的预言诗？这一系列的想法交织在一起，就快把格雷戈尔逼疯了。上课时，格雷戈尔很难集中注意力听课，和朋友在一起时他也经常失魂落魄。他忧虑重重，却又不得不瞒着家人；要是家里有人察觉到格雷戈尔产生了回地下王国的念头，一定会大为恐慌。他总是无法集中注意力，别人在和他说话时，他也时常充耳不闻；还老忘事，就像现在这个样子——

“格雷戈尔，你的背包！”他和莉兹刚准备往门口走，爸爸的声音就响了起来，“我想你今天可能会用得着。”

“谢谢你，爸爸。”格雷戈尔说着，避开了爸爸的眼神，不想看见爸爸眼中的担忧。

他和莉兹沿着楼梯走到公寓大厅，在即将走到马路上时，他本能地抱紧了自己。一阵冰冷的风径直灌进格雷戈尔的衣服里，他那件薄薄的外套好像根本抵御不了屋外的严寒。格雷戈尔看见莉兹眼里流出了泪水——她只要一遇到风就会忍不住流泪。

“咱们赶快走，莉兹，到学校就能暖和起来了。”格雷戈尔说。

他们急匆匆地穿过马路，在结满冰的人行道上努力走着。幸运的是，莉兹的小学离这儿只有几个街区，她很快就可以到学校了。莉兹长得不高，体型在她这个年纪算是小的。因此，妈妈经常戏称她为“一层纸”。“大风一吹，你就不知道飘哪儿去了。”奶奶每次抱莉兹时总会这么说。现在想来，也许奶奶的话是对的。

“放学后你会来接我的吧？是不是？”莉兹站在校门口问道。

“当然了。”格雷戈尔说。她责怪地看了他一眼——格雷戈尔这个月已经有两次忘记去接她了，害得她不得不坐在办公室里等人来领她回去。“我一定会来的！”

将妹妹送进学校后，格雷戈尔一头扎进寒风里，心中居然感到一阵轻松，尽管他已经冷得牙齿上下打颤，但至少此刻可以享受十几分钟的独处时光。他的思绪又一下子回到了地下王国，猜想着那里现在可能发生的事。格雷戈尔被叫下去只是时间问题——他自己深知这一点。这就是格雷戈尔为什么总待在卫生间研究新预言的原因，他得弄清楚那些吓人的文字背后到底隐藏着什么秘密，好为自己下次的挑战做好准备。地底人的命运可都取决于他了。

但这些地底人究竟在干什么啊！他都快急死了。一开始，格雷戈尔还试图给他们的沉默寻找理由，可事到如今，格雷戈尔非但没有收到卢克萨和其他失踪伙伴的消息，就连阿瑞斯怎么样了都不清楚——阿瑞斯是一只黑色的大蝙蝠，他和格雷戈尔彼此信任，程度要超过任何地底人。不仅如此，阿瑞斯和格雷戈尔还是一对结合，他们都发过誓，将誓死守护对方。上次那段追踪、捕杀灾星的可怕旅程，如果非要说有什么好事在此期间发生，那就是格雷戈尔和阿瑞斯的关系得到了改善，他们通过这段经历成为了谁都无法撼动的生死之交。但不幸的是，阿瑞斯受到了地底人和蝙蝠的排斥。为了救格雷戈尔的命，阿瑞斯让亨利——他的第一个结合——活活摔死了。尽管亨利是个叛徒，阿瑞斯也做出了正确的选择，但是地底人还是十分憎恶他。他们甚至把没有杀死灾星的过错归罪到了他头上，但这其实应该是格雷戈尔的工作。格雷戈尔有种不祥的预感——阿瑞斯此刻正在饱受折磨。

格雷戈尔拉开教室门走了进去，他竭力想着数学题，试图代替他对地下王国的担忧。每周五这个时候，他们班都会举行一场小型测验——今天也不例外。测验完毕，他在体育馆打了半场篮球赛，在科学课上做了个糖结晶实验，最终挨到了午饭时间。每到开饭前一个小时，格雷戈尔的肚子就会咕噜咕噜地响个不停。在这种寒冷的天气里，他越是省吃俭用，就越感觉饥饿有增无减。学校每天都会有免费午餐提供，格雷戈尔照例会把盘子里的东西吃得干干净净——尽管他并不喜欢那个味道。所幸今天是周五披萨日，要知道，格雷戈尔非常爱吃披萨。

"给你，吃我的吧。"格雷戈尔的朋友安吉丽娜说道。随后，她便顺手将自己的披萨放进了他的盘子里，"我太紧张了，什么都吃不进去。"晚上学校的戏剧开演，她是主角。

"想再对遍台词吗？"格雷戈尔问。

一眨眼，安吉丽娜就把剧本塞进了格雷戈尔手里。

"我就这么跑过来麻烦你，你不介意吧？"

这话的意思就好像他不知道她要干吗一样。要知道，格雷戈尔以及他们的朋友拉瑞已经连续六周帮安吉丽娜对台词了。但这件事通常都会落在格雷戈尔的头上。冰冷干燥的冬日气候诱发了拉瑞的哮喘病，这使他不仅不能大声朗读，而且还会咳嗽个不停。就在上周，拉瑞再次发病，病情很严重，最后还住进了医院，直到现在仍是一副病恹恹的样子。

“没关系，反正你也记不住。”拉瑞头也没抬地说道。他正忙着在餐巾纸上画东西，看起来好像是苍蝇的眼球。

“别这么说！”安吉丽娜喘着气喊道。

“你会成功的，就像你演上部戏时那样。”拉瑞说。

“是啊，上次我们都激动得坐不住了。”格雷戈尔点头表示同意。在上一部戏里，安吉丽娜的表现出色极了。

安吉丽娜听了，拼命压抑着脸上的笑意。

“这次你演什么？是虫子吗？”格雷戈尔问。

“据说，她这次出演的是城市版灰姑娘故事中精灵教母一角。”

“反正是带翅膀的。”拉瑞说，

“能开始了吗？”安吉丽娜问，“为了我晚上不至于被羞辱得太惨。”

格雷戈尔和她一起对起了台词。他不怎么介意这个工作，至少这活儿可以让他暂时少想些可怕的东西。

“在地上的时候好好表现。”他对自己说，“要不你就会把自己弄得像个笨蛋一样。”

那天格雷戈尔在学校的表现很不错。他上了所有的课，然后去接了莉兹回家，紧接着又去了拉瑞家。拉瑞的妈妈为了犒劳他们，专门点了顿中餐外卖。吃完后，他俩去学校看了戏剧，戏剧很有意思，安吉丽娜是所有演员中演得最好的。回家后，格雷戈尔递给妹妹们满满一口袋的幸运饼干——都是他从晚饭里省下来的。小靴子从来没见过幸运饼干，吃得非常开心，差点连包装纸也吃掉了。

那天太冷了，干什么都不方便，于是一家人很早就上了床。格雷戈尔不仅把所有的毯子铺在了床上，还把外套也都盖在了上面，之后又加了几条毛巾。妈妈和爸爸一起进来向格雷戈尔道了声晚安，这让他很有安全感。爸爸凭空消失了好几年，回来后疾病缠身，便很少能够起床了。对格雷戈尔来说，父母两人同时过来帮他塞好被子确实是莫大的奢侈。

格雷戈尔的隐藏工作做得很好。就在几秒钟前，他的脑子还在想地下世界的事情，直到爸爸弯下腰，抱住他道了声晚安，他才压低声音，用妈妈听不见的耳语对爸爸说："没有消息。"

这是格雷戈尔和爸爸特有的联系方式。从去年夏天开始，妈妈就禁止大家使用公寓里的洗衣房了。这也不能怪妈妈。过去的几年内，先是她的丈夫离奇失踪，紧接着是她的孩子——格雷戈尔和小靴子从洗衣房通风口的隔栏里落入了地下王国。亲人的失踪令她备受煎熬。她是用什么方法让大伙熬过这段情感和经济的双重危机的？嗯，这事儿格雷戈尔可说不上来。但他知道,妈妈是个了不起的人,听她的话,远离洗衣房也只不过是桩能让她满意的小事罢了。

但棘手的是,妈妈的这一要求,现在无疑成为了格雷戈尔去隔栏那获取地下王国消息的一大障碍。幸好爸爸知道格雷戈尔迫切想了解卢克萨和其他人的情况，所以他每天都会去洗衣房溜达一次,看看那儿有没有什么留给他儿子的消息。他们没把这件事告诉妈妈,否则她又会不高兴了。要让她理解这一切很困难,毕竟她从未去过地下王国。在她看来,所有住在地底下的人都和绑架她的丈夫、孩子脱不了干系,她不知道,格雷戈尔和他爸爸已经在那儿交上了不少朋友。

今天既没有字条,也没有消息,更没有任何回应。格雷戈尔在黑暗中睁着眼,待了好几个小时,好不容易睡着后,梦境里的一切又让他困扰不已。

第二天早上,格雷戈尔发现自己醒得稍微晚了些。他手忙脚乱地洗漱完毕,终于赶在十点前冲到了科尔马奇夫人家。格雷戈尔每个星期六都会去科尔马奇夫人家帮忙做家务。秋天的时候，格雷戈尔曾一度认为科尔马奇夫人是在故意给他找活干——她知道他们家很缺钱。而现在天气变冷了,科尔马奇夫人也的确需要格雷戈尔的帮助了。寒冷让她的关节疼痛不已,结了冰的人行道也让她寸步难行。科尔马奇夫人说自己滑倒了好几次,摔伤了臀部。看到自己真的是在靠能力挣钱,格雷戈尔感到非常高兴。

今天科尔马奇夫人给格雷戈尔列了一张长长的单子，上写满了他要做的事情——去洗衣房，去买菜，去面包房、邮局，还有五金店。和平常一样，她还是让格雷戈尔先吃了饭再出发。“你吃了吗？”她问。格雷戈尔没有吃，但他还没来得及回答，科尔马奇夫人就说，“没关系，这种冷得要死的天气，你可以多吃一点。”说完她便给格雷戈尔盛了一大碗热气腾腾的燕麦粥，还撒了不少葡萄干和红糖。接着，她又给格雷戈尔倒了一杯橙汁，还给了他好几片涂了黄油的切片面包。

格雷戈尔吃完饭，顿时觉得自己充满了面对一切恶劣气候的勇气。拥有这样的心态很好，因为外面的温度早已下降到了零下十度，同时还伴随着阵阵寒风。格雷戈尔根据清单上的指示，从一个地方跑到另一个地方。单子上列的几乎所有地方都需要排队，但格雷戈尔感到很庆幸：这样他就能在店里稍稍暖和一点了。当格雷戈尔把买来的东西放在科尔马奇夫人厨房的餐桌上时，她递给他一大杯热巧克力，作为奖励。紧接着，他们俩都穿好防寒衣物，前往格雷戈尔无法帮她跑腿的地方——银行和烈酒店。他们一出门，科尔马奇夫人就紧紧抓着格雷戈尔的胳膊，围巾几乎遮住了她一半的眼睛，她必须小心应付路上的冰块，还要注意随时会变向的出租车。到银行后，他们终于有机会暖暖身子了。科尔马奇夫人不怎么信任自动取款机,他们就在出纳员的窗口前排起了长队。后来,他们又去了烈酒店，科尔马奇夫人给她的朋友艾琳买了一瓶红酒——她的生日快到了。但就在格雷戈尔为科尔马奇夫人开门锁那会儿,她不小心将那瓶红酒摔在了门外的走廊上。酒瓶立即摔成了碎片,红色的液体溅得到处都是,甚至还泼到了防滑地毯上。

“好吧,艾琳只好等着收糖果了。”科尔马奇夫人说,“我还有一盒上好的巧克力奶油,从没打开过。那是圣诞节时别人送给我的,希望不是艾琳送的。”她让格雷戈尔往后挪了几步,好清理玻璃渣,接着她将防滑地毯收起来,递给格雷戈尔,“快,我们必须尽快把这条毯子送到洗衣房去，要不红酒印就会永远留在上面了。”

洗衣房！在科尔马奇夫人找洗涤液和去污剂的时候,格雷戈尔拼命想找出一个不能陪她去的理由,但他说不出口。“哦,我不能到下面去,因为我妈妈担心会有一只大老鼠跳出来,把我拖到地底下,然后吃了我。”仔细想想,这可不是不愿意去洗衣房的好理由。没办法,格雷戈尔只好硬着头皮跟去了。

科尔马奇夫人将去污剂喷在地毯上，然后将毯子塞进洗衣机里。她那冻僵的手指,笨拙地在零钱包里翻找着硬币。一不小心,一枚硬币落在水泥地上,滚到了房间的另一侧,最后叮当一声,碰到一台烘干机停了下来。格雷戈尔走上前去,想帮科尔马奇夫人把钱捡回来。正当他弯下腰准备寻找硬币的时候，一个东西吸引了他的注意力。一不留神，他的头撞在了烘干机的边缘上。

格雷戈尔眨了眨眼，想确认眼前的一切不是自己凭空想象出来的。他看见，在隔栏和墙壁之间，塞着一张小小的纸卷。

2

“你那儿没问题吧？”科尔马奇夫人一边往洗衣机里倒洗涤液，一边问道。

“没事，我很好。”格雷戈尔揉了揉脑袋答道。他捡起硬币，克制住了把纸卷从隔栏里取出来的想法，若无其事地将硬币还给了科尔马奇夫人。

科尔马奇夫人把硬币塞进洗衣机里，机器轰隆隆地运转起来。“准备好吃午饭了吗？”科尔马奇夫人问道。格雷戈尔此时无能为力，只能跟着她来到电梯口。他不能当着科尔马奇夫人的面把纸卷拿出来，否则她肯定会打破砂锅问到底。在此之前，格雷戈尔的家人已经为了掩盖他失踪的事，借故编了个故事，但科尔马奇夫人早就对此起了疑心，况且这会儿格雷戈尔也想不出具有说服力的谎言。该死，他刚刚连编个不能去洗衣房的借口都失败了。

一回到公寓，科尔马奇夫人就开始热起鸡汤来，她盛了满满几勺汤递给格雷戈尔。格雷戈尔机械地喝着汤，尽量集中精神，和科尔马奇夫人说着话，但他此时已经有点心不在焉了。他们吃完饭后，科尔马奇夫人瞄了一眼钟，说："我想地毯应该已经洗好了，是时候放到烘干机里去了。"

"我去吧！"听到这话，格雷戈尔立马跳了起来，他的动作太快，以至于椅子都被撞倒了。格雷戈尔赶忙故作轻松地扶起椅子，说："抱歉。我去帮您把毯子放到烘干机里去。"

科尔马奇夫人脸上浮现出一副古怪的表情，"好吧。"

"我在想，弄个毯子不必去两个人的。"格雷戈尔耸耸肩，说。

"你说得对。"科尔马奇夫人将几个硬币放进格雷戈尔手里，仔细地看着他，"我想问问，为什么你家不用这里的洗衣房了？"

"什么？"科尔马奇夫人的问题让格雷戈尔猝不及防。

"你和你妈妈为什么舍近求远，去用屠夫那儿的洗衣房？"她问道，"我问过了，价钱都一样。"

"因为……洗衣机……那儿的洗衣机……更大。"格雷戈尔说。事实也确实如此，他这么说也不算说谎。

科尔马奇夫人盯着格雷戈尔看了一会儿，接着摇摇头。“去把地毯甩干吧。”她简短地说。

电梯从未像现在这样慢过。人们不断地进进出出,还有个女人为了等孩子回家拿帽子，让整个电梯里的人等了好几分钟。进入洗衣房后,格雷戈尔又等了好一会儿,才把毯子从洗衣机里取出来——有个家伙像是有一个月没洗衣服了，脏衣服一下子就把六台洗衣机塞满了。

格雷戈尔将毯子塞进隔栏旁的烘干机中，前前后后摆弄了一阵子,直到刚才洗衣服的那家伙离开洗衣房,才停下了手中的动作。看到洗衣房里没其他人了,格雷戈尔赶紧弯下腰,猛地将纸卷从隔栏里抽了出来,然后塞进运动衫的袖子里,溜了出去。他这次没走电梯,而是溜进了楼梯通道内,随手将身后的门牢牢地关上了。格雷戈尔继续朝上走了一层，最后坐在一级台阶上。这会儿电梯运行顺畅地，是不会有人来打扰他的。

格雷戈尔从袖子里取出纸卷,颤抖着手打开它,仔细地看了起来：

亲爱的格雷戈尔：

我们需要立即见面。我将派瑞普瑞德去见你,当地上的钟敲到第四下时,他将在你们分开的阶梯处等你。我们急需你的

怜悯。“温血预言”已经降临了。

请不要让你的朋友失望。

维库斯

格雷戈尔将这张字条反复读了三遍，才逐渐明白里面的含义。这只是一封简单的求救信,并不是他一直期盼的,它和卢克萨及其他失踪的朋友毫无关系。

“温血预言”已经降临了。

“它来了。”格雷戈尔心想。他的心狂跳不止,一股恐惧感蔓延至全身。“温血预言。”

现在他不需要镜子就能看清那张纸上写的预言了，但盯着那些字有时可以有助于思考。他已经记住了预言的全部内容。预言诗里有几处押韵的地方，所以他很容易就记住了诗句，怎么也赶不走——这感觉有点像电视广告里那些讨人厌的洗脑歌。现在那些诗句又在格雷戈尔脑子里浮现了出来,随着他缓慢地上楼,靴子发出有节奏的声响,诗句也跟着一句句冒了出来。

浴血而生的死亡已成温血，

将用它的呼吸掠夺走你的躯干，

在皮肤上留下记号,封印你的命运。

地下王国将被夷为平地。

转啊转，转啊转。
你看见物体，但看不见时间。
补救措施和错误的缠绕，
纠缠在一起形成青藤一条。

将勇士从地上召唤下来，
如果他的心还在为爱而摇摆。
将公主带来，否则只有绝望，
没了她，爬虫也懒得关心。

转啊转，转啊转。
你看见物体，却看不见时间。
补救措施和错误的缠绕，
纠缠在一起形成青藤一条。

身上流动着红色热血的，
必须联合起来，寻找解药。
摇篮里就有治愈方法，
但血统将不再纯正。

转啊转，转啊转。

你看见物体，却看不见时间。

补救措施和错误的缠绕，

纠缠在一起形成青藤一条。

噬咬者，人类，将一边站，

仇恨的力量将暗暗滋长。

若战火点燃，

地下所有的温血生物将全部消亡。

转啊转，转啊转。

你看见物体，却看不见时间。

补救措施和错误的缠绕，

纠缠在一起形成青藤一条。

格雷戈尔曾经历过这首预言诗作者的另外两个预言，并最终活了下来。这个作者名叫巴赛落缪·三明治。就是他最早领着地底人的祖先深入到了后来纽约市的地下，并在地下建立了供人类居住的王之城。三明治死后，留下了一间石屋，石屋四面的墙壁上都雕刻着他留下的预言——他眼中看到的未来。由于三明治的预言十分准确，所以在地下王国，不仅是人类，就连其他生物也都坚信三明治拥有预见未来的能力。

格雷戈尔来回地思考着三明治的预言。有时他很讨厌这些文字，但有时他又为有了文字的指引而感激不尽。这些预言大都措辞含糊，似乎有着多种含义。但通过字里行间，总能使人明白大概意思，让人看出前面到底有什么在等着自己，比如这段……

浴血而生的死亡已成温血，

将用它的呼吸掠夺走你的躯干，

在皮肤上留下记号，封印你的命运。

地下王国将被夷为平地。

格雷戈尔猜测，这一小段文字描述的，可能是一种致命的传染病，这种病流传的范围非常广，地下所有的温血动物都将难逃此劫。除了大量人类会染病外，就连蝙蝠和老鼠也无法幸免于难。格雷戈尔不知道还会有多少生物受到影响。那行“夷为平地”到底是什么意思呢？是说所有人都会丧命吗？

将勇士从地上召唤下来，

如果他的心还在为爱而摇摆。

将公主带来，否则只有绝望，

没了她，爬虫也懒得关心。

勇士指的就是格雷戈尔，如今这点已经毋庸置疑。但格雷戈尔从未想过要做什么勇士，他讨厌打打杀杀，更恨自己居然是个格斗高手。在成功完成了前两个预言后，他已经不再怀疑是地底人找错人了。

这段文字还提到了“公主”……格雷戈尔希望这指的不是小靴子。爬虫——地下王国的蟑螂都叫爬虫——称呼她为公主，但她并不是真正意义上的公主。也许爬虫们有一个自己的公主吧，到时候把他们的公主带来就行了。

下一行预言的内容，说的似乎是人类和噬咬者——老鼠——必须联合起来，一起找到治愈疾病的方法。老天，他们肯定会爱死这个的！在过去的几百年间，老鼠和人类都在试图消灭对方。但现在三明治却说，如果双方不联手，地下王国将会毁于一旦，所有生物都会死于非命。

格雷戈尔十分怀疑，这个三明治到底有没有写过哪怕一个欢乐的预言——只与和平、快乐有关的，最后有个好结局的那种。大概没有吧。

“温血预言”里最让格雷戈尔头疼的部分，就是那段重复出现了四次的文字。多次的重复，就好像三明治想要故意把这段文字刻进他的脑子一样。

转啊转，转啊转。

你看见物体，却看不见时间。

补救措施和错误的缠绕，

纠缠在一起形成青藤一条。

这到底是什么意思？让人没有一点头绪！格雷戈尔觉得自己必须立即和维库斯好好谈谈。维库斯不仅是卢克萨的外公，王之城最具影响力的人，也是三明治预言的最佳诠释者。要是只有一个人能解释这段话的意思，那一定非他莫属。

此刻，格雷戈尔正站在楼梯平台上，双手紧握着扶栏。他不知道自己已经在那儿待了多久，直至忽然意识到必须得去帮科尔马奇夫人干完活，然后回家。

格雷戈尔似乎没有耽误太长时间，因为科尔马奇夫人并没有注意到他有什么异样。像往常一样，科尔马奇夫人给了他四十块钱，还加上一大碗可供他全家享用的炖菜。就在格雷戈尔准备离开的时候，科尔马奇夫人又拿来一条围巾，围在了他的脖子上。“我的围巾多得都能勒死一匹马了。”科尔马奇夫人总不会让他空着手回去。

一回到家，格雷戈尔就把爸爸单独喊到厨房里，赶忙把维库斯留给他的那张纸卷递给爸爸看。爸爸看着看着，脸色渐渐凝重起来。

"'温血预言'，格雷戈尔，你知道那是什么吗？"他问。

格雷戈尔二话不说，便将写着预言的纸卷递给了爸爸。那纸已经皱得不行了，还沾上了不少污垢。

"你拿到这个有多久了？"他爸爸问道。

"圣诞节的时候拿到的。"格雷戈尔说，"我不想让你们担心。"

"要是你有事却瞒着我，我就真的会担心了。"爸爸说道，"不要再这么做了，好吗？"

格雷戈尔点点头。爸爸打开纸卷，认真查看起来，但仍旧一脸疑惑的样子。

"上面的字全是反着写的。"格雷戈尔说，"不过我已经背下来了。"随后，他便大声把预言诗背了出来。

"'浴血而生的死亡'，嗯，这句话听起来可不妙。"爸爸说。

"是啊，从字面上看，似乎会有很多人要生病。"格雷戈尔说。

"维库斯似乎想让你再下去一趟。要知道，你妈妈是不会同意的。"爸爸说。

格雷戈尔非常清楚这一点。只需要稍微动一动脑筋，就能想出妈妈得知情况后惊恐的样子。爸爸失踪后，妈妈每晚都会独守在厨房餐桌旁，默默哭泣。她的手指抚摸着桌布上的纹路，过一会儿，整个人就僵住不动了。格雷戈尔和小靴子一起消失的那次，说不定情况更糟。他真的忍心让妈妈再经历一遍那样的痛苦吗？“不，我不能去！”格雷戈尔想。然而，地下王国那些朋友们的样子又马上涌进了脑海里。要是他不去的话，他们说不定会死——全部会。

“我至少得听听维库斯会说些什么，爸爸。”格雷戈尔的声音里包含着焦虑与不安，“至少我得知道发生了什么！我是说，我不能就这么把纸条撕了，假装从没收到过！”

“好的，儿子，我们一起去吧，先听听他说什么。但你不要对他做出任何无法实现的承诺。”爸爸说道。

于是他们便把科尔马奇夫人请到了家里，告诉她，他俩准备出去看场电影，请她帮忙照看一下家里。科尔马奇夫人似乎很高兴，看来她很乐意和格雷戈尔的妹妹、奶奶一起待一会儿。科尔马奇夫人拿着一叠牌和一罐爆米花来到格雷戈尔家，朝站在门口准备离开的格雷戈尔和他的爸爸挥挥手，“去吧，你们父子俩需要点独处的时间！”

他们也许的确需要独处，但不是这种情况下。

离开前，格雷戈尔再三检查了一下随行物品，确保自己带了一只光线强劲的手电筒。格雷戈尔还看见爸爸将一根铁撬棍藏在了外套下。一开始，格雷戈尔还以为爸爸拿着它是为了防身，但后来爸爸悄悄告诉他，“这家伙可以移动石板。”阿瑞斯总是把格雷戈尔放在中央公园地下的阶梯前，那儿的入口处盖着一块石板。在这种天气里，石板应该被牢牢冻上了。

为了在四点准时和维库斯会面，他们不得不拦了辆出租车，朝公园赶去。格雷戈尔觉得要是坐地铁去的话，爸爸的身体肯定会受不了。果然，当他们从马路抄小路走到树林的入口时，爸爸就已经筋疲力尽了。

这种严寒的天气，中央公园里空无一人。偶尔会有几个缩着脑袋、手插在口袋里的路人匆匆经过。格雷戈尔在撬石板时根本无人注意，石板松动了，露出入口。

“我们早到了几分钟。”格雷戈尔将目光投向黑暗中说道。

“说不定维库斯也是。咱们下去看看吧，至少不用再吹冷风了。”爸爸说。

他们弯下腰，钻进洞里。格雷戈尔顺手将那根铁撬棍也带上了——石板说不定马上又冻上了，他可不想就这么被困在地下。格雷戈尔将石板移回原位，外面的光线立马被切断了。周围一片漆黑，格雷戈尔打开手电筒，灯光照亮了长长的阶梯。

“阿瑞斯一般都把我放在阶梯的最下面。”格雷戈尔说着开始往下走，爸爸则缓慢地跟在他后面，每一步都显得异常小心。

阶梯将他们引向一条长长的人造隧道，看样子这里已荒废很久了。通道内冰冷潮湿，散发着一股浓浓的气味。公园里的声音根本无法传递进来，但奇怪的是，从墙边却传来一阵微弱的老鼠疾跑声。

当他们走完最后几步时，格雷戈尔扭头看了看爸爸，爸爸才走了一半。“慢慢走，他还没到呢。”他喊道。

话刚出口，一记重拳便敲在了格雷戈尔的手腕上，手电筒立马从他的手里飞了出去。格雷戈尔扭头一看，发现一只巨大的毛茸茸的东西正从阴影里向他扑来。

老鼠一直在等他下来。

3

格雷戈尔挥舞着铁撬棍，试图阻止老鼠靠近。但老鼠却灵活地躲开了他的攻击，一口咬住了格雷戈尔的衣服，将他往前一拉。格雷戈尔先是被扯飞到半空中，接着又肚子朝下摔了下去。格雷戈尔赶忙用手护住脸，以免直接撞在冰冷的水泥地上。拉扯中，格雷戈尔手中的撬棍也飞了出去，哐当一声，落在了地上。

“格雷戈尔！”爸爸在不停地喊。老鼠用胸膛将格雷戈尔抵在地上，滚烫的气息扑向他的脸颊。他想把老鼠推走，却无能为力。

“悲惨啊，悲惨。”一个熟悉的声音嘶嘶地对着他的耳朵说道。

听到这个声音，格雷戈尔稍微轻松了一些，但立马厌烦起来，“老兄，快下去！”

老鼠换了个让自己更舒服的姿势，“看吧，一旦没了光，你就跟瞎子没两样！”

手电筒的光照在他们身上，格雷戈尔眯着眼睛，看见爸爸手里拿着一块水泥块向他们靠了过来。“放开他！”爸爸喝道，举起了那块水泥。

“没事的，爸爸！他是瑞普瑞德！”格雷戈尔不断扭动着身体，试图挣脱开来，但老鼠太重了，他无能为力。“他是我的朋友。”格雷戈尔补充了一句，好让爸爸放心。但把瑞普瑞德称呼为“朋友”也多少有点夸张。

“瑞普瑞德？”爸爸说，“瑞普瑞德？”他努力思考这名字背后的含义，胸口剧烈地起伏着，眼睛睁得大大的。

“是啊，我曾试过给你儿子一些好的生存建议，但他根本不在乎。”瑞普瑞德直起身子，轻轻松松就把格雷戈尔扔了出去。老鼠带着伤疤的脸上显出一脸责难的表情，“你没有练习回声定位法，是吗？”

“我有啊！”格雷戈尔回答道，“我和我妹妹一起练习过。”

这话不假，但格雷戈尔没告诉瑞普瑞德的是，他这么做主要是出于莉兹的逼迫。莉兹一向对家庭作业这一类的事情尤为关心。当得知瑞普瑞德让格雷戈尔练习回声定位法后，她就如临大敌一般，每周都会押着格雷戈尔来到大楼的某处——走廊、楼梯、大厅——遮上眼睛，至少练习三次。每次练习的时候，格雷戈尔必须站在原地不动，用舌头发出“咔哒”的声音，去努力寻找莉兹的所在地。然后，通过辨析从她身上反射过来的回音，来判断她位置的变化。但不管莉兹怎么努力，格雷戈尔的回声定位水平还是毫无起色。

现在瑞普瑞德又提起了这事，格雷戈尔立马戒备起来。“你看，我都跟你说过了，这回声定位法对我没用的。对了，维库斯到底在哪儿？”

“他不会来了。”瑞普瑞德说。

“但是他给我写了个字条，里面还提到了‘温血预言’。我以为他会来接我们的。”格雷戈尔说。

“我还以为你会一个人来呢，”瑞普瑞德蹲坐下来，看着格雷戈尔的父亲，问道，“你还记得我吗？”

格雷戈尔的爸爸依然紧紧攥着那块水泥，但手已经垂了下来。他盯着瑞普瑞德，好像在回忆自己曾在梦境里遇到的人。那是一个漫长的噩梦，里面只有饥饿、孤单、恐惧，以及从黑暗中飘来的嘲讽怒骂声——是老鼠的声音，就和现在面前这只发出的一模一样。他皱着眉头，试图理清头绪，“当时我还被关在老鼠坑里，是你给我送来食物的……对，你有时会给我送吃的来。”

“没错,”瑞普瑞德说,“现在有人给我送吃的来吗？我都快饿死了。”

瑞普瑞德看起来比以前瘦多了,他的肚子瘪瘪的,皮松松垮垮地垂了下来,脸上的骨头比以前更突出了。

格雷戈尔压根没想到会见到瑞普瑞德，更别说给他带吃的来了。但他的手不自觉地伸进了外套口袋里,碰到了昨晚忘记拿出来的一块幸运饼干。“给。”格雷戈尔说。

瑞普瑞德拖着夸张的语调，用略带喜悦的声音回应道：“哦,老天爷啊,这么多都是准备给我的吗？”

“听着,我不知道……”格雷戈尔准备开始解释。

“哦,算了,别道歉。”瑞普瑞德伸出舌头,只轻轻一卷,饼干就进了他的嘴巴。“哦,太好了。哦,我的美食啊！”瑞普瑞德边把食物往肚子里咽，边胡言乱语,“现在我真的饱得快吐了！”

“你怎么会这么饿？”格雷戈尔问道。

“好吧,这些都是索罗维特捣的鬼,她一心一意想把老鼠都饿死……”瑞普瑞德说。格雷戈尔想起以前大家在王之城共同用餐时,瑞普瑞德曾提到过人类将老鼠从河边赶走的事。

“更何况,我还得喂那个你扔给我的贪婪的小家伙……”瑞普瑞德说。

“灾星吗？”格雷戈尔急忙插话问道,“他怎么样了？”

“老实说,灾星真是个大麻烦。这家伙的食量是普通老鼠的三倍,他到现在仍未掌握捕猎的技巧。要是我们不喂他食物,他就会号啕大哭。没法子,我们只好继续养着他,这会儿他又长高了大概十五厘米,哭号声也比以前更厉害了。相信我,他可比你难缠多了。”瑞普瑞德咆哮道。

正说着,老鼠在阶梯边发现了一块窄窄的木条,立马放在嘴里啃了起来。小木屑从木条上纷纷扬扬地掉落下来,好像苹果皮。

“卢克萨呢?她回家了吗?”格雷戈尔问道。他害怕得都不敢去听答案。

“不,她还没回来。”瑞普瑞德略显莽撞地说,“我有确凿的证据可以证明卢克萨没成为老鼠的囚徒。我觉得,她很有可能已经从拉比瑞斯逃出去了,但是……说实话,要是我是你的话,我不会抱太大希望。”

格雷戈尔微微点了下头。已经几个月过去了,要是卢克萨真的已经从老鼠手上逃掉了的话,那她为什么还不回到王之城呢?

“其他人呢?”他问。

“她的蝙蝠也失踪了。而我们可爱的傻奇提普也不知所踪。哦,你知道最后谁出现了吗?那只背着你妹妹到处跑的蟑螂。他叫什么名字来着,托克……太……”瑞普瑞德问道。

“太普？”格雷戈尔的爸爸插话道。

“没错，就是太普。你走后没几个星期他就回来了，看样子没什么大碍。他在死亡之地待了一段时间，又新长出了两条腿。”瑞普瑞德说，“他一想到能马上见到‘公主’，就激动得不得了。”

格雷戈尔和爸爸互相交换了个眼神。就算妈妈同意格雷戈尔去地下，妈妈也不会允许他带着小靴子一起去的。

“话说回来，你们都知道她必须来的吧？你已经看过‘温血预言’了，是吗？”瑞普瑞德趁着空隙问道。

“看过了，”格雷戈尔闪烁其词，“但是我不知道接下来会发生什么。”

“那我就把已经发生的事告诉你吧。”瑞普瑞德说，“维库斯在深夜时，派了一只蝙蝠飞到你住处的洗衣房，他希望你和你妹妹都能过来。我们都是这么希望的。”

“假如我们不来呢？”格雷戈尔问道。

“要不来，那地下王国的温血动物就只有死路一条了。瘟疫已经在那里流散开了，引起了各种麻烦，你没听说吗？”瑞普瑞德问道。

“关于瘟疫，我略有耳闻。但这并不能成为我妈妈放我们下来的理由。”格雷戈尔说。

“跟我们说说瘟疫吧。”格雷戈尔的爸爸说。

“哦，这是一种痘疹。”瑞普瑞德说，“感染的生物先是发烧，接着皮肤上会长出脓疱，最后会一直衍生至肺部，把肺完全堵住。大家都叫这瘟疫为‘温血诅咒’。派出去的蝙蝠侦查员都死了，尸体就躺在死亡之地。啮啃者那儿还没消息。”

“啮啃者？”格雷戈尔问。

“就是小田鼠。我们都这么称呼他们。王之城目前已有三起病例，但都被隔离起来了，所以你完全不用担心自己的安全问题。现在我们都非常需要你的帮助，王之城马上要召开会议，所有的温血动物都将派各自的代表来参会，参会成员的血都将接受人类的检查，以确保他们未受感染，之后才可以进城。你只要在会上露个脸，就能直接回家了。”瑞普瑞德说。

“我只露下脸就可以了吗？”格雷戈尔问道。要知道，以前的预言往往都要求他做不少事。

“为什么不能？预言说了，只要把你从上面喊下来就行了。想想看，你又能起到多少作用？你不过是个人罢了，没人指望你能突然研究出什么治疗瘟疫的方法出来。”瑞普瑞德说。

老鼠说得没错。治疗瘟疫应该是医生和科学家的事，而不是勇士的责任。

格雷戈尔充满希望地看着爸爸，央求道：“仅仅是去开个会，爸爸。不会有感染了瘟疫的成员去那儿，一切都会没事的，你觉得呢？”

“我不知道，格雷戈尔。”爸爸摇着头说道。

“哦，我们都知道，勇士会来的。现在我们只担心他的妹妹会不会来。”瑞普瑞德说。

“你怎么那么确定我会去？”格雷戈尔问。

“因为你的那只蝙蝠，那个喜怒无常的家伙。”瑞普瑞德说。

“阿瑞斯？”格雷戈尔问，“这和阿瑞斯有什么关系？要是我不出现，他们就会把他驱逐出去吗？”

“恐怕比那还糟糕，”瑞普瑞德一直在啃的那块木板断成了两截，他吐出满嘴的木屑，一脸疲惫地看着格雷戈尔，“王之城不是有三个病例吗？他就是其中之一。”

4

“哦,天啊！”格雷戈尔无力地说道,过去几个月,格雷戈尔满脑子都是各种可怕的可能性，唯独没想到这条,“阿瑞斯情况有多糟糕？”

“很糟,阿瑞斯是第一个染上瘟疫的。人们认为他是在水路受到了螨虫的攻击才染上恶疾的。在拉比瑞斯时,一定是他将瘟疫传给了老鼠。”瑞普瑞德说。

“螨虫？不是只有温血动物才会被感染吗？”格雷戈尔的爸爸问道。

“没错,但吸血或食肉类昆虫也会携带病体,在温血动物间传播疾病。”瑞普瑞德说。

“那么他会死吗？”格雷戈尔嗓音嘶哑地问道。

“嗯，别这么快就给他下结论。”瑞普瑞德说，“王之城有药，至少可以暂时缓解一下他的病情，王之城的救治手段也要比老鼠多。况且阿瑞斯的身体还很强壮。”

“那倒没错，”格雷戈尔觉得稍稍多了些希望，“阿瑞斯是那些蝙蝠中最强壮的，而且还很固执。他会和疾病抗争到底的。”

“是的，阿瑞斯一直在努力坚持着，因为他坚信救星就快来了，勇士——他的结合——将很快来解救他。会议马上就要召开了，接着搜寻解药的征程就要开始了。当然，要是你夺走阿瑞斯的希望的话……”瑞普瑞德故意只把话说了一半。

“我一定会去的，瑞普瑞德。”格雷戈尔说。

“不带你妹妹的话，就别来了，那只会是浪费时间。根据三明治的预言，爬虫们也将牵扯其中，但他们说，只有小靴子在时，他们才会派个代表过来。”瑞普瑞德说。

“我不知道该怎么劝妈妈放她来……” 格雷戈尔焦急地说。

“帮我给你妈妈带个话：到时候，要是你和你妹妹不出现，老鼠就会派一支护卫队上去接你们。”瑞普瑞德说。

“那是什么意思？”爸爸问道。

“意思是，午夜时必须准时出席。”瑞普瑞德说。

“可是……”格雷戈尔正准备和他理论。

老鼠不耐烦地发了声牢骚，弓起背等了一会儿。“啊，我必须赶快找些吃的来了。再晚一分钟我吃不到东西，你们俩中就要有一个人进我的肚子了。”他咆哮道，“快，回家去！你们知道该做什么！赶快行动！”

说完，瑞普瑞德便一个转身，消失在黑暗中。

格雷戈尔和爸爸回到入口的下方，挪开石板，爬了出去，又迅速将石板还原，朝马路上走去。

“我们该怎么办，爸爸？”格雷戈尔问道。此刻，他们正站在马路边，试图拦下一辆出租车。

“别担心，我们会想出办法来的。”爸爸说，“你不要太担心了。”

但格雷戈尔急坏了，他敢说爸爸的心情也是如此。

他们回家后，发现妈妈正坐在餐桌前等他们。她穿着工作服，看上去一脸疲惫。除了重大节日——如感恩节、圣诞节——这种所有人都放假的时候，妈妈通常整周都在工作。她开玩笑说，星期六和星期天晚上就是她休假的时候，因为那两天四点就能下班了。也许是因为全家人都在一起的缘故，她从来不抱怨。而现在，格雷戈尔要把他准备回到地下王国的消息告诉她了。

“电影怎么样？”他们一进门，妈妈就微笑着问道。

“我们没看电影，妈妈。”格雷戈尔说。

妈妈疑惑地抬起眉毛。就在格雷戈尔准备解释时，厨房的门开了，科尔马奇夫人的头伸了出来。“太好了，你们回来了。三分钟后晚饭就好了。”说完，她又回头忙去了。

“她怎么在这儿？”格雷戈尔脱口问道。

“是我邀请她过来吃晚饭的。科尔马奇夫人亲自下厨为我们做了炖菜，她和你妹妹甚至都不让我插手。”妈妈说，“你这是怎么了？我还一直以为你很喜欢科尔马奇夫人的。”

“我的确很喜欢她，”格雷戈尔说，“真的。”

“那就赶紧好好洗漱一下，到时候表现得有礼貌一点。”妈妈说。话音刚落，厨房的门又开了，莉兹和小靴子的头冒了出来。“还有两分钟。”莉兹郑重其事地说。

“两分钟！”小靴子重复道。

“先去洗洗吧，格雷戈尔。”爸爸说，“我们待会儿再把下午发生的事告诉你妈妈。”

格雷戈尔明白了爸爸的意思。他们得等到科尔马奇夫人走了后，才能聊地下王国的事。但天知道还要再等多久？离午夜只剩下几个小时了。

吃饭时，格雷戈尔表现得异常烦躁，他暗自希望科尔马奇夫人能够赶快回家，可她显然很享受这一刻，格雷戈尔不禁为自己有这种想法感到羞愧。大家都很开心，他的妹妹、妈妈，甚至连奶奶也一反常态地从房间里出来坐在了桌子旁，而不是像往常一样端着盘子在床上用餐。餐桌上摆着炖菜，温热的面包，以及科尔马奇夫人和妹妹们烤的一个蛋糕，这让大家惊喜不已。这顿晚餐成了名副其实的聚会，但格雷戈尔却无法像其他人一样享受这片刻的欢乐，他脑海里只有一件事情——赶快去地下王国，帮助阿瑞斯。

晚餐时间长得简直没有尽头。吃完饭后，所有人又在起居室坐了一会儿，有说有笑的。格雷戈尔不停地打着哈欠，希望科尔马奇夫人能明白他的意思，可她好像根本没注意到。到了大约九点半的时候，科尔马奇夫人终于站了起来，她伸了个懒腰，向大家告别，准备回家睡觉了。

所有人都很激动，又过了一个小时，奶奶、莉兹和小靴子才回到她们自己的房间里安顿下来。等妈妈出来给每个人亲吻道晚安时，格雷戈尔抓着她的手，一言不发地把她拉进了厨房。爸爸立刻跟了进来。

“怎么了？你们俩是怎么了？”妈妈问道。

“今天我收到了来自地下王国的消息。然后我和爸爸去了中央公园下面，和瑞普瑞德交流了一会儿，他告诉我阿瑞斯现在有生命危险。妈妈，小靴子和我必须下去救他！就在午夜，就在今晚！”这些压抑已久的话，一股脑儿从他嘴里蹦了出来。但他立刻就为自己如此冲动的表达方式而后悔，妈妈脸上惊恐的表情似乎在说，他不该这样把这消息告诉她。

“不，你不能去！你不会去的！你永远都不会再回到那个地方去了！”妈妈说道。

“妈妈，你不明白！”格雷戈尔说。

“我只明白我需要明白的！先是你爸爸在那个鬼地方被关押了好几年，后来你和小靴子又凭空失踪了好一阵子。大老鼠偷走了我的孩子！我需要明白什么？别再跟我理论了！我是不会放你去的！永远不会！”妈妈用力抓着椅背，整个指关节都变成了白色。

看到她这个样子，爸爸也介入进来。他让妈妈在桌边坐下，试图用平静、理智的声音向她解释整个局面。但他说得越多，妈妈的眼睛就睁得越大，眼中充满了狐疑。

“你跟他都说了些什么？你告诉那老鼠你们要去了吗？你跟格雷戈尔说他可以去了吗？”妈妈生气地质问道。

“我当然没有！但事情没那么简单，一个文明可能就这么没了！那里有很多好人和善良的动物，他们为了救我和我的孩子差点连命都没了。所以，我们对他们的危机不能置之不理！”爸爸说。

“我能。”妈妈苦涩地说，“你看着我就好了。”

“嗯，反正我要去。”格雷戈尔冷漠地说。

“哦不，你不会去的。你除了上床睡觉，哪儿也别想去。”妈妈说，“现在你快给我去刷牙。我不希望有人再谈这个话题。”

妈妈斩钉截铁地说。格雷戈尔感觉到爸爸的手放在了他的肩上,“儿子,还是去睡觉吧。我觉得我们没法改变她的想法了。”

“什么都改变不了我的想法。”妈妈说。

但话音刚落,异样声就传了过来。

起初,墙上只有几声轻微的抓挠声。接着是一阵“嗖嗖”的滑动声。突然,整个厨房似乎都复苏了。无数只爪子在墙里跑来跑去。格雷戈尔和父母离这动静只隔了一层薄薄的灰泥。

“那是什么?是什么声音?”妈妈问道。她的头不时偏来偏去地听着。

“听起来像是老鼠。”爸爸说。

“老鼠?我以为他们上不到这儿来!”妈妈说。

“地底下的不能,但我想地上的普通老鼠能。他们是互通的。”格雷戈尔焦急地看着墙壁说,“会发生什么呢?”

“也许这就是瑞普瑞德所说的‘护卫队’。”爸爸说。

小生物们一阵尖叫,好像是在确认他爸爸刚说的话。

“一定是这样的。”格雷戈尔想,“老鼠们想吓唬妈妈,逼她就范。”但这些老鼠会做出什么事来?地下的老鼠们认为,在生死存亡的关键时刻,要是格雷戈尔和小靴子不去地下,他们就会集体灭亡。“他们会想尽一切办法让我回到地下的。”格雷戈尔不假思索脱口而出。

“我打电话给警察,或者给火警。我去打报警电话了!”妈妈说着，就冲进了起居室，格雷戈尔和爸爸紧随其后。

“没用的，妈妈！”格雷戈尔说，“火警又能做什么？”

老鼠如潮水般涌进了起居室的墙里，声音更大了。

“哦，上帝啊。哦！快去喊妹妹们起来！快去喊奶奶！”格雷戈尔的妈妈抓着电话，按下了警察局的号码，“快接通，快通！”可很快她的脸上闪过一阵惊恐的表情，“电话信号断了。”

“好了，咱们赶快出去！”爸爸说。

大家冲进卧室，叫醒了格雷戈尔的奶奶和妹妹。妈妈一阵风似的把小靴子从婴儿床里抱了出来。“他们别想再带走小靴子！他们不会成功的！”妈妈尖声叫道。

爸爸将大床上的被褥拉了起来，用一床被子裹住奶奶。

“发生什么事了？”老妇人疑惑地问道。

“没事，妈妈。我们觉得楼里可能要发生火灾，所以我们先出去避避，让他们好好检查一下。”爸爸说道。一番挣扎后，他像抱婴儿一样把奶奶弄下了床。

格雷戈尔摇了摇莉兹的肩膀，她立马睁开眼睛，惊醒过来，“那是什么，格雷戈尔？是什么声音？”

老鼠依然在墙壁里面发出恼人的声音。

“是老鼠，是吗？”她说，“它们到家里来了！”

“不，它们没进房子里来，只是在墙里。但现在我们得赶快出去，快点！”他把妹妹从床上拉起来，领着她快步走进起居室。莉兹吓得浑身发抖。

“快啊，莉兹！我们一出门就没事了！”格雷戈尔催促她。他一把抓过他们的外套，妈妈猛地推开家门，所有人都跑了出去。格雷戈尔拽着莉兹，爸爸则抱着奶奶，落在队伍最后。

“大家不要进电梯，”妈妈说，“走楼梯。”妈妈紧抱着小靴子，领着大家跑到走廊尽头，一把拉开楼梯间的门。

到了楼梯口，爸爸把奶奶放了下来，扶着她，“我需要你的帮助，格雷戈尔，我一个人没法扶她下去。”

格雷戈尔将外套塞进莉兹怀里。“你来拿衣服！”莉兹转过头，惊恐地看着他，呼吸声变得急促起来，仿佛充满了痛苦，“没事的，莉兹。没事的。你听，在这儿你听不到那些声音。”

这儿的确什么都听不到。毕竟，楼梯位于大楼外墙和电梯升降井之间，和居民楼并不共用一堵墙壁，现在这里格外安静。住在这栋楼里的人家大多都有老人或是小孩，所以就算到了周六，大家也都在晚上十点之前就上床睡觉了。

莉兹将衣服紧紧抱在胸口，“我……我能……拿住它们。”她勉强说了句话。

格雷戈尔和爸爸协力用前臂抱住奶奶的背部和腿，让奶奶呈坐姿被抬了起来。以前奶奶关节炎特别严重时，他们就用过这种方式带她出门。

“紧跟着我们，亲爱的。”爸爸对莉兹说，“抓着我的胳膊，这样我好知道你跟在我身边。”

全家人挤成一团，笨拙地朝楼下走去。下了两层楼后，老鼠的噪音又出现了。一开始它们的响动并不大，但每走一步，那声音就增大一分，直到他们必须抬高声调才能听见彼此的讲话声。

“快啊！”妈妈说，“它们离我们不远了！”

终于，通往大厅的门出现在眼前。妈妈用后背推开门，站在那儿顶着，让格雷戈尔和他爸爸跌跌撞撞地先走过去。“我们一出去，就直接往马路上跑。拦一辆出租车，接着就去汽车站。快啊，莉兹！加油，宝贝！”妈妈说道。

眼泪从莉兹的脸上滑落下来。她停在楼梯底部，大口喘着气，连话都说不上来了。妈妈换了一只手来抱小靴子，用另一只手护着莉兹的肩膀，匆匆离开了大厅。

老鼠的喧闹声更大了。啮齿动物的吱吱声渐渐演变成了可怕的尖叫。那些爪子的抓挠变得有目的起来，它们在试图抓破水泥墙，从里面爬出来。

格雷戈尔和爸爸先跑到了大厅入口。在那儿有一扇厚玻璃制成的双开门。他们试着让奶奶在地上站稳，然后爸爸伸手去拉门把手。刚将门拉开一条缝，格雷戈尔就看见了一幕让他惊恐的画面。他松开奶奶，肩膀撞向门玻璃，用力把门关上了。

爸爸见状，连忙去扶奶奶，慌乱中自己却跌倒在了地上。

格雷戈尔看见妈妈正在冲他喊着什么，但老鼠发出的喧闹声太大,他听不清妈妈说的话。妈妈也听不见他在讲什么。没办法,格雷戈尔只好将拳头用力砸向膝盖处的玻璃门,把大家的注意力都引到了门底下。

成百上千只老鼠正挤在门外,试图咬开门钻进来,门玻璃被老鼠的唾液弄得污七八糟。

5

格雷戈尔一家踉跄着离开前门，站在大厅中间抱成一团。莉兹缩成一团，喘着粗气，手心里满是汗水。格雷戈尔的妈妈跪在地板上，一只手紧紧抱着莉兹，另一只手抱着小靴子，小靴子慢慢醒了过来。大厅里的日光灯太亮，小靴子在妈妈的肩膀上揉了揉那双惺忪的睡眼，不由得眨了眨眼睛。爸爸已经站了起来，扶着奶奶，奶奶此时正紧闭着眼睛，用手捂着耳朵。

门闩会在老鼠的重压之下瞬间崩溃，格雷戈尔对此十分害怕，一旦老鼠破门而入，将吓坏他的家人。他用后背紧抵住玻璃门，绝望地看着他的家人。他们无法离开这栋楼了，他们该做什么好？突然有什么东西引起了妈妈的注意，吓得她屏住了呼吸。格雷戈尔顺着她的目光朝左边看去。起初他什么都没看见，突然，墙壁下方飘出一阵粉尘。一只小小的爪子从墙里伸了出来，接着一个小小的老鼠鼻子也冒了出来。

“够了！”格雷戈尔的妈妈大吼道，“够了，我同意他们去了！”

话音刚落，老鼠们便安静了下来，就好像有人关上开关一样。这一刻，声音都变得清晰起来。格雷戈尔甚至可以听见莉兹散乱的呼吸声，日光灯管中电流的嗡嗡声，以及远处马路上交通工具传来的轰鸣声。他低头看着玻璃门——一只老鼠都没了。但他知道，它们就在那儿，藏在墙壁里、草丛间，静静等着，伺机而动。

“我们可以去了？”格雷戈尔问道。

“可以。”妈妈嗓音嘶哑，“但这次，我要跟你一起去。”

“好了，咱们上楼再好好讨论一下吧。”爸爸说。

格雷戈尔走到莉兹身边，把她扶了起来，“你还好吗，莉兹？”

“我的……手指……麻了。”她勉强说道。

“我想你刚才是被吓坏了才这样的，亲爱的。”爸爸轻柔地说，“没关系。等我们上楼后，你对着纸袋呼吸一会儿，就会好起来的。”他用手肘按住电梯，门立马就打开了，好像在专门等他们一样。

一家人一起走了进去。

“我能按按键。”小靴子说。妈妈把小靴子抱起来，好让她能按下他们那个楼层的号码。

“看见了吧？”小靴子骄傲地说。

“好孩子。”妈妈没精打采地回应道。

回到家里，墙上的时钟正好显示为一点半。“我们还剩半个小时。”格雷戈尔说。

爸爸把奶奶送回房间安顿好。接着他让莉兹坐在沙发上，叫她拿起一个小纸袋，对着纸袋呼吸，“你刚吸入了太多氧气，亲爱的，现在慢慢呼吸。”

莉兹点点头，遵循爸爸的指示做了起来，看起来还是一副惊魂未定的样子，“我不……不想……让妈妈走。”

“我觉得她说得没错。”格雷戈尔的爸爸说，“这儿大伙儿都需要你。我可以陪小靴子和格雷戈尔下去。”

“不，”妈妈坚持说，“我必须去。”

“爸爸为什么不能去？”格雷戈尔语气变得强硬起来，看到妈妈狠狠白了自己一眼，他立即话锋一转，“我是说，毕竟爸爸以前去过那儿，那里的人都认识他。”

这话是没错，但这并不是格雷戈尔想让爸爸代替妈妈去的真正理由。对于一个初入地下王国的人来讲，她太爱生气了，格雷戈尔担心妈妈会对地底人说一些不中听的话。除此之外，在地下世界里，格雷戈尔好歹还算是个有头有脸的人物——他是预言中的勇士，尽管有时他自己都对这一身份有所怀疑，但其他人相信才是最重要的。另外，从某些方面来说，和妈妈同时出现可能会有损他勇士的光辉形象。特别是他还知道妈妈爱说诸如“去洗手”“表现好一点”之类的话，她甚至会在周围有一大帮人的时候打发格雷戈尔去睡觉。

“我不能就在这儿干等着，空想你们这些人到底怎么样了。这次不行！”妈妈将小靴子放了下来，搂住莉兹，“你知道我话里的意思，莉兹，是吗？”

莉兹点了点头。“我也可以……去。”她勇敢地说。但这个想法很让她害怕，她的呼吸又急促起来。

“不行，我需要你待在这儿，帮忙照看爸爸和奶奶。我们不会去太久的，就参加一个会议而已，之后就会回来了。”格雷戈尔的妈妈边说，边抚摸着莉兹的头发。

“到时候……我们可以……离开这儿吗？”莉兹问道。

“可以啊，”妈妈说，“你觉得搬到叔叔在弗吉尼亚的农场去怎么样？”

“太好了，”莉兹的神色看起来好了一点，“那样就真……太好了。”

“嗯，那我走后，你就开始收拾行李。好吗，宝贝？”妈妈说。

“好的。”莉兹的脸上居然浮现出了笑容。

格雷戈尔心里一阵抽搐。直到刚才，他还一直在想，和妈妈一同出现在地下王国，自己的形象会打多少折扣，一点都没考虑到妈妈的安危，也没空去想其他的家庭成员。想到这儿，格雷戈尔心中一阵愧疚，连忙伸过手去，拍了拍莉兹。“过几个小时我们就会回来的，莉兹。”他说道。

“没错，”妈妈亲了亲莉兹，捏了捏她的手，转身看着格雷戈尔，“那么我们需要带什么去？”

“照明的设备。”格雷戈尔说，“那是最重要的。妈妈，我去拿吧。”

爸爸拿着铁撬棍来到楼下，将洗衣房的隔栏撬开了。格雷戈尔在家中四下搜寻，找到了两只手电筒，并带上了所有能带的电池。妈妈就坐在沙发上，一手搂着一个女儿，用具有安抚力量的声音，向她们描述着在弗吉尼亚新生活的情形。

格雷戈尔走进卧室，看见奶奶并没有睡觉。

“你需要再下去，去那个地方。”她对格雷戈尔说。这话铿锵有力，并非问句。

“另一个预言又提到了我，奶奶。”格雷戈尔说着，把预言递给了奶奶。

“那你必须得去。你可以逃跑，但预言最终还是会找到你的。”奶奶说。

“似乎是这样的。”格雷戈尔拉平盖在奶奶身上的被子，“照顾好自己，好吗？”

“你也是。一会儿见，格雷戈尔。”她说。

“一会儿见。”格雷戈尔说。他亲了亲奶奶的前额，奶奶看着他笑了。

全家人不得不冒着让奶奶独处可能带来的风险，一起去了洗衣房。想来奶奶也不会自己下床的，老鼠也不会再来了，毕竟它们已经得到了自己想要的结果。

爸爸将洞口的烘干机推开，清出一块空地，然后用撬棍将隔栏打开。一缕缕白色气体从墙内黑暗的空间中蒸发出来。“看来气流已经流动开了，”爸爸说，“这些气流能直接带你们进入地下王国。可瑞普瑞德说会有只蝙蝠等着我们。”

爸爸的话还没说完，一张巨大的毛茸茸的脸就出现在开口处。这只蝙蝠看起来仪表非凡——从鼻子到耳朵，都布满了放射状的黑白条纹。

妈妈倒吸一口凉气，莉兹吓得大哭起来。这是她俩见过的第一个地底生物。

小靴子立马伸出小手，摸了摸蝙蝠的毛发，“哦，你看起来真像斑马。斑斑，斑马！嘿，你好啊！”

“欢迎你们，”蝙蝠咕噜咕噜地说，“我是雌性，名叫奈克。你们做好出发准备了吗？”

格雷戈尔一家人面面相觑，而后沉默地互相拥抱起来。

“我们怎么……爬到你身上？”妈妈问蝙蝠。

“你只需要跳下去就行了。别担心，不管有没有飞行者的帮助，气流都会安全地把你们送到地面的。我来只是为了能让你们放轻松。”奈克说。

蝙蝠一下子就消失了。小靴子急切地冲到隔栏前，大叫：“下一个是我！”

格雷戈尔抓住她，看着她那副激动不已的样子，差点大笑出来，“我想这次还是我在下面接住你吧。准备好了吗，妈妈？”

妈妈跪在隔栏边，将头探进去看了看。“我们……往里跳就行？”她探出头来，一脸疑惑。

“等等，”格雷戈尔说。他把小靴子放在地板上，然后钻进迷雾，单手抓着隔栏边缘，身体悬空，“现在把小靴子递过来。”爸爸应声将小靴子放进格雷戈尔另一只手臂。此时的小靴子看上去像只考拉宝宝一样，攀附在了格雷戈尔身上。“来吧，妈妈。抓住我们，我们就能一起下去了。”

妈妈咬着嘴唇，然后回头看了一眼爸爸和莉兹，接着迅速钻进通风口，握住格雷戈尔那只抓着隔栏边缘的手，离开了洗衣房。格雷戈尔随即松开了自己的手。

几秒钟后，洞内回旋的迷雾便脱离了从洗衣房中透进来的光，周围的环境立马陷入黑暗中。格雷戈尔抓紧妈妈的手腕，感觉到她的心在狂跳不已。他努力克制着恐高症，尽量不去想下落带给自己的恐惧，但却收效甚微。格雷戈尔第一次这样下落时，就曾不停地告诉自己：自己只是在做一个噩梦。

但那个传入他耳际的欢快的尖叫声却显得异常真实，“格雷——戈！妈妈！小靴子！我们在一起飞！”

6

“格雷戈尔！我们都会没命的！”妈妈惊叫道。

“不，妈妈，没事的。”格雷戈尔十分镇定地说，“嘿，奈克！”他喊道，“我们能骑着你下去吗？”

格雷戈尔不知道奈克有没有听见，甚至不清楚她在不在自己身边，但突然一下子就落到了她背上。奈克扭了扭身子，格雷戈尔发现妈妈正坐在自己身后。

“当然可以骑了。”奈克说，“不管采用什么方式下去，舒适最重要。”她的声音很悦耳，有种振奋人心的力量，这对于蝙蝠来说很是难得。当然了，和格雷戈尔聊天最多的蝙蝠只有阿瑞斯，而这只蝙蝠经常心情欠佳，要知道，也实在没什么能让阿瑞斯心情好起来的理由。

“谢谢你。”格雷戈尔说。他把小靴子抱在胸前，打开手电筒。灯光照在阵阵迷雾上，给人一种身处美丽而又诡异的白色森林的错觉。通过这些白色气体，格雷戈尔依然能看出他们正顺着一条宽宽的石质通道往下坠落。

“我能骑蝙蝠。”小靴子用手抚摸着奈克布满条纹的脖子，“‘z’是斑马，‘z’代表动物园，还有拉链①！”她最近对字母表特别敏感。

“我本来以为只有你和你妹妹会来，地上人格雷戈尔。这边这位是你的妈妈吗？”奈克问道。

“是的，她也想来看一看地下王国。”格雷戈尔说，接着他又自言自语道，“她还想在我头上钻个洞，让我听话呢。”

“哦，地下王国的胜景数不胜数，就如同勇士和公主的母亲一样伟大。”奈克说，“见到你是我极大的荣幸，勇士的母亲！”

“哦，我也是。”妈妈语气生硬地说道，“直接叫我格蕾丝就行了。”

格雷戈尔盯着迷雾笑了起来。他听得出来，妈妈被蝙蝠的友好和那番恭维的话弄得晕头转向了。“奈克，我之前好像没见过你。”他说。

“不，我们见过面。你在完成‘灰色预言’时，我在我的家乡

---

①译注：字母“z”是英文单词“zebra”（斑马）、“zoo”（动物园）、“zip”（拉链）的首字母。

看到过你。”

“在我们去拜见雅典娜女王的时候吗？”格雷戈尔问。那是他唯一一次去蝙蝠的王国。在那个巨大的岩洞洞顶，倒挂着成千上万只蝙蝠，由于蝙蝠太多，他也只能记得女王的模样了。

“是的，她是我的母亲。”奈克说。

“你的母亲？那你就是公主了。”格雷戈尔有点吃惊地说。奈克刚才并没有透露自己公主的身份。

“是的，我是公主。但我希望你不要因此与我保持距离。”奈克大笑道。

一行人最终落地了，大家从奈克背上爬下来，依次挤进一条通向隧道的管道。

当他们重新爬回奈克背上时，格雷戈尔说道：“现在离王之城不是很远了。”

“太好了。我们这个会议越早结束越好。”妈妈说。

格雷戈尔到现在还记得，上次他掉下来后，步行了十分钟才走到王之城。但这次由于骑着蝙蝠，他们花在路上的时间就大大缩短了。格雷戈尔还没反应过来，奈克就飞过了守卫森严的入口，王之城便出现在了下方。看样子，现在还是地下王国的早晨，这座城市刚刚焕发出生机。

“哦！”格雷戈尔听见妈妈屏着呼吸惊叹道。壮丽的城市、华丽的塔楼、精美的石刻，这些无一不让妈妈叹为观止。

奈克载着他们飞进了宫中的圣殿，看来维库斯已经在那里等候多时了。老人满脸忧虑,眼中已经失去了往日的神采。卢克萨的失踪——甚至可能是死亡——正慢慢折磨着他。但维库斯一看到格雷戈尔,脸上立马浮现出了欣慰的笑容。

“地上人格雷戈尔,我就知道你不会置我们于不顾的。”他说道,“还有小靴子也来了！”

“嘿,你好！”小靴子大喊道。

格雷戈尔和小靴子迫不及待地从奈克背上滑了下来。随后,妈妈也出现在众人眼前,她从奈克背上跳下来,一把抓住准备四处乱跑的小靴子,“你得乖乖地和我待在一块。”

“要是我没看走眼的话,这位女性就是地下王国念念不忘的那个恩人,我们欠她的太多太多。”维库斯说着,向格雷戈尔的妈妈深深地鞠了一躬,“欢迎您,向您致以最诚挚的感激,我们的光明之母。”

“你称呼我格蕾丝就行了。”妈妈简洁地说。

“格蕾丝,”维库斯好像在回味这个词,“这名字多么适合一位给予我们无数帮助的女性啊！我是维库斯。”

“嗯哼。那会议要在哪儿开？”格雷戈尔的妈妈边说,边换了一只手来抱小靴子。

“既然你们已经到了,我们就可以开始着手准备了。鉴于目前瘟疫流行,我们先要检查一下各位与会代表的血液。请您原谅我们的冒昧。”维库斯说。

“但我们根本没有染上瘟疫！”格雷戈尔的妈妈说道。很显然，这主意让她警觉了起来。

“这是我们大家都希望的。但医生指出，阿瑞斯是在通往拉比瑞斯的旅途中遭受螨虫攻击才患上瘟疫的。而当时他被咬的时候，您的两个孩子都在现场，后来的几天，格雷戈尔更是和他有相当亲密的接触。因此，让我们检查一下他们的血液是非常必要的。”维库斯说，“同样，我们推断您孩子感染的病毒也可能传染到您的身上。”

格雷戈尔倒没想过他和小靴子也会感染瘟疫。而现在，他想起了当时他和卢克萨一起检查阿瑞斯皮肤的情景，之后他们还一起给阿瑞斯的伤口涂了药膏。而那时他前臂上乌贼吸盘留下来的伤口还暴露在空气中。蝙蝠的血也有可能沾在了他的伤口上。

浴血而生的死亡已成温血

……

妈妈用手拉过格雷戈尔，仔细地看着他。“但是……要是你们接触了瘟疫，现在就应该已经病倒了，不是吗？”她说，“我的意思是，它应该会表现出某些病症，对吗？”

“这我说不准，”维库斯说，“有的生物几天内就会病倒，还有的好几个月都不会显示出什么异样。这病毒很狡猾，是潜伏性的。”

一行人跟着维库斯走下圣殿，来到一间灯火通明的房间。一路上，妈妈的胳膊都紧紧挽着格雷戈尔。一名身材矮小的女性正伏在一张摆满了医疗用品的桌子前。桌上有很多小玻璃瓶，里面盛着液体，一盏亮着蓝色火焰的油灯摆放在一旁，一边还有一台设计古怪的仪器。格雷戈尔猜测，那肯定是台显微镜。

“妮薇乌医生……”维库斯喊道。女人被惊得跳了起来，一块载玻片从她手里滑落下来，掉在地上，摔成了碎片。

“哦，”妮薇乌医生喘着气回应道，“又一片没了。你们别担心，这上面的东西不会引起感染。”

“很抱歉惊扰了你，”维库斯说，“‘温血诅咒’的爆发让每个人都有些神经兮兮的。她是妮薇乌医生，我们最著名的传染病研究医师。妮薇乌，这是地上人格雷戈尔，他的妹妹小靴子，还有他们最可敬的母亲格蕾丝。”

妮薇乌用一双淡紫色的眼睛热烈地扫视着他们，“欢迎你们。你们无法想象，能看到你们多么让人振奋！”

“但先要确保他们万无一失，才能参加会议。”维库斯说。

“是啊，是啊，我们赶紧来做检测吧！”妮薇乌说着，戴起一双手套，那手套把手裹得紧紧的。她用针在他们每人的手指上扎了一下，采集血样，然后又在显微镜下仔细观察了一番。妮薇乌只看了一眼，就宣布格雷戈尔的妈妈和小靴子安然无恙。但在检查格雷戈尔的血液样本时，她却皱起了眉头，将显微镜调整了好几次。

“快说吧，”格雷戈尔心想，“我染上瘟疫了。我就知道会这样。”

不过，最终结果还是让他松了一口气。妮薇乌抬起头来，看着他们，脸上第一次露出了笑容，“完全没问题。”

格雷戈尔呼了一口气。“下一步该做什么呢？”他问。

“如果现在你坐好的话，我就要开始着手检查你头皮里的跳蚤了。”妮薇乌说。

“跳蚤？这男孩怎么会有跳蚤？”妈妈义愤填膺地说。格雷戈尔忍不住笑了起来，“我们家连宠物都没养。”

“抱歉，但这是常规检查项目之一。”维库斯说，“跳蚤通常会将瘟疫病毒从一个生物体传播到另一个生物体。妮薇乌这一早期辨识方法非常有效，道出了为什么王之城到目前为止只有三个病例，而城外却有成百上千只老鼠受到感染的原因。”

一旦听了这话，检查跳蚤这事就没原先那么好笑了。

当医生宣布格雷戈尔一家并未沾染上跳蚤后，维库斯便邀请他们去一旁稍作休息,等待会议开始。"我们至少要再等一个小时,才能把所有与会成员都检查一遍。来,你们先休息一下,恢复恢复精力吧。"

维库斯领着他们走进一间装饰精美的房间，屋内的墙上刻有令人眩目的花纹,熊熊燃烧的壁炉旁摆着精美的家具,一旁的花盆里甚至还种着地下世界稀有的绿色植物，上面开着粉色的花朵。地底人拿着一盘盘诱人的食物走进了房间,两名带着弦乐器的乐师也跟了进来，他们彬彬有礼地询问格雷戈尔的妈妈是否想听一些音乐。格雷戈尔明白,地底人弄来这些新鲜玩意,无非是为了讨他妈妈的欢心,要知道,在此之前他和小靴子从未受过如此礼遇。

"你倒没跟我说这儿有这么好。"格雷戈尔的妈妈说道。

"这里以前不是这样的。我觉得这里的人想讨好你……'我们的光明之母'。"格雷戈尔说道。妈妈听了这话翻了个白眼,但他看得出来,妈妈的心情不错。

格雷戈尔看着妈妈，她仍穿着那件服务生的制服坐在一旁的沙发上。他心想,要是这儿有谁能享受下明星级的待遇的话，那肯定非他妈妈莫属了。格雷戈尔自己也很想留在这儿——他从未听过这种音乐——但他还有事要办。

"我想去趟洗手间。"他告诉妈妈。

格雷戈尔飞快地夺门而出,但他并不是真要去洗手间。他跑到台阶那儿,向楼下走去,一步跨过两个台阶。医院位于宫殿下层。阿瑞斯一定被关在那儿。

不知是格雷戈尔已经熟悉了地下宫殿的布局,还是因为运气太好——他没花多长时间,就找到了医院。医生们对于格雷戈尔的到来很是惊讶,但在听到他的要求后,他们都快惊呆了。

“是啊,”一名医生迟疑着说,“看他也不是不可以。但你们没法谈话,他已经被隔离在厚厚的玻璃墙后面了。”

“行啊,这样也行,我只需要……招个手什么的。我只是想让他知道我来了。”格雷戈尔说。听瑞普瑞德说,阿瑞斯之所以还在苦苦坚持,就是因为他知道格雷戈尔一定会过来,要是瑞普瑞德说的属实,那他就必须和这只可怜的蝙蝠见一面。

医生领着格雷戈尔穿过一条长长的走廊。“就是这儿了。沿这条通道走下去,阿瑞斯就在你右手边的地方。你必须明白……他病得很厉害。”

“我知道。”格雷戈尔说,“我不会做出什么出格的举动的。”他清楚,在医院时所有人都必须保持轻手轻脚。在医生还没有改变主意之前,格雷戈尔便匆匆走了过去。一想到时隔好几月后,能再次见到自己的朋友,格雷戈尔不由得兴奋起来。他希望阿瑞斯能明白一切都会好起来。他一定会找到治疗瘟疫的方法,让他们再次一同飞翔。一想到这儿,格雷戈尔不禁加快了脚步，但还是抑制住了自己想要奔跑过去的冲动。他走到通道的尽头，向右边拐了个弯，来到另一条走廊上。就在这条走廊边，设有一排长长的玻璃墙。

格雷戈尔透过玻璃，看见了他的蝙蝠。

接着，他俯下身，不禁呕吐起来。

7

格雷戈尔胃中一阵翻腾，晚上吃的食物全都吐在地上，溅到了玻璃墙和靴子上。不一会儿，一阵恶心感再度席卷而来，使他不禁干呕起来，又吐了一遍。

一只冰凉的手摸了摸格雷戈尔的后脖颈，有个女人用饱含同情的声音说："来吧，地上人，跟我来。"她领着格雷戈尔来到了一旁的卫生间里。格雷戈尔忍不住抓住马桶边缘，又是一阵干呕，还好有持续的流水将这些呕吐物都冲干净了。一分钟后，格雷戈尔觉得自己已经好多了，但随即，阿瑞斯刚才的样子再次闪现在脑海里，他顿时又遏制不住哇哇地吐了起来。

阿瑞斯四仰八叉地躺着，翅膀尴尬地伸展在外面。他原本浓密油亮的黑色毛发，现在已经大块大块地脱落，取而代之的是香瓜大小的紫色囊肿。其中有几块囊肿已经破了，鲜血和脓液正从破裂口往外流。蝙蝠的舌头无力地垂在嘴巴外面，上面覆盖着一层白霜。为了获得一点可怜的空气，他的头以古怪的角度垂在身后。这真是格雷戈尔这辈子看到过的最可怕的场景。

格雷戈尔刚刚吐完了午饭，甚至差点连早饭也顺带吐了出来。他挺直身子，站了一会儿，直到确认胃里再也没有东西涌上来。格雷戈尔大汗淋漓，四肢不停地颤抖。最终，他扶着厕所的墙站了起来。“我很抱歉，非常抱歉。”格雷戈尔说道。他对自己见到阿瑞斯后的反应感到窘迫和羞愧。

“没关系。很多人第一次看见瘟疫感染者时也是这个反应，就连我的丈夫也不例外。要知道，他可是一名了不起的战士，但他看了后也立马昏了过去。还有的人看的时候好像一点也不害怕，但之后每晚都会从噩梦中尖叫着醒来。这瘟疫真的是个可怕的东西。”女人说。

“阿瑞斯没看见我，是吗？”格雷戈尔问道。要是他的蝙蝠发现他只看了一眼就吐成这样，那对他该是多大的打击啊！

“没有，他在睡觉。不要觉得你伤害了他，也别用这想法来折磨自己。”女人说，“给，先漱漱口吧。”她将一个石杯塞到格雷戈尔手里，他接过杯子，用里面的水漱了漱口，然后直接将水吐进了厕所。

“现在我去看他的话应该没事了。刚才我是太震惊了。”格雷戈尔说。

“我知道。”女人说。

格雷戈尔抬起头，这是他第一次看清她的脸。她看起来有些面熟，但格雷戈尔不确定自己是否见过她，“你是这儿的医生吗？”

“不，我和你一样也是外来客。我叫苏珊娜，来自芳特。”女人说道。

“哦，你是霍华德的妈妈。”格雷戈尔说。怪不得她看起来挺眼熟的。上次格雷戈尔和几个同伴一起去找灾星，其中一个就是霍华德。也就是说，她还是索罗维特和维库斯的女儿，卢克萨的姨妈。莫非这儿所有人都有亲戚关系？

“是的，我儿子对你的评价很高。”苏珊娜说，“尤其是他在接受叛国罪的审判时，你英勇的表现拯救了他的生命，他因此对你大为赞赏。”

“他们应该给他颁个奖牌什么的，整个冒险过程中他都非常勇敢。”格雷戈尔说。

“谢谢你。”女人说着，眼里突然噙满了泪水。

“你还好吧？”格雷戈尔问。他说了什么让她难受的错话了吗？

“我和其他人一样，在这种情况下难免会有这种表现。”她将一条毛巾在脸盆里蘸湿，擦了擦格雷戈尔的脸。格雷戈尔没有抗拒。苏珊娜一共有五个孩子，霍华德只是其中之一。看样子，她一定见过好多孩子这样吐过了。

“霍华德怎么样了？他也在王之城吗？”格雷戈尔问。

苏珊娜盯着他看了一会儿。“当然了，看来你还不知道。是的，他在王之城。其实……他离我们只有几步远。”

“他也在医院里？他不会也病了吧，是吗？”格雷戈尔渐渐明白了发生的一切，“哦不，你不是说他也……他没有……”

“是的，他也染上了瘟疫。”苏珊娜说，“但他是最近才被确诊的，飞行者安德罗美达也被确诊了。你能及时来，给了我们极大的信心。我坚信我们能找到治疗方法，这样他们就不会……”说到这儿，她狠狠咬住了嘴唇。

也就是说霍华德也被感染了，安德罗美达也未能幸免。安德罗美达是马雷斯的结合，寻找灾星的时候，一路上都是由马雷斯领头的。在那趟旅途中，霍华德的蝙蝠潘多拉在一座小岛上，被螨虫啃得只剩下骨头。接着那些螨虫还袭击了阿瑞斯，他费尽心思才勉强捡回一条命。霍华德帮助阿瑞斯处理了伤口，之后，睡觉时安德罗美达又挨着阿瑞斯。怪不得格雷戈尔一家人一到王之城，维库斯就命人检查他们的血液。所幸的是，小靴子和阿瑞斯接触不多，但格雷戈尔和阿瑞斯如此亲密却没染上瘟疫，这不得不说是个奇迹。

“真不敢相信我居然没感染上瘟疫。”格雷戈尔嘟囔着说。

“也许作为地上人,你身体里有地底人没有的免疫力。”苏珊娜说。

“也许吧。”格雷戈尔说。他妈妈一直都很关注孩子们的健康情况,让他们兄妹几个及时注射疫苗。但格雷戈尔总觉得他从未注射过针对阿瑞斯这种病的疫苗。他拿起湿毛巾,努力擦拭着靴子。“我能看看他们三个吗？我保证再也不吐了！”格雷戈尔说。

“当然了,我相信你的出现对他们来说,就如同圣光降临一般。”苏珊娜说。

于是她又把格雷戈尔带到了装满厚玻璃墙的走廊。先前的呕吐物已经被人清理走了,地板和玻璃光亮如新。

格雷戈尔双手抱在胸前,再次向阿瑞斯看去。这次他仿佛感到了和蝙蝠同样的痛苦,他可怜的朋友啊,此时一定备受煎熬。“哦,上帝啊,”格雷戈尔说道,“他这样已经多久了？”

“我们还不知道,但他惊人的耐力几乎成了传奇。”苏珊娜说。

格雷戈尔点点头,但他不知道这到底是好事还是坏事。阿瑞斯拥有强健的身体，是否意味着他还要忍受更长时间的痛苦才会死去？等到所有生物都死了还会痛苦地活着？

阿瑞斯翅膀一阵颤抖,勉强睁开眼睛。他的眼神起初还涣散无光，但当他看到格雷戈尔后，眼中竟然流露出一丝欣喜的神色。格雷戈尔使尽浑身解数，勉强挤出一个微笑——但愿这是一个鼓励式的微笑。格雷戈尔将右手放在玻璃上，只见阿瑞斯稍稍抬起了左爪。手和爪相握是结合间常做的动作，但现在这已经是他们能接近的最近距离了。

阿瑞斯的眼睛慢慢闭上了，苏珊娜用手抓着格雷戈尔的胳膊，说："霍华德和安德罗美达病得还没这么厉害，来吧，过来看看。"

格雷戈尔跟着她往走廊深处走去，来到另一间被玻璃隔离起来的房间。霍华德和安德罗美达正面对面坐在地板上，他们中间放着一个棋盘。霍华德只有脖子上有一块紫色肿块，差不多有一个胡桃大小。安德罗美达身上覆盖着金色斑点的黑色皮毛，所以暂时还看不出有什么异样，那样子就像从前一样健康。苏珊娜敲了敲玻璃，他们俩一起抬头看了过来。霍华德一看到格雷戈尔，脸上立马焕发出了神采。格雷戈尔看着他，脸上自然而然地浮现出了笑意。霍华德和安德罗美达急忙跑到墙边。玻璃太厚了，他们完全听不见彼此的说话声。但格雷戈尔敢肯定霍华德在说："格雷戈尔！你终于来了！"

"是的，我来了。"格雷戈尔说。

霍华德将头转向安德罗美达，听了一会儿。接着他又把头偏向了格雷戈尔，看唇形，他问的应该是："小靴子呢？"

格雷戈尔点点头，“小靴子也来了。”

就在这时，这间玻璃房后的门开了，一个身着防护服的女人端着一盘药走了过来。她命令霍华德和安德罗美达赶快回床上躺着。

“那是妮薇乌吗？”格雷戈尔问，“是她给我做了血检。”

“是的，现在所有瘟疫病例都由她亲自治疗。”苏珊娜说。

“哇，这活胆小鬼可做不来。”格雷戈尔说。苏珊娜没听懂，他又进一步解释道，“只有勇敢的人才能从事这项工作。”

“哦，是的，妮薇乌就非常有奉献精神。”苏珊娜说，“她下定决心，要把‘温血诅咒’治愈才肯罢休。”

霍华德撩起了衬衫。格雷戈尔想，还是给朋友们一些私密空间为妙，况且妈妈现在说不定也在找他。他必须赶在妈妈担心之前，回到她的身边。就在格雷戈尔从医院走廊往回走时，他听见一个熟悉的声音从病房里传了出来，“地上人！”

他看见马雷斯正坐在病房里的一张床上。

“嘿，马雷斯！”格雷戈尔说，“老天，看见你真好！”他忍住了才没说出那句“看见你还活着真好”，但他心里的确是这么想的。上次见到马雷斯时，这名勇敢的战士还处于昏迷状态。那时他们离家很远，一条海洋里的巨蛇咬伤了马雷斯的腿，他因此流了很多血。

马雷斯拿过一个东西，摇晃着从一侧下了床，来到格雷戈尔面前。直到此时，格雷戈尔才发现马雷斯那条受伤的腿已经做了截肢手术，只留下一条十几厘米长的大腿。

“你的腿……”格雷戈尔还是忍不住把话说了出来。

“是啊，”马雷斯倚在拐杖上，“我现在像太普一样努力生活着，这根拐杖可以算是我新长出来的一条腿。”

“是啊，”格雷戈尔无力地说，“那招不错。”他俩口中所说的那只蟑螂，在巨型乌贼的袭击中损失了两条腿，但据瑞普瑞德讲，他躲在死亡之地时重新长出了两条。

“我这条腿由于伤得太重，已经抢救不回来了。不过有安德罗美达会带着我飞，还需要腿干吗？”马雷斯说到这儿，似乎才想起了那只蝙蝠，然后不由地用手遮住了双眼。

“她会好起来的，马雷斯。”格雷戈尔说，“会议马上就要开始了，大家一定会找到治愈方法的！”

“我也这么认为，”马雷斯说着，又强打起精神来，“他们给你做了检验了？你的血没问题吧？”

“我很好，小靴子也没事。看到你没被隔离在玻璃后面，我想你也应该没事。”格雷戈尔说。

“是啊，不知道怎么回事，我真搞不懂，”马雷斯说，“我们这几个人是怎么逃过一劫的？”

“我懂你的心思，这真是奇怪了。”格雷戈尔说。

“大家都很害怕你这次不会来了，但我知道你一定会来。”

马雷斯说。

“我当然要来了，但我只会在这儿待几个小时。”格雷戈尔说。

马雷斯一脸疑惑。“几个小时？维库斯是这么跟你说的？”他问。

“是啊，他说只需要我们出席一个会议就行，之后我们就能回家了。”格雷戈尔说，“会有其他人去找治疗方法的。”

“维库斯亲口这么说的？那你们不准备和噬咬者一起去找治疗瘟疫的药了？你确定吗？”马雷斯问道。

“他是那么说的。”格雷戈尔想了一会儿，犹豫了一下，“嗯……不对，我想维库斯本人并没有这么对我说。他是派瑞普瑞德来告诉我的，”格雷戈尔说，“但瑞普瑞德应该不会撒谎的……”

直到这时，一个可怕的念头才从格雷戈尔脑中闪过。不错，瑞普瑞德一定会撒谎的。如果瑞普瑞德知道这是唯一能让格雷戈尔和小靴子来到地下王国的方法，他一定会不假思索地骗他们。

8

格雷戈尔急匆匆跑回宫殿，看见维库斯、妈妈和小靴子正站在那间豪华的房间外面。他需要和维库斯讨论一下寻找治疗方法的事，但又不能当着妈妈的面直接开口。也许马雷斯说错了，瑞普瑞德没撒谎。也许治疗的方法原本就在实验室里，根本不需要经历一番危险的旅程，去某个地方寻找，也许一切都是个误会。

“你到底上哪儿去了？”他妈妈问道，“我以为你就去了趟卫生间。”

“是的，但是……我吐了。”格雷戈尔说，“过了好一会儿胃才恢复过来。”

“你生病了吗？”妈妈立刻把手搭在他的前额上。

“不,妈妈,现在我感觉好多了。”格雷戈尔说。

“嗯,可能是晚上吃的炖菜里面放了太多佐料,加上飞行的时候过于颠簸了。毕竟,你的胃也不是钢筋做的。”妈妈接着告诉维库斯,“他坐车时间一长就会晕车。因此,我们出门旅行必须带上塑料袋。”

好了,这就是格雷戈尔所担心的妈妈会做的事情之一。爸爸从来不会告诉别人勇士出门还需要带个塑料袋。妈妈连自己在说什么都不明白,她不知道骑蝙蝠飞行根本不会给格雷戈尔的胃带来任何不适。不过不管怎样,妈妈这么理解也比她知道自己偷偷去见了阿瑞斯要好。“我没事了,妈妈。那我们可以开始会议了吗?”

“是的,现在我们出发去竞技场吧。”维库斯说。

奈克和欧里庇得斯——维库斯的大灰蝙蝠——载着一行人,向曾用来举办体育赛事和进行军事训练的竞技场飞去。整个竞技场呈椭圆状分布,田径场上铺着富有弹性的柔软青苔,观众就坐在一旁高大的看台上。竞技场位于王之城的边缘地带,高耸的石门将这里与城市分隔开来。穿过田径场,门那边有几条通道,它们有的连着地面,有的通向空中,这些都是可以离开城市的路。

当他们飞进竞技场后,才发现看台上空空如也。大部分与会人员都站在田径场上,在场的生物大致可分为三种——蝙蝠、蟑螂和老鼠——各自分开站着。他们之间并无交流。这让格雷戈尔想起了运动会的场景，每队队员各据一方，穿着不同颜色的运动衫，独自进行热身准备。

“准备好交些新朋友了吗？”格雷戈尔努力拿出积极的腔调对妈妈说道。

妈妈看着下方由巨型生物组成的小型临时动物园，不太高兴地抿了抿嘴唇，“你再跟我说说，谁跟谁是一伙的？”

格雷戈尔摇了摇头，“关系有点复杂。最主要的就是，大多数的人类和老鼠都是仇敌。蝙蝠和人类结盟，而蟑螂只希望能置身事外，但他们很爱小靴子。所以如果小靴子出现，他们就会出现。预言说，找到治愈方法需要各方的参与。”

奈克和欧里庇得斯将格雷戈尔一行人放在田径场上，接着便和以雅典娜女王为首的另外四只蝙蝠聚集到一块，栖息在矮小的石凳上。

瑞普瑞德和两只老鼠正坐在离他们近十米远的地方。他们的皮毛上似乎都预先撒了某种黄色粉末。

“他们的皮毛上是什么？”妈妈一脸不屑地瞥着老鼠，问维库斯。

“那是一种能杀死跳蚤的粉末。只是预防措施罢了。他们的血液都没有问题，但身上都带着跳蚤，我们不能冒着风险把昆虫也带进城来。”维库斯说。

而六只蟑螂则在耐心地等待着，他们离其他生物有些距离。领头的蟑螂头上有一根弯曲的触须。

“太普！”小靴子大喊起来，“我看见太普了！”她从格雷戈尔怀里挣脱，向蟑螂跑去。

“小靴子！”妈妈也跟着追了出去，但格雷戈尔及时抓住了她的胳膊，低声对着她一阵耳语。

“不，妈妈，不要这样！那是太普！要不是他，小靴子早就没命了！蟑螂们都很尊敬她，不要搞砸这个局面！”格雷戈尔说。

“什么？”妈妈不禁抬高了眉毛。

“我是说，请礼貌地对待他们。”格雷戈尔胆怯地说，他在家的时候从来不敢这样和妈妈说话，“求你了。”

妈妈看了看蟑螂，犹豫了。她看见太普正坐在两条后腿上，显得有些胆怯的样子，而小靴子则径直跑进了那六条腿组成的怀抱里。

“嘿，是你！嘿，太普！你醒了！”小靴子激动地说。

“太普醒了，太普做到了。”蟑螂说。

小靴子往后退了一步，好奇地打量着他。接着她开始数他的腿，“一、二、三、四、五、六！都在！”

“喜欢吗，我的新腿，你喜欢吗？”太普说。

“是——的！你让小靴子骑一下？我们去骑骑？”小靴子说。

太普立马放平身体，肚子贴着地面。小靴子一会儿便爬到了他的背上，他们欢快地围着田径场跑了起来。

“来啊，见见蟑螂吧。他们全都很友好。”格雷戈尔说。

妈妈看了他一眼，觉得他就像疯了一样，但她还是任由格雷戈尔领着自己去看那些昆虫。太普则和小靴子继续跑着。

“看见了吗？这是妈妈！”小靴子说着，从太普背上滑落下来，跑上前去，摇晃妈妈的手。

蟑螂们听见这个消息似乎沸腾了。格雷戈尔听见他们在偷偷耳语。“她是拍打手，她是？她是拍打手吗？”所有蟑螂向她深深地鞠了一躬，头都碰到地面了。

“欢迎你，公主的制造者以及最令人敬畏的拍打手。”太普说。

“他们喊我什么？”妈妈问格雷戈尔。

“嗯，我想他们刚说的是‘公主的制造者以及最令人敬畏的拍打手’。”格雷戈尔说。

“那是什么意思？”妈妈问。

“他们是说你是小靴子的妈妈，还有……面对现实吧妈妈，你可打死了不少蟑螂。”格雷戈尔说。

“嗯，不过我现在可不打算拍死这些大家伙！”妈妈怒气冲冲地对他说。

“嘿，那名字可不是我起的！”格雷戈尔说。

“好了，蟑螂们，你们听好了。”他妈妈说。

话音刚落，蟑螂们立马趴在了地上，那样子好像准备迎接她随时可能打来的拍子一样。“是的，公主的制造者以及最令人敬畏的拍打手。”太普嘶嘶地勉强吐出了这些话。

“从现在起，你们就叫我格蕾丝，行吗？”妈妈说道。接着她看着竞技场里的其他生物，大声宣布道，“所有人都注意了，你们喊我格蕾丝就行了！”

在维库斯把格雷戈尔的妈妈介绍给蝙蝠的时候，格雷戈尔和瑞普瑞德开始攀谈起来。“哦，看看谁来了，我猜你妈妈最后还是会放你来。”老鼠说道。

“我们到底要不要待在这儿？瑞普瑞德，这次你最好别跟我说谎。”格雷戈尔屏着呼吸说，“你最好别妄想把我和小靴子弄上什么寻找解药的旅程！”

“你自己已经读过预言了，不是吗？预言里只说把你从上面弄下来就行了。”瑞普瑞德说，“现在你出现了，要是你想回家，我倒是不反对。你要相信，我宁愿独自上路，也不想和你那喋喋不休的妹妹和她的六条腿朋友一起走。”

“大家都是这么想的吗？”格雷戈尔问，“我只要参加会议就行了？”

“嗯，那你就得问问这一群家伙了，不是吗？我可不知道爬虫那豌豆大的脑子里想的是什么。”瑞普瑞德掏了掏耳朵后面的药粉，大喊道：“我们能开始了吗，维库斯？这儿可有忙着讨生活的生物啊，不管命多短，都得过活。”

“但啮啃者呢？”维库斯问。

“我不知道。是拉普布拉德和芒格负责传话的。”瑞普瑞德说着，轻拍了两下尾巴，示意了一下身边的两只老鼠。

“嗯，我们没去。”拉普布拉德厉声说道，“我们凭什么去？”

“她说得没错。”芒格说，“我们花了那么大力气把他们从我们的地盘赶走，可不是为了再见到他们。要是他们死于瘟疫，那我们正好甩掉一个大麻烦。”

“再说了，谁需要他们啊？”拉普布拉德说，“预言根本就没提到啮啃者。”她开始疯狂地抓起了肩膀，“这到底是什么毒药？是杀跳蚤的吗？怎么让我们饿得发慌？”

“我给了你们很详细的命令！”瑞普瑞德的后背在青苔上磨蹭着，缓解着奇痒。

“可是你没注意到吗，我们可不用听从你的命令！”芒格说。

瑞普瑞德恼羞成怒，一下子跳了起来，朝两只老鼠冲去。那两只老鼠立马摆出防御姿态，等着他发动攻击。但瑞普瑞德并没有动真格，只转过头恨恨地说了句：“等进了地道我再跟你们算账。”

“这情况并不理想，但要是啮啃者不出席的话，那只剩下妮薇乌和索罗维特没到场了。”维库斯说，“啊，她们来了。”

在众人的仰望中，一只蝙蝠从王之城的方向飞了过来，蝙蝠停在地上，妮薇乌和索罗维特从蝙蝠背上爬了下来。

索罗维特立刻宣布会议开始，并请妮薇乌先发言，讲一讲疫情。医生从蝙蝠背上拿下一本皮革封面的大书，把书放在青苔上，跪在书前。那书虽然只有三十厘米高，但宽度却接近一米，看起来也是相当厚。妮薇乌打开书时，格雷戈尔清晰地听见了羊皮纸轻微裂开的声音。

“我查阅了大量古籍，试图在史料中找到和现在的瘟疫相似的疾病。”妮薇乌说，“据史书记载，地下王国历史上曾爆发过两次类似于‘温血诅咒’的瘟疫。一次大概发生在二百五十年前，另一次距今只有八十年时间。在这两次瘟疫中，感染体普遍出现发高烧、呼吸疼痛，以及皮肤表面出现紫色大脓包的现象。成千上万的地下生物因此而丧命。”

“太好了，那这些资料里有没有碰巧提到过治愈方法？”瑞普瑞德说。

妮薇乌将书翻到某一页，书里露出了一幅墨水画，是一种长着五角形状叶子的植物，外表极其特别，“就是这种植物，名字叫星影。它只存在于一个地方。”

“我从未见过，”拉普布拉德说，“一定长在地上吧。”

“不，根据史料，它恰好长在瘟疫首次出现的地方。”妮薇乌说。

“‘摇篮里就有治愈方法’。”维库斯背诵着这句预言。

“就在那座全是螨虫的岛上？”格雷戈尔问道。他不明白那个地方怎么会有解药，要是有的话，应该几秒钟内就被螨虫啃完了。

“不，格雷戈尔。这是一座新岛。根据妮薇乌的调查，瘟疫在那儿已经蔓延几百年了。这疾病可能是螨虫带来的，但它们的岛并不是摇篮。”维库斯说。

“那么那个地方在哪儿？”芒格问道。

“摇篮似乎在青藤园的山谷谷底。”妮薇乌说。

一阵死一般的沉默。最后，拉普布拉德开口了，“如果要去青藤园，我们还不如现在就割喉自杀算了。”

“但你们不费吹灰之力就把啮啃者赶过去了。”雅典娜女王说。

“整个地下王国都任啮啃者挑，他们想去哪儿就去哪儿。”芒格说。

“选哪儿？死亡之地？燃火地？”索罗维特反驳道。

“在现在这种形势下，和你聊天还真是愉快，索罗维特。”芒格说。

“请你们闭嘴吧！”维库斯打断了他们的争吵，“请你们记住，现在所有生物都危在旦夕！妮薇乌说的这种植物在其他地方找不到，还记得吗？”

“我们曾尝试过把这种植物移植到王之城来，但它们立刻就枯萎了。我们现在没办法，只能去青藤园大量采集它们，再蒸馏成药物。”

“你想让我们去青藤园，帮你们找解药？但你们拿什么保证我们日后能看见这解药？噬咬者现在快饿死了！都是因为你们！瘟疫像野火一样烧遍了所有隧道！今天我们才知道，你们手头有能杀死跳蚤的黄色粉末！可你们给过我们吗？”芒格说。

“你们袭击了我们，”索罗维特用冷酷的声音说，“现在是你们接受痛苦报应的时候了，哭吧。”

“哭？”拉普布拉德咆哮起来。她和芒格做好了战斗准备，索罗维特的手也握在了剑柄上。

格雷戈尔不明白到底发生了什么，但他看得出来，局面变得相当糟糕。

瑞普瑞德站在了剑拔弩张的老鼠和索罗维特中间。“此一时彼一时，索罗维特。”瑞普瑞德平静地说，“等你们的小崽子饿得哇哇大哭，瘟疫夺走他们生命的时候，你就会记得了。而现在你自己的外孙也在医院的玻璃墙后躺着呢。”

“那我的外孙女卢克萨呢？她又躺在哪儿，瑞普瑞德？”索罗维特厉声问道。

“我不知道！但是索罗维特，你现在要么把这事放在一旁，要么就回去让你的人民开始修建坟墓。在目前这种时候我们双方都有共同的需求！”瑞普瑞德说。

格雷戈尔永远都不会知道索罗维特会做出什么回应，因为就在此时，王之城的号角声响了，它来自于通往外界的隧道。十二名骑在蝙蝠背上的人类出现在了隧道口，向竞技场飞来。

“为什么吹号角？老鼠并没有要来进攻呀！”瑞普瑞德的声音里满是不解。

“一定是发生了什么危机事件，否则是不会发出信号的。”索罗维特说。

“现在又有谁会来侵犯王之城呢？”维库斯也不明白。

问题的答案出现在隧道中——那儿有一只身披亮橙色皮毛的蝙蝠正朝竞技场这边飞来，格雷戈尔此前从未见过他。远远望去，他好像有些不太对劲——这只蝙蝠的翅膀飘忽不定地拍打着，正歪歪斜斜地以一个奇怪的角度往前飞着。

“是伊卡洛斯！他生什么病了？”奈克问道。伊卡洛斯向他们俯冲过来，只见他橙色的皮毛上生有大块的紫色脓包，正往外喷着鲜血，发白的舌头无力地耷拉在外面，眼神涣散。

“他得了瘟疫！”格雷戈尔大喊道，“他看起来就和阿瑞斯一样！”

伊卡洛斯在空中翻转了一下，翅膀再也没法同步拍打了。接着，他失去控制，径直栽倒在众人脚下，所有生物都发出了惊恐的尖叫声。

9

伊卡洛斯落在了地上，格雷戈尔清晰地听见了他脖子断裂的声音。蝙蝠很快便断了气,除了紫色脓包仍在往外流血，再也没有其他动静。

“别碰他！”妮薇乌警告大家。其实她根本无需警告,所有生物早已本能地从蝙蝠的尸体旁匆忙跑开了。格雷戈尔后退时,不小心撞到了一只蟑螂,脚下一滑,摔了个四脚朝天。两只蝙蝠赶忙起飞，却撞在了一块。只有格雷戈尔的妈妈没有动——她惊恐地站在离蝙蝠尸体一米多远的地方，紧紧抱着小靴子,一动也不敢动。格雷戈尔赶忙拔腿向她跑去。

“烧掉尸体！”索罗维特下令道。

“不！”瑞普瑞德大叫,但已经来不及了,士兵们松开手,丢下三支火把。“不！”瑞普瑞德居然沮丧地磨起了尖牙。

“快离开这儿！所有人快跑！”他吼了起来。

火把一碰到伊卡洛斯，格雷戈尔就明白了瑞普瑞德反应激烈的原因。火焰只在蝙蝠皮毛上停留了一会儿，一个黑色小球便迅速从死去的蝙蝠尸体上撤离了。

“是跳蚤！”维库斯喊道，“快走！”

格雷戈尔抱过小靴子，抓住妈妈的胳膊，把她推到了离他们最近的蝙蝠身上——那蝙蝠居然是雅典娜女王。他们也许不该在没得到女王许可的情况下，便贸然跳到她身上，但现在的情况让他们无暇进行礼貌的协商。格雷戈尔刚一升空，就发现蟑螂和老鼠们全都消失了，他们已经钻进了通往地下的隧道。所有站在地上的人类都被蝙蝠载起，升到了空中。

跳蚤正疯狂地从燃烧着的蝙蝠尸体上往外逃离。

“飞到皇家看台上！”维库斯喊道，“一个都不许进城！”

女王雅典娜在空中转了个圈，背着他们向竞技场高处的曲线形大看台飞去。格雷戈尔看着这些包厢式看台，不由地想起了坐在洋基体育馆富人包厢区的有钱人。而面前这块区域，一定是皇室成员观看比赛的专用席位。

大家一着陆，妮薇乌就让所有人赶快分散开来。“你们必须尽可能拉开距离。”格雷戈尔从他妈妈和雅典娜女王身边移开，但他觉得不应该把小靴子放下来，要不然她肯定会到处乱窜，甚至还会跑到看台栏杆那边去。要知道，现在他们所处的位置实在太高了！

妈妈朝着格雷戈尔和小靴子的方向走去，却被妮薇乌拦了回去，“别去！找块地方自己单独站着！”

女医生打开别在腰带上的一个小袋子，拿出了一个酷似香水瓶的精美小罐子。小罐子上有个可以往外喷洒东西的机关。她闭上眼睛，将喷嘴对准自己，按下了机关按钮。几股黄色的粉末落在了她的皮肤和衣服上。那玩意儿看起来就和老鼠皮毛上抓下来的粉末一模一样，看样子应该是驱赶跳蚤用的。

妮薇乌迅速在包厢里走动着，将粉末喷到每个人身上。“把粉末擦在你们的皮肤和头发上，不要留下任何死角。”她指示道。

当她走到格雷戈尔身边时，他连忙用双手盖住了小靴子的眼睛，紧接着自己也闭上了双眼。他感觉到那粉末附着在了皮肤上，散发出苦涩的刺激性气味。妮薇乌走到他妈妈的身边，小靴子打了个喷嚏，一脸惊奇地看着格雷戈尔。“你变黄了。”她说。

“你也是，”格雷戈尔说着，将粉末搓进她的头发里，“‘黄色’的英文单词的首字母是什么？”

“Y！”小靴子说，“Y 就是黄色！”

“还有吗？”格雷戈尔揉搓着小靴子的皮肤，用提问题来分散她的注意力。

“Y 还是溜溜球！Y 还是牦牛！[1]”小靴子说。她从来都没看过牦牛，除了识字本上的那幅插图。格雷戈尔也是。要是牦牛的英文单词不是以“y”开头的话，说不定都没人听说过这种动物。

几分钟后，大伙儿——六只蝙蝠和六名人类——都接受了杀虫治疗。

“我想现在大家聚集在一起应该没什么问题了。”妮薇乌说。

大伙儿向包厢中间靠拢。下面的田径场上，被烧焦的蝙蝠尸体正躺在一汪水中，火已经自行熄灭了。

“蝙蝠病了，蝙蝠需要果汁。”小靴子说。要知道，每次感冒时，她第一时间得到的就是一杯果汁。

“他睡着了，等他醒后就能喝一点果汁了。”格雷戈尔一直都没想出该如何向小靴子解释死亡。

“要喝苹果汁哦。”小靴子蹲了下来，用洒在地上的黄色粉末画起了歪歪扭扭的线条。

“传令下去，马上对整个运动场进行消毒。”索罗维特对一个位于包厢上空，正骑在蝙蝠背上的护卫命令道，随即又像想到什么似的大喊一声，“等等！”护卫立马停了下来，索罗维特

①译注：“yellow”（黄色）、“yo-yo”（溜溜球）和“yak”（牦牛）都是以字母“Y”开头。

又转头征求医生的意见，“就这样够不够，妮薇乌？”

“他们还得给通往竞技场外面的隧道消毒。”妮薇乌说，“关上石门，跳蚤就没法进入王之城了。同样的，它们也没办法跳到这么高的座位上来。但我担心的是已经有跳蚤通过运动场底下的隧道，进入了地下王国的其他地方。请务必把守在那儿的护卫叫回来，检查一下他们有没有受到跳蚤的叮咬。”

“照她说的去做。”索罗维特对护卫说。

“那爬虫和噬咬者呢？”维库斯问。

“跳蚤咬不进噬咬者那层沾满了药粉的皮毛，它们也不会去咬爬虫。他们现在都很安全。”妮薇乌说。

“那我们这些人呢？”维库斯问。

“要是真有跳蚤能爬上来，毫无疑问，它现在应该已经死了。这会儿，我们必须脱掉衣服，接受王之城医师的检查，看看身上有没有叮咬的痕迹。”妮薇乌说。

“我们不……”格雷戈尔的妈妈勉强地说，“我们永远也不回王之城了！”

“请你谅解，格蕾丝，我知道这要求出乎你的意料，让你十分苦恼……”维库斯没说几句，就被打断了。

“我们马上就回家！我们参加了你们的会议！你说了，我们只需要做这一件事！所以现在请你让蝙蝠带我们回家！”她情绪激动地指着奈克说。

“是谁跟你说你们只要参加会议就行的？”维库斯关切地问道。

“瑞普瑞德，”格雷戈尔说，“他告诉我们只需要过来待几个小时就完事了，他还说你不需要我们去帮忙寻找解药。再后来，他派了一大群老鼠到地上来，将我们一家人吓出了家门！”

维库斯和索罗维特交换了一下眼神，格雷戈尔看得出来，这是他们第一次听说这件事。

“我想他没有说真话。”维库斯说。

“这话是什么意思？”格雷戈尔的妈妈问道。

“他的意思是瑞普瑞德说谎了。”索罗维特说。

“他可能是觉得他们的出现并不一定……”维库斯心虚地说。

“他说谎了！”索罗维特重复道，“别为他辩解了。他自己心里清楚得很，没了地上人，去搜寻解药的队伍也不可能成行！他一定是觉得只有通过这个方法，才能让他们下来。维库斯，说实话，要是你不这么做，我也会用这个方法的。”

格雷戈尔打赌她一定会这么做的。为了达到目的，索罗维特根本不会在乎格雷戈尔和他家人的感受，也不会管这样做会让王之城付出怎样的代价。

“我们不会强迫他们留下来的，索罗维特！”维库斯一反常态，愤怒地说，“他们的到来本来就是建立在欺骗的基础上的。

我们不能再强迫他们留下来！”

格雷戈尔的妈妈紧紧抓住维库斯的胳膊，好像扯着一根救命稻草一般，“那你一定会把我们送回家的吧？我们可以走了吗？”

“不！”索罗维特说。

“是的！”维库斯说，“奈克！做好送地上人回家的准备！”

“护卫！”索罗维特咆哮道。

格雷戈尔被眼前这场冲突弄迷糊了。他从来没看到维库斯和索罗维特像现在这样争执过，这让他感到非常不安。这决定到底该由谁来做？要是他的家人想离开，会发生什么？自己又应该怎么做？

“等等！”格雷戈尔抓起妈妈的手，“妈妈，我已经去看过阿瑞斯了。他的情况很糟，就快死了。我不能就这么弃他而去。要不你先带小靴子回去吧，我留下来看看能不能帮上什么忙，好吗？你带小靴子、莉兹和奶奶先去弗吉尼亚，让爸爸在家里等我。之后我们再去弗吉尼亚，与你们会合。”

“这个折中的建议倒是可以接受。”维库斯瞥了一眼他的妻子。

“我们可以把你的建议提交给议会。”听起来，索罗维特并不是很认同。

“我不能把你一个人留在这儿，格雷戈尔。”妈妈说，“对于

你朋友的遭遇，我真的感到很抱歉。但我不能把你留在这儿。”

“听着，妈妈，我并不觉得他们会放我们一起离开。”格雷戈尔说，“请你带着小靴子回家吧！”他紧紧握着妈妈的手。过了好一会儿，他才意识到有什么地方不对劲。

妈妈正在和格雷戈尔说话，但他仿佛什么都听不进去了。他用手抚摸着妈妈的手背。不，那并不是想象出来的，它就在那儿。

“格雷戈尔，你在听我说话吗？”妈妈责问道。

他确实没有听，他在努力辨别着手指传递给自己的信息，希望是感觉上出了错。可事实却并非如此。

格雷戈尔缓慢地抬起妈妈的手，擦掉上面的黄色粉末，就着火把仔细查看起来。一个小小的红色咬痕从她的皮肤上显现出来。

第二部分
丛林

10

妈妈盯着自己的手，突然僵住了。所有人都看见了那个微小的咬痕，这一刻，仿佛一切都静止了。不仅没人说话，就连翅膀的拍打声以及衣物的摩擦声都消失了。

小靴子好奇地爬到了一把椅子上，循着大家的目光看去。“你需要粉粉。”她也看见了那个咬痕。

格雷戈尔知道小靴子说的“粉粉”指的是炉甘石液，夏天他们被蚊虫叮咬后，都会涂上这种粉色的液体。

“我得回家去。”妈妈小声说道。

“我们不能让你走，”维库斯悲伤地摇了摇头，“现在不行了。”

“要是瘟疫在地上传播开，也就意味着那里的温血生物也

会一起灭亡。”索罗维特说

“我们要立即把你隔离起来。”妮薇乌说。

索罗维特拍了拍格蕾丝的肩膀。“发生这种事，我们感到很抱歉。”她叹了口气，“奈克，赶快带她去医院，立即安排人检查她的伤口。”

格雷戈尔依然抓着妈妈的手，不想放开，“妈妈……”

她轻轻挣脱格雷戈尔的手，往后退了一步，“你带着妹妹回去吧。”

格雷戈尔点头了吗？他记不清了。他只知道妈妈爬到奈克的背上，飞走了。

“我们必须立即接受叮咬检查。”妮薇乌说。

大家全都爬到了蝙蝠背上。但他们并没有选择飞往城里，而是来到了隧道中。这条隧道的出口位于一条流经王之城的河边，河面水流湍急，波涛汹涌，令人望而生畏。飞到码头时，那里空无一人，没人过来协助他们。好在他们身上的黄色粉末还能应付一阵子。

他们立马被安排去澡堂洗澡，随后一丝不挂地站在明亮的火光下，等待超过七个编队的医生仔细检查他们身上是否有跳蚤叮咬的痕迹。小靴子特别怕痒，咯咯地笑个不停。格雷戈尔一言不发，顺从地接受了检查，但他很确定他和小靴子都没被跳蚤咬到。

“你可以逃跑,但预言最终还是会找到你的。”奶奶的话在他耳边回响。

哦,预言找到了他,没错。它张开大口,狠狠咬住了格雷戈尔和小靴子。只有等到这可怕的瘟疫消除,它才会放开他们。为了拯救同样染病的妈妈,现在“勇士”和“公主”必须出发去寻找解药了。

格雷戈尔很想大吼一声,已经有阿瑞斯、霍华德以及安德罗美达这几个朋友病倒,难道还不够吗！他必须踏上征途寻得解药。但妈妈一定不会让小靴子去那个地方……叫什么名字?青藤园?为了完成这个预言,妈妈被迫接受隔离,成为了受害者。是的,根据预言的内容,现在一切都步入了正轨。

一想到身上背负的重担,格雷戈尔就疲惫不已。他已经厌倦了被卷入地下王国的事端,厌倦了人人都指望他解决问题,厌倦了自己家人被牵连受苦。在医生宣布他和小靴子没有被跳蚤叮咬后，他们立马得到了地下王国特有蛛丝制成的新衣服。格雷戈尔想让地底人把靴子还给自己,但他们说必须先检查一下里面有没有跳蚤,再拿去消一下毒才行。格雷戈尔一行人坐在医院的长凳上,等着其他人的消息,小靴子靠着他的肩膀打起了盹。这也没什么好奇怪的,这一天她一共才睡了几个小时。维库斯去叫达尔西特了——前两次格雷戈尔和小靴子来王之城时,一直是这位保姆悉心照料着小靴子的生活起居。

达尔西特从格雷戈尔怀里抱过昏昏欲睡的小靴子，拍了拍他的肩膀："听到你母亲不幸的遭遇，我很抱歉。但你千万别灰心，我相信你一定会找到解药的。我坚信你能做到。"

达尔西特说话的语调十分温柔，格雷戈尔差点就倒在她的怀里，道出了心里话：寻药之路荆棘密布，妈妈活下去对他们来说是多么重要。要是妈妈不在了，他不知道家会分裂成什么样，更不用说妈妈死后，一个没有妈妈的世界会变成什么样。而这一切都是格雷戈尔的错……她的不幸死亡……身上的紫色囊肿……挣扎着困难地呼吸着空气……这一切痛苦都源自格雷戈尔对要去地下王国的坚持，而她本不需要来的。

最后格雷戈尔只说了一句话："谢谢你，达尔西特。"在所有与会成员都接受完仔细的检查后，确定有三个人被送进隔离间：除了格雷戈尔的妈妈，还有两只蝙蝠，他们分别名叫卡西欧佩亚和波卢克斯。

格雷戈尔看见妮薇乌出现在走廊尽头，在一个笔记本上做着记录。他赶忙走过去，碰了碰她的胳膊。

"哦！"她一声惊叫。由于手臂被撞了一下，用来写字的羽毛笔猛地一斜，在羊皮纸上留下一大块污迹。

"抱歉。"格雷戈尔说。老天啊，她也太不经吓了。但这也不能全怪她，毕竟治疗瘟疫是个需要精力高度集中的活儿。

"你能告诉我，我妈妈在哪儿吗？"格雷戈尔问。

“我们把她隔离起来了。”妮薇乌说，“来吧，你可以看看她，但她现在在睡觉呢。”

医生领着格雷戈尔在医院里穿行着。

“她知道我和小靴子没被跳蚤咬到吗？”格雷戈尔问道。

“是的，但她现在情绪还是非常不稳定。”妮薇乌说着，用手指揉了揉眼皮，她的眼睛好像一直都跳个不停，“我给她服了一些药，好让她镇定下来。”格雷戈尔心想：其实你也可以来点药，稳定稳定情绪。

他看见妈妈被隔离在一个大厅内，和阿瑞斯、霍华德、安德罗美达并排在一块。格雷戈尔透过玻璃墙，看见她穿着干净的白色睡衣正躺在病床上，身上的黄色粉末都消失了，看上去矮小且瘦弱。幸好妈妈睡着了，要是能说话，她一定会命令格雷戈尔赶快回家去的。到那个时候，格雷戈尔就不得不告诉妈妈，他们暂时还不能回去，妈妈听后一定会火冒三丈。想到这儿，他赶忙给脑海里的妈妈转换了一个形象——要是这是他最后一次看到妈妈，又该怎么办？

格雷戈尔赶忙摇了摇头，试图忘掉这个想法，然后他看着妮薇乌说道：“请你告诉我有关瘟疫的所有知识。”

“我恰好要回实验室，做一些和疾病有关的研究。你愿意陪我一起去吗？”女医生问道，“虽然实验室位于王之城的外围。但考虑到他们还需要再过一会儿才能重新开始讨论解药的会议,所以时间还很充裕。”

奈克载着他们飞出宫殿,飞过城市和竞技场。格雷戈尔看到刚才那只蝙蝠的尸体已经被人移走了，田径场的青苔上已经撒上了一层黄色的驱蚤粉。他们飞进一条隧道,从墙上的架子上取下火把,隧道逐渐在眼前蜿蜒起来,格雷戈尔这才发现自己曾经来过这里。

“这不是阿瑞斯找到的路吗？”他问道。

“也许吧,在此之前,我也从没来过这里,”妮薇乌说,“据说阿瑞斯藏得很深。霍华德和安德罗美达花了好几天才找到他,然后把他带进了医院。”

“阿瑞斯是觉得自己病了,所以才不肯回去的吗？”格雷戈尔问道。

“不清楚。据说,维库斯好几个星期没听到他的消息。于是让霍华德和安德罗美达飞出去寻找他藏身的洞穴。早在那时阿瑞斯就已经病得不轻了，最后还是他们把他扛着飞回去的。”妮薇乌说。

格雷戈尔想象着阿瑞斯躲在洞里,身患重病、孤立无援的情况。和他亲近的朋友不是死了，就是失踪了。而格雷戈尔——他的结合,更是远在天边。“可怜的阿瑞斯！”格雷戈尔哀叹道。

“是啊。”妮薇乌说,“这本不是他的错,他却因此承受了巨大的折磨，落得这样的下场。”

大部分地下王国的生物都对阿瑞斯十分冷漠，这点让格雷戈尔十分疑惑。这里没什么人信任阿瑞斯，人类和蝙蝠都想置他于死地。因此，当他看到妮薇乌对他的结合抱有如此同情心时，心头不由涌上一阵暖流。

“你很了解他吗？”格雷戈尔问。

“不是很了解。在你离开之后，阿瑞斯都没回过城里，他害怕再次被人们投入监狱。遵照维库斯的指示，我一直在实验室里给他治疗螨虫叮咬留下的伤口。但就算那时，阿瑞斯也会等到深夜，只有我一人在实验室时才来。”

“非常感激你能这么做。”格雷戈尔说。

“正如我先前说的，我一直认为他受到了不公正的待遇。”妮薇乌说。

妮薇乌的实验室位于一处连环洞穴内。洞内长长的石质柜子上摆满了各种实验器材，一条小溪横穿洞穴。实验室内的工作人员屈指可数，几个戴着手套的人来回忙碌着。有几只蝙蝠格外引人注目，他们正专注地观测着显微镜下的实验样本，还时不时咨询一下身边的人类同伴。

妮薇乌领着格雷戈尔来到一个房间，一道沉重的石门将这间房和其他地方隔绝开来。“我就是在这个地方进行研究工作的。”她一边说，一边小心地关上门。

房间里摆着许多试管、烧杯，还有好几台显微镜。靠墙的石柜上，放着四个大玻璃容器，这玩意儿不禁使格雷戈尔想到了饮水机上的圆桶。他走近一看，一个小小的黑点正在里面爬来爬去，原来是跳蚤。火光摇曳，照亮了容器底部一汪红色的液体。当格雷戈尔意识到里面盛的全是血的时候，吓得连忙往后跳去。慌乱中，他的手臂碰到了旁边的容器，容器在柜子上左摇右晃，所幸被他及时接住了，还好是个空罐子。

"抱歉！老天啊，对不起。"格雷戈尔连声道歉，将容器扶稳。

"接得不错。"妮薇乌大声笑了起来，"谢天谢地，多亏这些东西都是针对瘟疫研究特别订制的，所以还没那么容易坏。前一个容器坏了以后，我等了好几个月，才收到这个替代品。现在，我打算用这个新容器，测试一下最有希望的抗体。"

格雷戈尔将火把插进架子，把手塞进口袋——他可不希望自己再碰到任何东西了，否则就有可能撞坏任何能够救人性命的设备。

接下来，妮薇乌把有关瘟疫的知识全都告诉了格雷戈尔，"本次瘟疫的病毒是通过血液传播的，而非之前谣传的空气传播。这就是说，要是有携带病毒的人朝你打喷嚏，你是不会受到感染的。只有当他们的血液进入了你的血管，你才会不幸中招。跳蚤们就是通过叮咬其他温血动物，将病毒流传开来的。"

“在已往发生的许多瘟疫中，传播病毒的昆虫往往也会一同死掉。但就目前情况来看，只有温血动物会染病身亡。同时，鱼类和任何长着鳞片的生物也不会受到感染。所以我们把它叫做‘温血诅咒’，而非‘地下王国的诅咒’。这种细菌通常会在它寄生的血液中成倍增加，然后通过破坏身体机能，杀死宿体。”妮薇乌说。

“瑞普瑞德说你能减轻这种病症。”格雷戈尔说。

“不错，我们是能通过给病人服药，降低高烧，减轻痛苦，让他们能够睡眠，但光凭这些还不足以消灭病菌。”妮薇乌说，“我们也在尝试研究新药，以防你们空手而归。尽管没多少人相信我们真的能成功。”妮薇乌脸上浮现出黯淡的笑容，“我坚信我们能成功，只是需要时间而已。”

时间。现在的问题都出在时间上。“在被跳蚤咬了以后，一般能支撑多长时间？”格雷戈尔问。

“因人而异吧。就拿阿瑞斯来说，他是第一个病倒的地底生物，但却表现出了惊人的抵抗力。这一切似乎表明，飞行者要比人类更能抵御这种病毒。至于霍华德和安德罗美达，我们也是最近几天才发现他们呈现出这种病症的。但我们还不敢肯定，他们是被螨虫感染的，还是在把阿瑞斯送往医院的途中染上的。你的母亲……是第一个被伊卡洛斯携带的跳蚤感染的，这还是一个新病例……”妮薇乌犹豫着，停了下来。

“我需要知道实情。你觉得她能撑多久？”格雷戈尔问道。

妮薇乌低下头，避开他的眼睛，接着用颤抖的手揉了揉前额，“要是不顺利的话……两周后我们就会失去她。”

石质地面很冷。格雷戈尔抓着一只小镜子的把手，在镜子里看着“温血预言”，但仍然毫无头绪。

“要知道，我看了那么多遍，已经记住了。”格雷戈尔说。

“我们知道，格雷戈尔，但尼莉莎和我觉得，有必要让你再看一下这首预言诗的最初版本。” 维库斯说，“说不定在写着预言的石墙上也留了很多线索。”听了这话，格雷戈尔又看向镜子。

在此之前，另外两个和格雷戈尔有关的预言，都被刻在了王之城内的一间石室中。在这间石室的墙壁上，刻满了三明治对未来的预言。相比前两个预言的浅显易懂，想要破译这第三个预言却显得比登天还难：

首先，“温血预言”被刻在了石质的地面上——但那些文字都拥挤在角落里，让人很难辨析；其次，那些文字刻得十分纤细，带着很多花边，花里胡哨很难看懂；当然还有最重要的一点——所有的字都是反过来写的，这无疑又增加了格雷戈尔看清预言的难度。

无论格雷戈尔如何扭转身体，努力去看，都无法辨认出地上的文字。他的大多数时间似乎都花在了看自己的脸上，而非预言。格雷戈尔拿着镜子的那只胳膊终于支撑不住，开始抽筋了。最终，他选择了放弃。

“这到底是怎么回事？三明治似乎根本就不想让我们看清楚他写的预言。”格雷戈尔说。

“他不想让我们看到它，格雷戈尔。或者他就不该把这个预言写下来。”维库斯说。老人跪在地上，用手摩挲着预言，“但尼莉莎坚信，他是故意把文字搞成难以阅读的样子的。”

“是吗？三明治为什么要这样呢，尼莉莎？”格雷戈尔坐直了身子，看着尼莉莎问道。

自从卢克萨在老鼠的隧道里消失后，尼莉莎——皇室的最后一名成员——被加冕成为女王。她天生拥有预言未来的能力，但那些来自未来的画面，时常弄得她神经兮兮的。有很多人因为她不良的精神状态而反对她坐上王位，还有的人只是单纯地怀疑她脆弱的身板根本无法担负责任。要知道，尼莉莎过去在人们眼中的形象并不尽如人意——她总是一副弱不禁风、站立不稳的样子。不管从前怎样,她现在已经是女王了,穿着打扮比以前讲究了很多,头发也整洁地盘在头顶。但她还是和以往一样瘦骨嶙峋,身体止不住地颤抖着。

“因为预言本身就很难懂。它的含义——很难让人理解。”尼莉莎说。

“这预言里只有一段是真正让我困惑的。”格雷戈尔说。第一段说了会有瘟疫盛行,没错,瘟疫来了;第三段说要把小靴子和格雷戈尔带过来,也对,他们已经在这儿了;第五段说温血生物必须找到治愈瘟疫的方法——他们已经准备出发了;第七段说不这么做就会死,行了,大家都已经知道了。

但第二、第四、第六和第八段的文字,反复出现,实在让人疑惑不解。

转啊转,转啊转。
你看见物体,却看不见时间。
补救措施和错误的缠绕,
纠缠在一起形成青藤一条。

“转啊转,转啊转。”格雷戈尔说,“这到底是什么意思?”

“在我用积累了几百年的学术性诠释让你觉得无聊前,格雷戈尔，你是怎么理解的？”维库斯问。

格雷戈尔再次在脑海里琢磨起这段文字，“嗯，我觉得三明治好像想告诉我们……我们错了。不管我们怎么看待正在发生的事情……我们的看法都是错误的。”

“是的，我们不仅现在犯了错误，还会‘转啊转’，一而再，再而三地看不清真相。”尼莉莎说。

“那么……如果我们错了……为什么还要再继续做下去？”格雷戈尔问，“为什么我们还要去那个青藤园？”

“因为我们能做的另一个选择就是坐以待毙。”维库斯说，“同时预言也暗示了我们要进行一场旅行，必须去摇篮之地找到解药。看来那条青藤就生长在青藤园里，不是吗？所以我们必须去，说不定在路上还能揭开这段文字的谜底。”

“你刚说‘我们’，包括你吗？你这次要和我们一起去吗？”格雷戈尔满怀希望地问。

维库斯笑了，“不，格雷戈尔。我说的只是广义的‘我们’。我不能去。但是索罗维特准备和你们同行，希望这点能给你安慰。”

“嗯，的确是。”格雷戈尔说。他宁愿维库斯来帮他诠释预言，但他又知道索罗维特更擅长打斗。要是那个地方真的像大家想的一样危险，他就一定会需要她。“还有瑞普瑞德，他也会来吗？”

“他说就算放弃全世界,也不会放过这个机会的。”维库斯说。

听到这个消息,格雷戈尔心情稍微好了一点。有了瑞普瑞德和索罗维特的协助,他们就又向成功迈近了一步。

一个地底人敲了敲门,告诉他们需要出去了。

“老鼠和爬虫一定已经回来了。”维库斯说,“我们将在宫墙之内继续会议。走吧,咱们去吧。”

就在他们准备从走廊下去的时候,格雷戈尔突然想起得把镜子还给尼莉莎。“留着吧。”尼莉莎说道,“说不定你还需要它。”于是,格雷戈尔心不在焉地把镜子塞进了屁股口袋里。

一走过门槛,格雷戈尔便认出了这个地方。他怎么忘得了这个地方?那位于环形房间右侧的高台——那个他曾经站过的地方。在房间中央的台子上,他和阿瑞斯曾对彼此说出誓言,成为结合。而现在台子空了,观众席上却仍然坐着各种生物。王之城的议会议员占据了一方席位。蝙蝠坐在议会成员的右手边,蟑螂选择在人类左边的位置,老鼠则在台子对面的板凳区域转来转去。

维库斯和尼莉莎来到议员席位处坐下,格雷戈尔心中却泛起一种异样的感觉——他突然想起自己上学的时候,有一天,他的朋友安吉丽娜和拉瑞都生病了,没能来学校,只有他一个人坐在学校食堂吃饭的感觉。格雷戈尔不怎么喜欢王之城的议会，他们曾想给他定叛国罪，然后把他从悬崖上扔下去。蝙蝠们也对阿瑞斯不理不睬，让他活得异常痛苦。最后，格雷戈尔打定主意，和蟑螂们坐在了一块。这里也只有蟑螂能让他觉得舒服点。

维库斯走上台，先是对与会成员表示热烈的欢迎，而后便宣布会议正式开始。他毫不客套，直奔主题，“现在看来，动身去青藤园已经成了当务之急，我们必须马上行动。按照预言指示，已经确定要参加冒险的有格雷戈尔和小靴子，他们一个是“勇士”，一个是“公主”。奈克将载着他们飞行。如果我们不幸理解错了预言，她也能作为后备公主顶上。索罗维特和她的结合艾杰克斯也会同行，这样就有了足够的人类和飞行者。瑞普瑞德、芒格和拉普布拉德将代表噬咬者。三明治同时也特意提到了爬虫，而太普已经英勇地主动要求加入我们。”

“我们不会真的要把爬虫这个拖油瓶带上吧？”芒格问道。

“我想要是供给不够的话，我们就能吃他了。”拉普布拉德说。

人类和蝙蝠听到这话，全都笑了起来。他们总喜欢嘲笑蟑螂。

太普什么都没说，但在听到拉普布拉德的话后，身体还是忍不住一颤。

格雷戈尔死死盯着老鼠，说：“或者我们也可以把你吃掉。

我还从没尝过老鼠的滋味，要是能找到作料，说不定味道还不错。”

此话一出，就只剩一个家伙还在哈哈大笑了，那就是瑞普瑞德，“嗯，看来我们这一路不会无聊了！”

“可现在，”拉普布拉德说，“我们还不确定会不会上路呢。我们还不确定这么做对自己到底有没有好处。”

“议会已经同意开放西边的渔猎地了。”维库斯说，“这样噬咬者就应该有足够的食物了。”

“那黄色药粉呢？”芒格问，“能杀死跳蚤的那个？”

人类一阵沉默。格雷戈尔听见维库斯叹了口气。

“没有药粉，就不成交。”拉普布拉德说。

什么？莫非最后会因为人类不肯给他们驱蚤粉而无法成行？这个要求难道过分吗？格雷戈尔想到了那些破裂开的紫色囊肿，正往外流着脓液和鲜血……

他立马跳了起来，对着议会大喊道：“给他们药粉！上帝啊！你们看过阿瑞斯的样子吗？你们看过瘟疫有多可怕吗？不管你们有多讨厌老鼠，难道你们真的想让他们就这么死掉吗？”

没有人回应格雷戈尔一连串的发问，过了好一会儿，索罗维特才搭腔，“地上人格雷戈尔，你有一颗宽容的心。”

但事实并非如此。说不定格雷戈尔只是不希望让老鼠死得这么可怜而已。他想到了一个人类惯用的表达——己所不欲,勿施于人。但因为爸爸、提克、傻奇提普、欧若拉、卢克萨,他还没能彻底原谅他们。他有着无数不原谅他们的理由。

“不,我并非好心,”格雷戈尔苦涩地说,“但我的妈妈和结合都染上了瘟疫。你们的医院很快就会人满为患。我们需要老鼠找到解药。所以索罗维特,你到底准备怎么做?”

12

最后地底人别无选择,不得不同意将驱蚤粉分给老鼠。格雷戈尔并不觉得这是一个多么大的让步，毕竟大家都是同一根绳子上的蚂蚱,必须共同抗击瘟疫。可地底人在做这个决定时,显得异常艰难,他们怒气冲冲地嘀咕了好几分钟,索罗维特才宣布同意让步。而那一刻,居然有三个人因为这事哭了出来,还有一个人当场离席,表示抗议。

地底人对老鼠怀着深深的仇恨——他们就算牺牲自己也不愿让老鼠活下去——这倒是格雷戈尔从未想到的。那个离席的家伙,他真的宁愿看着所有人都死去,也不愿帮助几只老鼠吗？很显然,答案是肯定的。

下一个争论的焦点围绕着如何进入青藤园展开。格雷戈尔生平第一次见到了地下王国的地图。四名地底人将一幅巨大的卷轴放在中央的台子上，然后慢慢展开，用金字塔形的大理石压住地图的四个角。这张地图的标注十分清晰，就算你坐在观众席那么远的位置上，也能一眼看清它的内容。整个地图被分为很多块区域，每块区域都涂上了不同的颜色，并用黑色的颜料做了标记。格雷戈尔观察地图后发现，王之城位于地下王国的北面，噬咬者则处于南面，但他们有的领土已经被涂上了表示人类的颜色，并写上了“已占领”几个大字。在王之城的西南方，格雷戈尔发现了一块属于飞行者和爬虫的地方，但除此之外，地图上还标记着很多格雷戈尔不曾见过的名字。

格雷戈尔不由自主地看向那块写着“已占领”的区域。他看见一条大河从中蜿蜒而过。从这层新涂上的颜色来判断，这儿以前一定是老鼠的地盘，但现在已经被人类控制住了。那条大河可以提供不少的鱼——瑞普瑞德曾说人类想饿死老鼠，这一定是他提到的那条河了。没有了河，老鼠也就没了鱼。而现在人类已经同意将渔猎地重新开放给老鼠，作为换取他们加入旅途的条件。索罗维特拿着一根教棍走到台前，指向一块巨大的绿色三角形区域，一行人一起看向那个地方。那块三角区域一直从老鼠现有领土的中部向东部延伸，中间还连着水路。“根据我们的预估，青藤园就在这块区域。”她敲了敲地图，那地方位于丛林深处，已经接近地图的边缘了。“这儿离燃火地很近，但如果从东部进去的话，我们就有可能被剪切手拦下。”

“剪切手是谁？”格雷戈尔问太普。蟑螂便“咔哒咔哒”地问了问他的朋友。

“蚂蚁，我们猜想人这么叫他们的，蚂蚁。”太普说道。

“蚂蚁为什么要拦路？”格雷戈尔问。

“恨温血，剪切手，他们恨温血生物。”太普说。

格雷戈尔本想多问些有关蚂蚁的事，但他不想错过正在进行的会议。

“如果从丛林走则要花好几天时间。”芒格说，“我们该怎么从无穷无尽的藤蔓中找到青藤园呢？”

尼莉莎清了清嗓子，这是她第一次发言，“我已经为你们安排了一名向导。”

“你……的安排？”瑞普瑞德迟疑地看着维库斯，想确认消息的真实性。但老人的表情和瑞普瑞德一样惊奇。

“你什么时候安排的，尼莉莎？”维库斯问道。

“很久之前。但我确信他很快就会出现，”尼莉莎说，“我曾在一个幻象里看到他和地上人在一起。”

哇哦！幻象一说在这里根本站不住脚。所有人都把三明治的预言看得非常重要，而尼莉莎的幻象却从未得到过应有的尊重。

如果说人类对尼莉莎还持怀疑态度的话，那老鼠则对她的幻象一说毫不感冒。

“幻象？”拉普布拉德一字一顿地说，好像他在和小孩子讲话一样，“我想，我只有在吃了毒蘑菇时才会产生幻象。他们最近给你吃蘑菇了吗，陛下？”

“尼莉莎对蘑菇没胃口，她的幻象虽然并不完整，但我们也从中受益颇多。”维库斯针锋相对地说道。

“那向导是谁？”索罗维特问。

“现在我还说不上来。相信我，八小时后，在你们到达坦塔卢斯的拱门时就会看到他。”尼莉莎说。

“是吗？要是我没记错的话，亲爱的，我很喜欢坦塔卢斯的拱门，在那儿我总能找到一两根骨头来啃啃。”瑞普瑞德说，“但要是这个向导真的是你做梦梦到的，怎么办？”

“如果我真的只是做了个梦，那只会让你们现在的局面更加雪上加霜。”尼莉莎说，“坦塔卢斯的拱门是进入丛林的绝佳地点。”

“是的，要是你能忽略堆在那边的累累白骨，那儿的确是个最佳选择！”瑞普瑞德说。

房间里响起一阵讨论声。

“向导会在那儿等着你们，瑞普瑞德。”尼莉莎说，“不管你愿不愿意选择去那儿。”

至此,格雷戈尔不得不对尼莉莎又多了一份尊重。站在老鼠面前,直面他们的嘲笑绝非易事——特别是在只有维库斯一个人给她撑腰的情况下。也许格雷戈尔先前对她抱有成见,但现在也不得不承认她的确有做女王的潜质。况且在"灾星预言"那乱七八糟的审判中,她还救过自己一命。他欠她的。

"好了,那就去那儿了。"格雷戈尔大声说,"去坦塔卢斯的拱门。有尼莉莎的话就够了。"

"那就这样吧。"瑞普瑞德说。但他又瞥了格雷戈尔一眼,似乎在说"你真是个笨蛋"。之后,那些必须徒步走到丛林去的老鼠们便出发了,他们必须赶在八小时内到达目的地,与其他参加冒险的成员会合。而蝙蝠只需要花很短的时间就能飞过去,这就为格雷戈尔争取了不少做准备工作的时间。

格雷戈尔急忙跑回那间装饰豪华的房间,除了那儿,实在没有其他什么房间是为他特别准备的。他告诉地底人他想写一封信,于是立刻就有人送来了三卷纸、一瓶墨水和一支羽毛笔。格雷戈尔花了好一会儿,才习惯用羽毛笔沾着墨水写字。事实上,先前的两卷纸全都打了水漂,上面沾满了格雷戈尔用羽毛笔练习写字的墨水印。写完信后,他发现纸上还是有不少墨水印和模糊的地方,只能暗自希望收信人能看懂上面的文字了。

至于内容……他一直都在纠结该写些什么,直到最后他才勉强憋出几个字：

亲爱的妈妈：

我正在做你觉得我会做的事。我和瘟疫扯上了关系，我必须找到解药。请不要生气。

爱你的格雷戈尔

格雷戈尔一开始还想给爸爸写封信，但不知怎么地，给妈妈写的信似乎耗尽了他所有的精力。况且要向爸爸解释发生的事肯定需要好几张纸，还不如就请维库斯代写，之后再拜托他派人将纸卷放在洗衣房的隔栏处就行了。

马雷斯从走廊走了过来，一手提着包裹，一手拄着拐杖，满脸通红，呼吸粗重，显得有些吃力。看来，在宫殿里走来走去已经花费了他不少精力。

“嘿，马雷斯。快来，过来坐下。”格雷戈尔说着，在沙发上给这名勇敢的战士挪了个地方。

“只能坐一会儿。”马雷斯说着，感激地坐在了沙发上，将拐杖靠在身上，“我应该每天都在宫殿里走走，好尽快恢复体能。但那些台阶对我来说真是个大挑战。”

格雷戈尔心中涌起一阵悲伤，他想起了以前和马雷斯一起训练的场景。那时的马雷斯跑得疾如闪电,壮得就像公牛。但这一切都是在他们出发去找灾星、马雷斯的腿还安然无恙以前。格雷戈尔很想知道马雷斯现在能做些什么,也许他还能骑着安德罗美达飞翔——前提是她要熬过这场瘟疫——但能肯定的是,马雷斯再也不会继续做战士了。

“包裹里有什么?”格雷戈尔问。

“哦,我自作主张去了趟博物馆,给你挑了点可能用得着的东西。当然了,你自己也能去。但自从跟着你参加了两次冒险,我大概已经知道你需要什么了。”马雷斯说。

格雷戈尔打开包裹,发现里面有几只手电筒和一堆电池,“没错,要是我自己去,也会拿这些东西的!”

“看这边,我还特意放了一卷灰色的胶带。”马雷斯说,他从包裹侧面的袋子里拿出一卷全新的胶带,“霍华德说,在我失去意识后,你还用这种固定胶带,做了只木筏。”

“太好了,一卷胶带。来得真及时啊!”格雷戈尔说。他看向另一侧的口袋,发现里面有一个装满水的瓶子,瓶身上还贴着一个时髦的商标,“带上水总错不了。”

“标签上说这水来自冰川。”马雷斯用手指弹了弹商标,“冰川是什么?”

“那是……嗯,好像许多巨大的冰块堆在一起的样子。”格雷戈尔说。

“我听说过冰。据说也能像石头一样坚硬。那这就是冰川的水了……它有什么特殊功能吗？”马雷斯问。

格雷戈尔怎么会知道呢？要知道，他们家一直都喝自来水，又怎么会跑出去花四美元买一瓶冰川水呢！格雷戈尔犹疑地用大拇指摸了摸瓶身上的价格标签，说：“嗯，这个我不太清楚。我想这就只是瓶喝的水而已。”看到马雷斯有点失望，他又赶忙补充一句，“但我敢打赌这水非常干净，因为之前它是被冰冻起来的——在污染还没现在这么严重的时候，被冻起来的。是啊，你看，商标上都写着呢，‘超纯净’。”

“啊，”马雷斯满意地说，“在地下想找到纯净的水可不简单，尤其是在你们准备去的地方。我还给你带来了这个东西，虽然我不确定它到底是什么，但我觉得这东西散发着欢乐的气息，拿着它可能会让你想起家。”

马雷斯从口袋里拿出一包泡泡糖。亮粉色包装纸上印着一群眼睛鼓起的小孩，正使劲吹着巨大的泡泡。

格雷戈尔大笑起来，“太好了，泡泡糖。我的妹妹莉兹特别喜欢这东西。你说得没错，它的确让我想到了我的家。谢谢你，马雷斯。”

这时，一群地底人拿着好多个盛满食物的托盘走进了房间，然后将盘子一一放在沙发前面的桌子上。马雷斯见势站起来，准备离开。

“别走，这儿有很多吃的，留下来和我一起吃吧！”格雷戈尔说。

马雷斯有些犹豫。格雷戈尔敢肯定，马雷斯是对某些规定有所顾虑，也许士兵不该在这么豪华的房间里用餐吧。

“得了吧，马雷斯。你一定饿坏了，大家都知道医院的伙食不怎么样。”格雷戈尔说。事实上，以前格雷戈尔的朋友拉瑞因哮喘病住院时，他去医院探望过。虽然那儿的食物在格雷戈尔看来都很不错，但病人总是对此抱怨不断。这也难怪，当你无所事事地躺在医院里，情绪低落的时候，抱怨食物无疑是条发泄情绪的绝佳途径。

马雷斯笑了，“是有点淡而无味，”他承认道，“但上次路途中，我们吃了不少生鱼肉。相比那个，能吃顿简单的饭菜我已经很满足了。”

“留下来吧，我也不想一个人吃饭。”格雷戈尔说，“求你了。”

马雷斯靠在沙发上，将拐杖放在一边，“这可是顿大餐啊！”

没错。面前食物的规格几乎可以媲美尼莉莎加冕礼上的食物了。桌上精美的盘子里，摆着开胃的蛋黄起司派、蘑菇、牛排，佐以蘸酱的小块蔬菜，还有一道格雷戈尔曾看过好多次的菜：泡在奶油酱汁里的大虾。

格雷戈尔指着虾，说道："那是瑞普瑞德的最爱。上次我在这儿的时候，曾亲眼看着他把整张脸都埋进了碗里，狼吞虎咽。"

"这不能怪他。"马雷斯拿过一小份虾说道。

"该死，你应该多吃点，这样才好得快。"格雷戈尔说着，往马雷斯的盘子里舀了一大勺大虾，然后给自己拿了块蛋黄起司派。先前的那一顿吐，让他的胃还是很不舒服，感觉酸得难受，但他知道马上就要踏上征程了，自己必须多吃点。幸好派的味道不错，他才勉强吃了起来。

"嘿，马雷斯，你们之前为什么想把老鼠饿死？"格雷戈尔问。

马雷斯想了一会儿才开口，"那是索罗维特的行事方式——只要老鼠一攻击我们，她就会让他们自食苦果。"

"但这样的话，不仅仅是大老鼠受罪，小老鼠宝宝也会被饿死啊！"格雷戈尔说，"你难道不觉得难受吗？"

"我当然觉得难受！"马雷斯摇摇头，叹了口气，"想让你明白我们这儿的状况实在太难了，格雷戈尔。我们在这个大家必须拼个你死我活的世界里长大。有时我努力去想，要是我们都不这么热衷于战争，我们又会变成什么样的人？又会在做什么？"

"嗯，那你会做什么呢？"格雷戈尔问。

“我不知道……生活在没有战争的世界，听起来就像……就像一个童话。”马雷斯说，“你们地上是这样吗？”

“童话啊，当然有了。”格雷戈尔说。

“差不多就是这个意思。”马雷斯说。

当地底人走过来准备清理残羹冷炙时，格雷戈尔指着剩下的大虾问道：“我能把这个带走吗？”

地底人一脸疑惑，“带走……带到哪儿去？”

“路上吃。你能帮我装在食品袋里吗？”格雷戈尔问道。

地底人拿着那盘菜，一动不动地站着，呆呆地看着奶油酱汁，“放在……食品袋里？”看来食品袋在这儿一定是个新鲜的词。

“也许你可以把它放进酒袋里，卢森特，这样就不会洒出来了。”马雷斯满怀希望地说，“酒袋是完全密封的。”

“哦，是的。”卢森特松了口气，“对，酒袋。”

格雷戈尔陪马雷斯回到医院，并拜托他把信转交给妈妈。正当他俩相谈甚欢时，一位医生过来提醒格雷戈尔必须去码头集合了。格雷戈尔匆匆忙忙赶过去，发现大家都在等他。

维库斯、索罗维特还有两名男性护卫正坐在蝙蝠背上等待出发。

“我以为你不会来了。”格雷戈尔对维库斯说。

“出于安全考虑，护卫和我会尽可能地把你们送到坦塔卢斯的拱门。接着,预言中提到的人就自行进入丛林了。"维库斯说。

奈克还是独自待在一旁,忙着梳理那身黑白相间的毛发。达尔西特抱着小靴子站在她身边,太普则趴在她的脚下。格雷戈尔差点脱口问道:"阿瑞斯呢?"但立马就想到了让人悲哀的现实。

格雷戈尔走到奈克身边。"如果没猜错的话,你就是我这次飞行的搭档了?"他问道。

"如果你不反对,正是如此。"奈克说,"虽然我的个头没有阿瑞斯那么大,身体也不如他强壮,但我足够灵活。"

"你非常完美。"格雷戈尔说。其实她并不用这样推销自己,没有蝙蝠能替代阿瑞斯,但奈克看上去真的很好。突然间,格雷戈尔觉得自己有种筋疲力尽的感觉,这也难怪,星期六晚上他几乎一夜都没合眼,而现在一定已经到了星期天的傍晚了。"嘿,奈克,我可以在你身上睡一会儿吗?"

"当然了。"奈克说道。格雷戈尔将背包背好,接着跨到奈克背上。那个装着奶油酱汁配大虾的酒袋可不是什么好枕头。格雷戈尔伸手,从达尔西特那儿接过小靴子,让她坐在自己身边,太普跳了上去,待在他们脚边。

"要是在飞行途中,小靴子醒了过来,你就把我弄醒,好吗,太普?"格雷戈尔说道。

“弄醒你,我会的,她醒了,你就醒。”太普说道。格雷戈尔就把这番话理解成他答应了。

“高飞吧,地上人格雷戈尔。”达尔西特说。

“高飞吧,达尔西特。”格雷戈尔说着,奈克起飞了。于是他搂紧小靴子,沉沉睡去。

一觉醒来,格雷戈尔发现自己正躺在一块石头上,脑袋下还枕着酒袋。他的身上多了条毯子,但天气很暖和,盖着它显得有些不合时宜。他怀里空荡荡的,看来小靴子早就醒了,随后,耳边就传来小靴子和太普喋喋不休的说话声。

格雷戈尔还闻到了食物的香味。他翻了个身,看见旁边生着一堆火,上面烤着好几条大鱼。看看另一侧:蝙蝠们正挤成一团,呼呼大睡;人类和老鼠则分成几个小组,在窃窃私语;小靴子正骑着太普跑来跑去, 玩着简单的丢球游戏——小靴子把球扔出去,太普就载着她去追球。

这是一片稍开阔的空地,周围有浓密的丛林。格雷戈尔从背包里取出一只手电筒, 向树林照去——原来围绕在四周的并不是丛林,而是藤蔓。犹如绳索般粗细的藤蔓,在头顶虬结而上。藤蔓深处传来不断的嗡鸣声,像是机械的律动,咔哒声、呼呼声,还有轻轻拍动的声音不绝于耳。整片林间充满了生命的旋律。

格雷戈尔坐了起来,看见不远处有一堆白骨。一开始他还以为是瑞普瑞德的恶作剧，但当他移动手电筒，发现这个地方居然到处都是森森白骨。看来他们已经到达坦塔卢斯的拱门了。是的，就是这儿没错了，在丛林边缘，格雷戈尔发现了一堆巨石，正好形成一道天然拱门。巨石看起来很不稳固，要是有人蠢到从下面钻过去的话，说不定石块随时都会掉下来，砸中人的头顶。怪不得没人想到这儿来，格雷戈尔希望尼莉莎知道她在让他们做什么。

“这整件事都很荒唐，”他听见了拉普布拉德的咆哮，“我们在这儿坐以待毙，是为了什么？迎合某个疯女孩的幻象吗？”

“她没疯。”维库斯说。

“好吧，但你不得不承认她是有点精神不正常。还记得她告诉你，说我想带领一支龙虾大军占领芳特的事吗？”瑞普瑞德说。

“你曾经的确想带领龙虾军团占领芳特。”维库斯说。

“是啊，是啊，但那事发生时，离尼莉莎出生还有好几年呢。重点是，她像浅水塘里的鱼一样，在时间里来回穿梭。谁又会知道这个向导——不管他是谁——说不定三天前就出现过了呢？三年前说不定都有可能！”瑞普瑞德说。

“他们说得没错，维库斯。我们待在这个地方完全是自找麻烦。”索罗维特说，“你再想想，尼莉莎凭什么会帮我们安排向导？她平日里连个鬼魂都看不到。”

待在一旁的格雷戈尔真想不明白，维库斯和索罗维特到底出了什么问题，他们似乎不管什么时候都针锋相对。

“再多等十几分钟。”维库斯坚定地说，“然后我们就各走各的路。”

“我要往天上扔啦！”小靴子尖叫道。

格雷戈尔转过身子，发现小靴子已经把球扔到了半空中。“嗯，看来这是我们最后一次看到这只球了。”他暗想着，打开手电筒，目送球以一个优美的弧线掉进了丛林中。

他想得没错，球的确消失了，但并未如愿消失在盘绕的青藤中，而是掉进了一只巨大蜥蜴的口中。

13

格雷戈尔站在离大蜥蜴不到五米的地方观望着，但也只能看清那家伙的头部:它长着一张蓝绿色的脸,头部周围布满了鳞片。大蜥蜴盯着格雷戈尔,咽了咽口水,颈部的肌肉一阵抽动。

“我的球！”小靴子大喊道。

太普原本已经追出去了，但当他看到丛林里那只巨大的蜥蜴时,连忙停下了脚步。

小靴子哪里管得了那么多,急忙从蟑螂背上滑下来,往前跑去,指着蜥蜴大声指责道:“你吃了我的球！”

“不,小靴子！”格雷戈尔喊道,赶忙爬了过去,却被脚下的白骨绊住了,“不！”

“你吃了我的球！”小靴子再次喊道。她拍打着长在空地边缘处的青藤，周围的藤蔓也随之一起抖动起来。这一阵声响引起了蜥蜴的注意，它低下头，转而看向小靴子。

太普张开翅膀，径直朝蜥蜴的脸飞去。但由于很少使用翅膀飞行，他的动作稍显笨拙。最终，他在离目标几米远的地方被青藤缠住了翅膀，无奈地停了下来。

格雷戈尔拼命想把脚从那堆白骨中拔出来。“小靴子，快回来！”其他探险队成员见状，都跳了起来，准备营救小靴子，但他们能赶上吗？

“你快把球还给太普！”小靴子冲着蜥蜴号叫起来，“说的就是你！”

蜥蜴瞪着小靴子看了会儿，张开嘴巴，发出一阵惊人的嘶吼，脖子上彩虹般的环状鳞片闪着异样的光，让它的头看起来比平时大了五倍。

“哦！”小靴子惊奇极了，她用胳膊抱着头，好像自己也长着一圈能展开的颈毛一样，“哦！”

这只巨型蜥蜴和小女孩就这么互相瞪视了好一阵子——它嘴巴大张，鳞片膨胀，眼睛瞪得圆鼓鼓的。

就在此时，从蜥蜴所在的方向传来一阵大笑，那声音像是从蜥蜴嘴里发出来的。但奇怪的是，那明显是人类的笑声。格雷戈尔估摸着那儿肯定有人。

蓝绿色的蜥蜴一拍尾巴，从青藤丛里滑了下来，尾巴尖垂在离小靴子不远的地方。青藤里发出沙沙声，有个人随即从蜥蜴尾巴上滑了出来。一位肤色苍白、长着紫色眼睛的地底人放松地站在小靴子身边，他笑得合不拢嘴，弯下膝盖看着小靴子。

“看来你也是个喜欢嘶嘶乱叫的家伙喽？”他问道。

“不，我是小靴子。”小靴子把手臂放了下来，答道，“你是谁？”

“我叫哈姆内特，这是我的朋友皱边儿。”哈姆内特口中提到的朋友就是他身边那只巨蜥，与此同时，一旁的蜥蜴也放松了警惕，逐渐将鳞片收了回去。

“它是裂——鳞蜥。”小靴子打量了一会儿皱边儿说道。事实上，小靴子指的是“鬣鳞蜥”①。这个动物的名称和“牦牛”一样，出现在了识字课本里，要不是因为它的首字母为“i”，编课本的人才不会把这个词加进来呢。

“它吃了我的球。”小靴子伤心地说。

“她不是故意的。让我给你想想办法。皱边儿，有办法把球弄出来吗？”哈姆内特问道。听到请求，蜥蜴的脖子立马抽动起来，不一会儿球便被吐了出来，正好落到哈姆内特手上。他用衬衣擦了擦球。格雷戈尔这才注意到他穿的衣服并没有采用

---

①译注：鬣鳞蜥的英文是“iguana”。

地底人惯用的材料，而是用某种爬行动物的皮织成的。

“就跟新的一样，要是你不介意它的口水的话。”哈姆内特说着，把球递还给小靴子。

当你发现正在发生的事情，自己以前经历过，这是种什么感觉？似曾相识，对，格雷戈尔现在就有种强烈的似曾相识的感觉。他不由地想到了自己初次见到卢克萨时的情景，在王之城的竞技场，卢克萨也是单膝跪着，像哈姆内特一样微笑着，将球递还给小靴子的。这感觉是如此强烈，以至于格雷戈尔差点喊出她的名字。他到底是谁？卢克萨的爸爸吗？不，她的爸爸早就死了。但他们一定有血缘关系。他为什么待在丛林深处？这个带着蜥蜴的家伙会是他们的向导吗？

格雷戈尔将目光移向其他人，想要寻找出问题的答案，却发现了让他摸不着头脑的画面：所有的地底人都呆若木鸡地站着，就好像见了鬼一样。维库斯正搂着索岁维特——格雷戈尔第一次觉得，他们俩看起来总算像对夫妻了。小靴子开心地接过球。格雷戈尔还记得那时卢克萨紧紧抓住球，让小靴子自己来夺，她还对小靴子说：“你必须比我强大或聪明才能拿到球。”而哈姆内特的手是松开的，小靴子愉快地拿走了球。

“B 代表球球。”她笑着说道。

“你很聪明。”哈姆内特轻轻戳了戳她的肚子。小靴子咯咯笑着，抬头看向太普——他还在青藤里挣扎着，好像怎么也挣脱不开。

“太普！快下来！球回来了！”小靴子呼唤道。

“噢噢……”太普呻吟着。哈姆内特爬了过去，给太普解开缠在翅膀上的青藤，帮他回到了地面。

“这只勇敢的爬虫是谁？居然不害怕吸嘶者。”哈姆内特问道。

“我是太普。”太普答道。蟑螂整理了一下翅膀，让它们紧贴着身子。小靴子爬到太普的背上，再次把球扔了出去。他们俩又玩了起来，好像眼前既没有陌生人，也没有意外出现的巨型蜥蜴一样。

哈姆内特转过身来，观察着面前形形色色的生物，他的笑容在唇边若隐若现。双方陷入了长久的沉默中。

“哦，看啊，是哈姆内特，他原来没死。”最终，瑞普瑞德打破了沉默。大老鼠捡起一块看似人类的头骨，啃了起来。

“这头骨味道不错吧，瑞普瑞德。”哈姆内特问道。

“味道不赖。最近怎么样？”瑞普瑞德问道。

“综合考虑的话，还算不错。”哈姆内特说着，用眼睛的余光看了看背后的蜥蜴，“这儿安全了，你可以下来了。”

哈姆内特的话音刚落，青藤上的树叶便一阵抖动，一个小男孩从蜥蜴的尾巴上滑了下来。他落地的动作远不如哈姆内特那样娴熟，一阵趔趄后，方才稳住了步子。那男孩看上去有些与众不同。“哦,没什么大不了的,只是稍有不同而已。”格雷戈尔暗想。但紧接着,他就被眼前的一幕震惊了。虽然那男孩的皮肤和其他地底人一样苍白,却生着墨黑色的卷发,那双眼睛绿得就像酸橙棒棒糖似的。他是谁?他看起来既不像是来自地下王国,也不像是和格雷戈尔同一世界的人。

男孩紧紧抓住哈姆内特的手,用一双古怪的绿眼睛逐个打量着面前的生物。“这是我的儿子,哈泽德。”哈姆内特介绍道。

“你不仅活了下来,而且还带着半个地底孩子。”瑞普瑞德说,“你很了解生存之道嘛。”

半个地底人。这是不是说明他有一半地底人和一半地上人的血统?这样就能说得通他为什么看起来不属于任何世界了。

维库斯慢慢松开索罗维特,向面前这对不速之客走去。他跪在小男孩面前,牵起他的手,说:“欢迎你,哈泽德,我是你的爷爷维库斯。”

“我爷爷住在纽约,”哈泽德简短地说,“我妈妈本来要带我去见见他的,可是她已经死了。”哈泽德说话略带口音,介于格雷戈尔的地上腔调和地底人简短而正式的问候方式之间。

“你有两个爷爷,我是你父亲的父亲。”维库斯说。

哈泽德不解地看着哈姆内特。哈姆内特稍一点头,但没有任何感情意味。“我不知道我有两个爷爷。”哈泽德说,“你住在哪儿?”

“我住在王之城。”维库斯说。

“我不知道那是什么地方,”男孩说,“我们应该去看你吗?”

“我们……我们一直都欢迎你们……”维库斯居然哭了出来,他不得不松开小男孩的手,走回索罗维特身边,背对着哈姆内特和哈泽德,将脸埋在一条手帕里。格雷戈尔以前也见维库斯哭过,但这次他有些摸不着头脑。要是哈姆内特是维库斯的儿子,那为什么格雷戈尔从未听过这名字?哈姆内特又是在哪儿遇到一个地上的女人,并和她生了一个孩子的?还有,他为什么要待在这个凶险的地方?为什么尼莉莎知道他的存在,而其他人都以为……什么?莫非大家都以为他死了?格雷戈尔这才有些明白过来:也许哈姆内特是被流放的——那为什么这整件事都像个秘密一样被瞒得死死的?这里的人只有做了相当可怕的事才会被流放。当然了,几个月前阿瑞斯差点就被流放,格雷戈尔也经历了一场关乎生死的审判,这个结论下得也不算草率。

“为什么你出现在这儿,哈姆内特?”索罗维特用嘶哑的声音问道,“这十年来,你藏得好深。你逃离我们的视线,对我们不闻不问,让我们误以为你真的死了。但你为什么会出现在这里?”

“逃跑？”格雷戈尔从没听说过有人能从王之城“逃跑”的。一般人没有了城市的保护，几乎就是被宣判了死刑。可他为什么要主动离开？格雷戈尔好奇极了，但现在似乎不是提问的最佳时机。事实上，待在这儿其实有些尴尬，毕竟这事属于他人的隐私。

“我之所以会出现在这儿，是出于一个承诺。”哈姆内特说，“十年前，就在我即将离开王之城的时候，一个小女孩偷偷跟了过来，让我发誓于此时出现在这个地方。她还说，这时我的身边将会伴随着一只吸嘶者和一个半血男孩。当时我还以为她疯了。我之所以答应她，纯粹只是为了安抚她的情绪。但十年后，我仍然活着，身边果然有了一只吸嘶者和一个半血男孩为伴。这时候我就在想，她的幻象也许是真的。尼莉莎在哪儿？她还活着吗？”哈姆内特问。

“不仅活着，她还登上了皇位。”瑞普瑞德回答说。

“成为了女王？”哈姆内特问，“可是……”

“你的妹妹朱迪丝和她的丈夫都被老鼠杀死了。你的外甥女卢克萨也于几个月前在拉比瑞斯的一场恶战后消失了，人们认为她已经死了。”索罗维特说，“但你已经没有资格凭吊他们了，哈姆内特。你的双胞胎妹妹朱迪丝、她的丈夫、你的外甥女——当你背叛我们的时候，你也抛弃了他们。”

哇哦，现在格雷戈尔真的不想再待在这儿了。面前上演的完全是别人家里的丑事。

“你别再向我发号施令了，母亲。”哈姆内特说，“别想再命令我该做什么，该想什么，更别说我没哀悼的权利。”

“那么你就是我们的向导了吗？”拉普布拉德插了句嘴，不耐烦地用尾巴把一堆骨头扫到了旁边。

“我不知道，我是向导吗？”哈姆内特说。

“你们的疯女王是这么说的。”芒格说，“她说你会带着我们去青藤园。”

“她这么说了？是什么事把你们这么一大群生物聚集起来的？”哈姆内特问。

“‘温血预言’降临了。”瑞普瑞德说，“青藤园就是预言中的摇篮。”他一口咬破了头骨的顶盖，牙齿从眼窝处冒了出来。

“‘温血预言’……嗯，看来我真的离开太久了。那你们的勇士在哪儿？”哈姆内特问道。

“在那儿，靴子正插在骨头里的那位。”瑞普瑞德说。

格雷戈尔一直在默默努力，想把脚从胸腔骨里拔出来。眼见到哈姆内特在看自己，格雷戈尔不由得停下了动作，让瑞普瑞德介绍着一脸白痴相的自己。

“他就是勇士吗？你确定？”哈姆内特问道。

“非常肯定。这小子已经经历了两个预言了。虽然看上去弱了些，但是别担心，除了有点傲慢的毛病外，他比看上去有用多了。他甚至还四处吹嘘自己是个愤怒者。”瑞普瑞德说。

“勇士和愤怒者？看来我母亲的梦竟然成了现实。”哈姆内特说着，打量着格雷戈尔，眼神里满是掩饰不住的厌恶。

格雷戈尔愤怒地踢着困住自己的骨头，终于把脚拔了出来。他恨瑞普瑞德把愤怒者这事拿来开涮。傻奇提普说愤怒者是什么来着……天生的好杀手？谁想做那样的人啊！反正格雷戈尔不想！而且他也不准备逢人就提这事！

“嗯，在丛林里与一个愤怒者为伴，只会让你的麻烦倍增，”哈姆内特说，“我希望你已经可以掌握自己的能力了。”最后一句话他说得尤其讽刺。

“是吗？好吧，我只希望你清楚我们要去哪儿，因为我可没那么多时间和你闲扯。”格雷戈尔真的不希望有人再提这事。

“我可不记得答应过要给你们带路。”哈姆内特说。

“我也没请求过你。”格雷戈尔回应道。老天！格雷戈尔突然萌生一种感觉，这次旅途中，他将会与人斗嘴不休，似乎所有人都在针对他。

“那好，问题解决了。我们都对彼此没什么需求。”哈姆内特说，“来吧，哈泽德。”他领着小男孩向蜥蜴走去。

芒格愤怒地发出一声咆哮，转身看着索罗维特，“你真没用！还有你们所有人！你们把我们带到这个荒唐的地方来，为了什么？连你自己的儿子都不愿帮你找到瘟疫的解药！”

“我们不需要他的帮助。”索罗维特轻蔑地说。

“你从来都觉得你不需要任何人的帮助，索罗维特！最适合你的结局就是大家伙儿都离开，把你一人留在丛林里，让你腐烂！”拉普布拉德抱怨道。

“好啊，去吧，回你们的老巢去。没了你们，我们照样能找到解药。”索罗维特说，“等你们的小崽子一个个死去时，可别上我们的门来哭！”

“这就是你做的承诺。但我们还有另外一种可能：要死大家一起死！”芒格嘶嘶地大吼起来，腿一蹬开始发起攻击。

接下来发生的一幕，事后想起来完全是一片模糊。离索罗维特最近的护卫拔出了剑，与此同时，另一名护卫跳到了蝙蝠背上，飞到空中。拉普布拉德跃到芒格身边。格雷戈尔知道，再过几秒钟，就会有一方因此丧命。

一名护卫突然摔倒在地上，随后哈姆内特手持长剑，出现在了护卫刚才站的地方。看到哈内雷特，芒格一下子扑了过来。哈姆内特见状不慌不忙，从容将剑插进了面前石头的裂缝中，挡住了老鼠的来路。芒格为了躲避直面而来的剑锋，跳到了一旁，一侧的胡子因为躲闪不及，正好被削去了大半。接着，哈姆内特又转向拉普布拉德，将她击倒在地。两只老鼠撞在了一块，齐齐倒下。蝙蝠背上的护卫见势从天而降，准备挥剑刺向老鼠，哈姆内特随即跳到空中，一把抓住那护卫握剑的胳膊,猛地一拉,把他拖到了地上。护卫腹部着地,发出痛苦的呻吟,剑落在石头上,断成了两截。这一切发生得太快,以至于大家都不知道是什么打中了自己。老鼠和护卫慢慢站起身来,一脸茫然。

格雷戈尔惊得连嘴巴都合不上了。他也不知道这一切是怎么发生的,但哈姆内特成功阻止了一场恶斗,没人因此而受伤, 所有损失只不过是几根老鼠胡须。格雷戈尔看着瑞普瑞德,发现他还在啃着那块人头骨,一副不以为然的样子。

“我知道他会处理好一切的。”瑞普瑞德耸耸肩,用力一咬,嘴巴里的骨头“啪啪”裂开。

哈姆内特把剑从石头缝里拔出来, 查看了一下:“一切都没改变,不是吗? ”

“你变了。”索罗维特轻缓地说,“要不为什么这几只老鼠还活着? ”

哈姆内特将剑的另一头搁在手腕上, 将剑柄递还给索罗维特。“你为什么没什么改变呢? ”他问道。

“因为我从不停止战斗。”索罗维特接过剑答道。

“别打了。”维库斯说,“请你们快停下吧! ”他用手帕擦了擦脸,看着自己的儿子,“哈姆内特,瘟疫已经来了。我们的医院里现在隔离着好几个受害者。噬咬者们离瘟疫大爆发也不远了。我们必须尽快赶到青藤园去寻找破解瘟疫的解药。你就不能帮我们完成这件事吗？”

哈姆内特摇着头，刚准备开口拒绝，哈泽德拉了拉他的衣袖，“你知道青藤园在哪儿。”

“哈泽德，你不明白……”哈姆内特刚开口，又被打断了。

“我们可以带他们去。我可以和蝙蝠聊聊天，还有爬虫。”哈泽德说，“他真的是你的父亲吗？就像你是我父亲一样？”

这问题使哈姆内特猝不及防。他一动不动地站着，握着哈泽德的小手，脸上满是痛苦的表情。

“他是吗？”哈泽德坚持问道。

“是的，他是我父亲。”哈姆内特说，“好了。我要带谁去？我可不想把这队乌合之众都带去。”

“不，没那么多。就三只老鼠，两个地上人，一只爬虫，两名飞行者，还有你母亲。”瑞普瑞德说。

“我母亲不行，她的飞行者也不行。”哈姆内特冷漠地说。

“要是我们遇到麻烦的话，说不定真的会需要她，孩子。”瑞普瑞德说。

“不！如果你们想让我帮忙，就别带上她！”哈姆内特说道。他看着索罗维特，直截了当地说：“除非你不想让我帮忙。”

“那位女士是你的母亲吗？”哈泽德睁大眼睛问道。

“赶快走！不相干的人赶快离开，你们还有一半的路程要赶！”哈姆内特挥舞手臂大吼着，好像要把所有人都赶走，“把火扑灭,赶快上路!”

护卫们都看着索罗维特，她向他们点了点头。火堆熄灭了，护卫和索罗维特登上蝙蝠，维库斯准备跟着他们一块上路,却突然转向哈姆内特,紧紧抱住了他。哈姆内特很是尴尬地将胳膊贴在身上,既没有迎合,也没有回绝。

“你随时都可以回家。要知道,你还有很多事可以做,不一定非要战斗。”维库斯说道。

“维库斯,我不能……”哈姆内特结结巴巴地说。

“你可以!好好想想吧,想想你的孩子。要是你有什么不测……”维库斯往后退了一步，抓着哈姆内特的肩膀摇晃起来,“你在这儿能做什么在别处做不了的事吗?”

“我再也不想伤害别人了,”哈姆内特说,“再也不想伤害更多的人了!”

维库斯慢慢松开哈姆内特,点了点头。“高飞吧。”他跨坐在蝙蝠背上,语气平淡地说道。看来这祝福并不针对任何人。

索罗维特一声令下,蝙蝠和其他地底人便一起离开了。

“再见!再见啦!”小靴子挥着手大声说道。

“真高兴,这一切都结束了。”瑞普瑞德说,“你家人总能弄出大动静来。你想安静吃顿饭可真不容易。”

“我知道,”哈姆内特说,“苏珊娜也死了吗?”

“不,她很好。她还生了一堆孩子。地上人认识其中一个。”

瑞普瑞德说,“他叫什么名字？”

“霍华德。”格雷戈尔说。刚刚目睹的一切让他还没缓过神来。

“我认识霍华德。我离开的时候,他和哈泽德差不多大。”哈姆内特说,“那他现在怎么样了,愤怒者？”他轻蔑地吐出最后一个词。

这句话让格雷戈尔对哈姆内特的敬佩之情，顿时消失得无影无踪。“他被隔离起来了。”格雷戈尔说,“要是能回去的话,我会代你向他问好的。但前提是,那时他还活着。”

瑞普瑞德用尾巴敲了敲格雷戈尔的后脑勺。那力度虽然不是大得让人无法招架,却足以让他脑后生疼。“好主意。”老鼠说。

格雷戈尔揉了揉脑袋,生气地瞪着瑞普瑞德,但并没有说什么,毕竟他并不是十分了解哈姆内特的经历。很明显,他和索罗维特的关系并不好，她一定被哈姆内特离开王之城的事气疯了。但也许哈姆内特有着充分离开的理由,这一切都有待格雷戈尔去发现了解。也许——这个主意不错——也许他管好自己就够了,他需要的只是找到解药。

哈姆内特把大伙儿召集过来,将所有人员分成了三拨:格雷戈尔、小靴子、太普和奈克一组,哈姆内特、哈泽德和皱边儿一组,剩下的老鼠自成一伙儿。

“那么现在由谁负责啊？”格雷戈尔问道。哈姆内特是他们的向导，但想象一下，想要指挥瑞普瑞德干活也是不太可能的事儿。

“反正不是你，你知道这个就够了。”瑞普瑞德说，这话让哈姆内特和其他的老鼠都笑了起来，“你有什么要说的吗，哈姆内特？”

“谢谢你，瑞普瑞德。在我们继续往丛林里进发之前，我要说明一些事：这里不是一个恃强凌弱的地方，你带了什么，就吃什么；小心火焰，千万不要烧到任何东西；不要采浆果，也不要摘叶子；从藤的根部走过时，步伐一定要尽可能放轻。”哈姆内特说。

“什么？我连根青藤都不能吃？”芒格问道。

“可以，”哈姆内特说，“只要你愿意付出生命为代价。”

“它们不过是植物而已。”拉普布拉德说。

“它们中只有一部分是植物，但还有相当一部分是仿生生物。这种生物往往会以青藤的形态出现在我们面前，有的含有剧毒，有的则会将人紧紧缠住。哦，对了，顺带提一句，它们好多都饿着肚子呢。”哈姆内特说，“那种生物看起来像青藤，气味也差不了多少，形态更是以假乱真。但你能分辨出你能吃的东西和会吃你的东西之间有什么区别吗？”

“它们不会真的把我们吃掉吧？”格雷戈尔不安地问。

哈姆内特似笑非笑地说：“那你就问问这些白骨吧。”

14

格雷戈尔还在琢磨自己是否有足够的勇气走进森林时，哈姆内特已经着手做更为实际的准备了。光源当然是重中之重。除了普通的火把，王之城的人还特意准备了带手把的玻璃灯笼。纯白的灯油泡着灯芯，散发出微弱的香甜气息。只要灯笼不掉在地上，这里面的火怎么也不会威胁到周围的植物。

在点亮灯笼的同时，格雷戈尔手电筒的电池恰好用完。令格雷戈尔惊讶的是，他居然还能看清楚周围的东西！虽然在这种黑暗的环境下，看东西并不是那么清晰，也不如在日光下看得那么真切，却已经足够区分围绕在四周的一株株青藤的轮廓了。他放下灯笼，搜寻起来。光源在哪儿？那光线似乎是从地下传出来的，高度越高，光线也就越暗。当他们离地大概三米高的时候,光源消失了。

格雷戈尔走到一处光线最强的地方，发现了一条深不见底却又十分狭窄的溪流,一阵阵光线从河床上散发出来。格雷戈尔突然想起，自己以前在爬虫的王国时，也看到过类似的———条底部不时有小型火山喷发的溪流——但那些火山的活跃程度显然不如面前的这座强烈。格雷戈尔将手伸进溪流里,立马感觉到温暖的水流从指间穿过。

“丛林里流淌着几千条像这样的小溪。”他听见瑞普瑞德的声音从他身后传来,“你们既不要涉足,也不要喝里面的水,更不要拿你的手指去做诱饵。”

格雷戈尔慌忙把手从水里抽了出来，这才发现一排尖利的牙齿在他手指刚刚停留的地方猛地合起,扑了个空。“那是什么？”格雷戈尔边问,边从溪边退了回来。

“某种觉得你异常美味的东西。”瑞普瑞德说。

“这就是你认为我们不应该喝这些水的原因？因为取水太危险了？”格雷戈尔问。

“不,这溪水已经被污染,喝一口就会送命。”瑞普瑞德说。

格雷戈尔赶忙跑回去，向太普解释了这些溪流存在多少安全隐患，这样蟑螂就不会让小靴子靠近水边了。“小溪坏坏。”太普表示同意。

但当格雷戈尔告诉小靴子要远离小溪时，她却急切地打量了下周围，奔到水边，快乐地尖叫道："水！我们去游泳吧！"

格雷戈尔急忙追了过去，一把抓过她的胳膊，"不！不能游泳！这是坏水，小靴子！你——不要——碰水！"格雷戈尔说话的样子显得十分严厉，弄得小靴子的嘴角立马耷拉了下来，眼中泛着泪花。"嘿，嘿，没事的，不要哭了。"格雷戈尔抱着小靴子说道，"你不要靠近这里的水就行了，好吗？这水……这水太烫了，"他说，"就像洗澡水，明白吗？"

小靴子似乎理解了这话的意思。当他们公寓的煤油热水器运转时，总会有些滚烫的水从水龙头里滴下来。

"很痛？"她问。

"对，很痛。"格雷戈尔把她抱回了大家中间，"你要去骑太普吗？"

"是——的！"小靴子欢快地说。她从格雷戈尔怀里挣脱出来，蹦到了蟑螂背上，"你不要碰水，太普！"

这话让格雷戈尔心里踏实多了。"还有植物！"他补充道。

"还有植物！"小靴子郑重其事地告诉太普。

地底人给他们一行人留下了好几袋补给品。格雷戈尔负责背急救用品和燃油；三只老鼠每只负责携带一大包吃的东西；相比之下，奈克的任务最重，她必须保管几个装满水的大皮袋子。考虑到老鼠的一些特征，人们还专门准备了背带绕在老鼠的前腿上，在他们的腹部固定住。

格雷戈尔满腹疑虑地看着青藤纠缠的丛林。“那你准备怎么在里面前进，奈克？”大部分时间，她都没法在里面飞行。毕竟，对蝙蝠来说，用脚走路实在很费力。

“上面植物的叶子不是很厚，我可以尽量飞高一些。”奈克说，“必要时我就飞在青藤上空，一有机会就下来和大家会合。你和你的妹妹愿意坐上来吗？”

格雷戈尔心想，奈克已经背上了所有的水袋，如果还让她再载着自己和小靴子也太不公平了，更何况太普也不愿独自被抛在地面上。“我们走路就行了。”格雷戈尔点燃灯笼，准备出发。他将一只手电筒挂在腰带上，作为后备光源，然后将一大包急救用品和灯油背在背上，接着把马雷斯给的那个稍小一点的包挎在胸前，包里面还装着手电筒，以及达尔西特给小靴子准备的一些东西——换洗衣物、毯子、几件玩具、几块饼干，还有一把梳子。格雷戈尔把之前尼莉莎给他的镜子从屁股口袋里也拿了出来，放进背袋里。他这次没有随身携带一份写有预言的纸，不过因为小靴子很喜欢玩镜子，所以格雷戈尔还是决定带上它——说不定这镜子到时也可以派上用场，帮助分散一下小靴子的注意力。接着，格雷戈尔将装满大虾和奶油酱汁的酒袋挂在了脖子上。刚开始时，他还想把这大虾送给瑞普瑞德，请他吃一顿大餐，现在格雷戈尔依旧没有改变这个想法，只不过，他发觉这也许可以作为和瑞普瑞德讨价还价的工具。倘若在丛林里自己需要瑞普瑞德的帮助，亮出他最爱的美味也许能够奏效。

就在格雷戈尔的准备工作即将完成时，太普推了推他。格雷戈尔转过身，发现蟑螂口里叼着一把带鞘的剑。“这个，不要忘了，这个。”太普说。

这剑是从哪儿来的？格雷戈尔还是第一次看到它。他猜测，一定是索罗维特给他留下的。格雷戈尔笨拙地将剑插在背部的腰带上，试图调整到最合适的位置。但不知怎么的，最后剑落在了他臀部右边，剑尖却突兀地伸在前面。这太不对了！他又把剑转到了臀部左侧，剑尖这才正好指向地面。现在他终于能轻易地抓住剑柄，用右手将剑拔出来了。

“终于弄好了吗，勇士？”

格雷戈尔抬头一看，发现哈姆内特正盯着自己。他身上没有剑，只在腿上挂了一把短刀，刀身插在刀鞘里。

“要是我用得着它的话，就必须提前做好准备工作。”格雷戈尔拉了拉腰带，好像知道自己在干什么一样，而剑却又尴尬地撞到了腿上。

“你到底多大了？”哈姆内特问道。

格雷戈尔本想答十三或是十四岁。虽然他看起来瘦了点，但个子却很高。格雷戈尔猜测，如果把年龄说大点儿，也许哈姆内特会对他多几分尊重。不，还是算了，也许不会呢。

“十一岁。”格雷戈尔说。

“十一岁？”哈姆内特脸上的表情立马变了，几乎可以用悲伤来形容。

格雷戈尔转口说道：“但我很快就十二岁了。”好像这件事意义有多重大一样，可长大到底又有什么用？他现在唯一能想到长大一岁带给他的影响就是，以后看电影要付全额票价了——这就是勇士的思维！“为什么这么问？”

“我只是在想，过不了多久，我母亲的魔爪就要伸向你了。”哈姆内特说。

格雷戈尔顿时觉得毛骨悚然，“听着，我不知道你和索罗维特之间到底发生了什么。但我来这儿不是为了你的母亲，而是为了我自己的妈妈。我妈妈也染上了瘟疫！”一提到妈妈，格雷戈尔不由地难过起来。让他惊奇的是，泪水居然涌进了自己的眼里。他用力眨着眼，想把眼泪逼回去，不愿让哈姆内特看见自己流下眼泪，接着再次调整起了腰带，“那现在请你别烦我了好吗？”他粗暴地说道。

然而，等着格雷戈尔的只有一阵沉默。“我会走的，只要你保证把腰带上的剑挂好，”哈姆内特说，“可以吗？”

格雷戈尔点了点头。他又花了一会儿时间，才让自己的情绪稳定下来。当他再次抬头时，发现哈姆内特已经去帮瑞普瑞德固定肩膀上的绑带了。格雷戈尔感觉稍好了些。有三只牙尖嘴利的老鼠挖苦他已经够难受的了，他既不想和古怪的哈姆内特一起一头扎进丛林里，也不想拔剑而起，去伤害别人。当所有人都装载好物资后，皱边儿才从她刚才一直待的青藤上滑下来，在空地上与他们会合。现在她看起来没有之前那么高了。事实上，她一直在盯着格雷戈尔看。格雷戈尔这才发现，他刚才似乎一直站在她的后腿上。在所有四足生物中，她是最令人惊奇的。她的身子极长，从鼻到尾，总长约为六米，每寸皮肤都闪着蓝绿色的微光，环状鳞片五彩斑斓，不过鳞片暂时收起来了，让人看不大清楚。皱边儿的脚也大得让人惊奇，每只脚掌上长着五根修长的脚趾，仿佛能抓起任何东西。

“你的蜥蜴长得很漂亮。”格雷戈尔对哈泽德说。男孩惊奇地抬头看着他。

“谢——谢——你。”皱边儿吐着长长的呼吸答道。

格雷戈尔本不应该把皱边儿当成宠物来看，他早该停止犯这样的错了。早在第一次来地下王国时，格雷戈尔就在蝙蝠身上犯了同样的错误。要知道，皱边儿和阿瑞斯一样，都不是宠物。她能听懂人类的话，不久前哈姆内特请求她把球吐出来，她不就听懂了吗？

“对不起，”格雷戈尔说，“我不知道你能……”

“思——考？”皱边儿嘶嘶回应道。哈泽德看着皱边儿，发出一连串又长又尖的嘶嘶声。皱边儿也嘶嘶回应着，那意思难以捉摸。接着他们俩大笑起来。格雷戈尔很是惊奇,他在地下王国从没遇到会说英语以外的语言的人类。

皱边儿低下头，哈泽德将一个用爬行动物的皮制成的包挂在了她的脖子上。哈泽德一边将包裹调整到皱边儿的鳞片下,一边继续和她嘶嘶地交谈着。

“他在干什么？”瑞普瑞德皱着眉头问哈姆内特,“他能和那个吸嘶者交谈？”

“哈泽德能和任何生物交谈。嗯,如果它们愿意给他机会的话,他都会去试一试。”哈姆内特的语气里流露出骄傲,“来啊,你来试试。”

“什么？”瑞普瑞德问。

“用老鼠的语言向他问好。”哈姆内特说。

瑞普瑞德睥睨这个小男孩，接着发出一阵音调极高的尖叫。而话音刚落,哈泽德就回应了一段类似的叫声,听起来和瑞普瑞德的相差无几。

“那是什么意思？是在打招呼说你好吗？我以前和小田鼠聊过天,但他们的‘你好’是这样的……”哈泽德发出一段音调更高的尖叫声,那三只老鼠的面部开始扭曲起来。

“好了,现在总算到了你们人类花力气学其他生物的语言的时候了。”瑞普瑞德说,“为了交流,我们一直被迫学你们的话,都觉得无聊了。你也能这么做吗？”

“吸嘶者能听懂我的话，”哈姆内特说，“有时也能捕捉到其他生物说的一两个词。但是我耳朵没有哈泽德那么好。”

“你学得太迟了。看看这个小家伙，如果现在就开始教她，等到路途结束，她就能说一口流利的爬虫语了。”瑞普瑞德说着用尾巴尖戳了戳小靴子，“就连勇士——哦不，忘记这个称呼吧。虽然他这段时间一直在学习最基本的回声定位法，但已经过了好几个月，还是没一点效果。专一些好吗，小男孩？不要试图掌握太多技能，要不你那大脑会烧掉的。”

格雷戈尔什么都没说，但他宁愿立马把虾倒进溪水里，也不给瑞普瑞德留一口。愚蠢的老鼠！

“那我们可以出发了吗？”瑞普瑞德问。

“是的，我们在这儿待得太久了。”哈姆内特说，“皱边儿将在前面带路，我留在队伍最后面。我们先从坦塔卢斯的拱门出发，那儿有一条小路，但最后丛林会盖住小路。记住，步履放轻，不要伤害任何生物，注意看好补给品。飞行者叫这个地方‘坦塔卢斯’不是白叫的。”

“坦塔卢斯是什么？”格雷戈尔问奈克。此时，他正在帮她调整背上水袋的位置。

“他是一个人，很久以前来到这儿的一名地上人。由于他犯下了重罪，为了惩罚他，命令他必须站在一棵香甜果树下的池塘边。虽然他又饿又渴，但只要他一弯腰喝水，水位就会降低一点；只要他伸手去摘水果，树枝就会变得遥不可及。”

“他就这样死了吗？”格雷戈尔问。

“已经死了，”奈克说，“这惩罚的目的就是要取他的命。”

格雷戈尔头脑中一阵翻江倒海，他不明白这件事和他们进入丛林有什么关系。与此同时，大队人马已经开始往拱门下出发了。皱边儿在前面带路，哈泽德就蹲在她的背上。芒格和拉普布拉德紧随其后。格雷戈尔与太普、小靴子同行。瑞普瑞德则和哈姆内特一起断后。奈克一拍翅膀，消失在了头顶的青藤里。

当格雷戈尔走过坦塔卢斯的拱门，一切仿佛都变了样，他觉得自己就像是跨入了另一个时空的大门：脚下的地面由岩石变成了青苔，空气厚重且刺鼻，其中还混杂着植物腐烂的气息。尽管手头没有温度计，但格雷戈尔明显觉得气温一下子上升了二十度。先前，那一阵阵丛林特有的嗡鸣声本来还离他有些距离，现在却已然在耳中长鸣起来。

没过几分钟，格雷戈尔的皮肤上就渗满了汗，他甚至在考虑要不要把长裤剪短。背包的袋子勒在他的肩膀上，湿热的空气不断从鼻子里倾泻而出。在地下王国的这些日子，他从没感到像今天这样炎热，只有自己浑身被汗湿透时才能感到一丝凉意。走着走着，脚下平滑的青苔逐渐变成了交错的老藤根。他们在高低之间跳跃前进，而闪着光的溪流又让眼睛很难看清地面的高度,让人不知该何时抬脚。作为一个十一岁大的孩子，格雷戈尔的脚却很大。格雷戈尔的父母常常拿这事取笑他,还说以后脚会越长越大。现在,格雷戈尔穿着科尔马奇夫人送给他的远足靴，突然觉得原本合脚的鞋子一下子变得拥挤起来。这双靴子以前是科尔马奇夫人的儿子穿的,现在她的孩子长大了,科尔马奇夫人就把鞋子送给了格雷戈尔,但这双鞋要比格雷戈尔的脚大一码——他之前往鞋子里塞了些厕纸,只给脚留了两厘米的空间,方便行走。环顾四周,似乎所有人的步履都很轻松——皱边儿、老鼠们,还有长着纤细四肢的太普。格雷戈尔回过头去,想看看哈姆内特是怎么走路的,却被一条树根绊倒了,撞到了芒格身上。

“你为什么不把那两个荒唐的东西从脚上拿走？”芒格厉声喝道。

但格雷戈尔没理他。谁知道这儿又会有什么生物在等着他呢？一想到那些长着长牙、毒针、利角和尖刺的玩意儿,格雷戈尔还是不愿脱掉鞋子。

小靴子舒服地坐在太普背上,正自得其乐地教他唱着《字母歌》。蟑螂一直学到了字母“K”,但之后的“L–M–N–O–P”无论如何总是掌握不了。老实说,这首歌到了这个地方就变得特别快,很容易唱错。“Elemenopee！”小靴子胡乱唱道,好像这是一个长长的字母一样。“Elenenemopeeo！”太普也跟着一通乱唱,和往常一样,他唱的都不在调子上。

哈泽德蹲在皱边儿的背上听了一会儿，专心致志地看着小靴子和太普。最后他从皱边儿的背上滑了下来,跑到他们身边,好奇地问:“你们在唱什么？”

“我在唱 A–B–C 字母歌,”小靴子说,“你是谁？”

“我是哈泽德,”男孩说着,脚踩到了一条树根,稍微滑了一下,“你愿意教我唱这首歌吗？”

她当然愿意了！小靴子一向好为人师！没过多久,丛林里就响起了三种声音在同唱一首歌。格雷戈尔心想这歌声只怕是要让老鼠们抓狂了,但他回过头一看,却发现芒格和拉普布拉德正专注地低声耳语着，瑞普瑞德则忙着在和哈姆内特说话,那样子像是要把这过去十年的见闻一口气讲给他听一样。哦不，看来现在只有格雷戈尔自己快发疯了——三组声音在他的耳朵里嗡嗡直响。格雷戈尔现在只想享受片刻安宁,静静思考一会儿,让大脑赶上身体的速度,也顺便结合刚刚发生的一切,好好想想“温血预言”,但这些事恐怕短时间内是做不到了。

等哈姆内特喊大家停下休息时，格雷戈尔的衣服已经浸透了汗水,脚上的袜子也湿乎乎的。沉重的包裹在他的肩头留下了一阵阵刺痛。他觉得自己可以在三大口内把马雷斯给的冰川水喝完，但最后还是决定把那个包装漂亮的瓶子留在包裹里。他想留一些水,以防小靴子想喝,或是在自己不小心和大家走散后用来救急。

哈姆内特精心挑选了一处用来休息的场地——一块被长满青苔的岩石围起的空地。格雷戈尔听见一旁传来汩汩的流水声,但透过青藤却什么也看不见。老鼠将装着食物的袋子扔在岩石边,四仰八叉地躺着。格雷戈尔仔细检查了一下周围的环境,在确保安全后,随即将自己的东西放下,倒在了老鼠对面的地上。奈克嗖嗖几下,从树林里钻下来,摇晃着身体,将水袋扔在了格雷戈尔身边。哈姆内特打开其中一个水袋,绕场一周,让所有人喝了个够。

哈泽德协助哈姆内特分配着面包和肉,以及一些形似胡萝卜的蔬菜。也许是气温很高的缘故,格雷戈尔的胃口并不是很好,但他还是吃下了自己的那份食物。

小靴子先是"咯吱咯吱"地解决掉了自己的那份食物,接着又来了点太普的面包,她已经对分享太普的食物这件事习以为常了。不管她想要什么,蟑螂都会满足她的要求。吃完饭,小靴子、太普和哈泽德就在石堆边玩起了游戏。

"R是石头①。"小靴子说道。没过一会儿,字母歌大合唱就又开始了。

拉普布拉德和芒格正在啃从坦塔卢斯的拱门带过来的骨

①译注:石头的英文是"rock",首字母为"r"。

头，听到这歌声，赶忙闪到旁边去了。

“他们又开始唱了！”拉普布拉德抱怨道。

“要是他们唱在调子上那倒也还好，可现在这歌声简直让我生不如死。”芒格说。

“听你们啃骨头的声音也好不到哪儿去。”格雷戈尔说。

“一定有个能让他们闭嘴的方法。”拉普布拉德说。

“我一个都想不出来。”格雷戈尔答道。

“嗯，要是他们再这么继续下去的话，我就得想个法子了。”芒格说。

“你们这些老鼠……总是对小孩子有意见，是不是？”格雷戈尔说。瑞普瑞德不仅从来没接受过小靴子，而且还公然表示过自己对灾星宝宝的敌意。“我敢打赌你们连自己的小宝宝都不喜欢。”

咦？格雷戈尔刚才说错什么了？有什么很恶劣的话吗？芒格和拉普布拉德听后，眼中忽然闪过一丝怒意，然后恶狠狠地盯着格雷戈尔。他们不会真的要进行攻击吧？想想大伙儿目前紧张的心态，这也不无可能。

“给我闭嘴。”瑞普瑞德对格雷戈尔喝道，“你那张嘴要是继续说下去，就别想交到一个朋友了！”

格雷戈尔的眼神并没有从芒格和拉普布拉德身上挪开。

他看见他们前腿上的肌肉渐渐绷紧了，见此情形，格雷戈尔的手也本能地向剑柄摸去。

“地上人。”哈姆内特喊道。格雷戈尔忽然记起了他和哈姆内特的约定，便慢慢松开剑柄。“这样就好多了。你们都给我记住，现在身处什么地方。你们都需要对方的帮助，温血动物们！”

所有人都安静下来，丛林特有的声音再次不依不饶地充斥在他们耳边，但此刻却没人敢放松下来。

突然一个细小的声音喊了出来，“F是大雾①！哦，格雷戈！F是大雾！”

格雷戈尔不想把眼神从老鼠身上移开，但总觉得有地方不对劲。丛林里没有雾啊，她到底在说什么？

格雷戈尔转过头去，又出了一身冷汗，覆盖在本来就没干透的脊背上——此刻，小靴子正坐在最高的石块上，开心地拍着手，太普和哈泽德则在她身后，保持着往上爬的动作。石块上点缀着五十多只剧毒小箭蛙，艳如珠宝，有黑绿相间的，有橙如落日的，还有紫得像葡萄苏打水的。格雷戈尔记得自己在中央公园的动物园里见过它们，只不过那时这些家伙都被关在厚厚的玻璃板后面。

动物园这么做是有原因的：如果你碰了其中任意一只，就很有可能当场丧命。

①译注：大雾的英文是“fog”，而青蛙的是“frog”，首字母都为“f”，小靴子年龄还小，把两个单词混为一谈了。

15

就好像老天故意要将格雷戈尔此刻心中的恐惧生动地展现在众人眼前一样——一只倒霉的蜥蜴不识趣地爬到了石块上。那只蜥蜴和皱边儿有所不同，它看上去大约只有三十厘米长，就和地上世界人们通常看到的蜥蜴差不多大小。它将舌头伸向其中一只橙色青蛙，就在舌头与青蛙的皮肤接触的一瞬间，蜥蜴的身体就像木板一样僵住了。毒液麻痹了它的身体，一条生命就此终结。

“不要摸青蛙，小靴子！别碰它们！”格雷戈尔大喊道。眼前的情况简直糟糕透顶。格雷戈尔忽然记起自己曾给小靴子买过一盒塑料箭蛙的玩具，并且那组玩具还成了她的最爱之一。平常，她喜欢一个人花几个小时，将这些箭蛙一只只排列在沙发的扶手上，慢慢把玩。

看到眼前的青蛙，小靴子咯咯笑了起来，兴奋地拍着手。她高兴极了，居然在长满青苔的石块上跳了起来。“F是大雾！我看到了红色、黄色，还有蓝色！”青蛙在她周围蹦来跳去，看起来十分僵硬，并不具有攻击性。但它们跳到小靴子、哈泽德或是太普身上只是个时间问题。

“哈泽德，你能直接跳下来吗？”哈姆内特忧心忡忡地大喊道。

男孩弯下腿，往装满食物的袋子堆上跳去。他着陆不是很稳，摔倒在瑞普瑞德身上，但老鼠根本没去注意他。

“你帮不了她的忙的，爬虫。赶快下来，给我们让个地方，我们还有可能帮到她！”瑞普瑞德说。

太普犹豫了，似乎在考虑瑞普瑞德话里的含义，格雷戈尔知道，太普为了小靴子甚至愿意牺牲自己的生命，但他现在又如何保护小靴子不受这些小型两栖动物的攻击？

“他说得没错，太普，赶快下来。”格雷戈尔说。

格雷戈尔的话似乎起了决定性作用。太普张开翅膀，从岩石上飞了下来，落到地上。现在只有小靴子一个人还开心地坐在毒蛙堆里。

“呱——呱！呱——呱！大雾呱——呱叫！”她说，“舌头还会这样！”小靴子的舌头在嘴里一伸一缩，模仿着青蛙捕捉小

飞虫的样子。格雷戈尔以前给她演示过这样的情景。

“呱——呱！”一只红黑相间的青蛙跳到空中，正好落在了她的屁股上。

“哦哦！”小靴子都快得意忘形了，“红雾对我说‘你好’！”

“不要摸它，小靴子！不要摸！”格雷戈尔说着，缓慢地向小靴子所在的方向移了过去。

又一只粉红色的箭蛙跳到了小靴子的鞋子上。“跳啊跳！”小靴子收回腿，膝盖弯曲，手撑在腿中间，模仿着青蛙的姿态。“跳啊跳！我也是一只大雾！”她跳啊跳，动作引起的震动似乎惊扰了那些生物。它们也精神十足地在她旁边跳了起来。“跳！跳啊跳！”

“不，小靴子……不要跳！”格雷戈尔恳求道。

格雷戈尔已经走到了食物堆旁边。不少箭蛙此时已经从石块跳到了地上。两只橙色和一只绿色的箭蛙离他只有几公分的距离，小靴子还在石块上面，离他大约三十厘米远。他张开手对着小靴子大喊：“跳到我身上，就像在游泳池时一样，好吗？你跳，我来接你，行不行？”

“太棒啦！”小靴子高兴地同意了。她将腿伸直，膝盖弯曲，准备跳进格雷戈尔怀里。但就在这时，一只宝蓝色的青蛙径直跳到了小靴子的胳膊旁。

接下来发生的一切在格雷戈尔看来，都好像是慢镜头一样。宝蓝色青蛙跳到了小靴子的胳膊上，拉普布拉德转动着跳到空中，尾巴从小靴子背后扫过，把她推得从格雷戈尔头上飞了过去。哈姆内特赶忙上前接住了小靴子，随后还说了些什么。箭蛙在即将落地的时候，突然调整方向径直向拉普布拉德的脸跳去。说时迟，那时快，格雷戈尔的胳膊不由自主地动了起来——在离拉普布拉德的耳朵仅有几厘米的地方，他用剑刺穿了箭蛙宝蓝色的皮肤。

“快往后退！”瑞普瑞德尖锐的命令声让格雷戈尔如梦初醒，“赶快离开这儿！”

大家跌跌撞撞地往后撤退，只留下箭蛙们陆续占领了小路。

“不要分开！”哈姆内特大喊道。但周围太吵，他的声音很快被淹没了。大家闹哄哄地冲进了丛林，忙着逃离那些剧毒的小箭蛙，哪里还顾得上往哪跑。

格雷戈尔往藤蔓处跑了大概二十米后，突然意识到自己踩在了某个形似水牛的植物上。他放眼看了看阴暗的丛林，却不见一个人影。

“嘿！”格雷戈尔大喊道。

“站在原地别动！”他听见了瑞普瑞德的回应声，“所有人都别动！”

大约过了十五分钟，哈姆内特和瑞普瑞德才重新把人员召集起来。

这时，一旁传来了小靴子和哈姆内特谈论“大雾”的声音，知道她安然无恙，格雷戈尔悬着的心终于放了下来。他在原地站了一会儿，手上的剑还插着那只已经死了的箭蛙。血液在血管里快速流动，眼前所见又被古怪地分成了一块块区域。愤怒者的直觉又来了。格雷戈尔刚才不知怎么地，想都没想就拔出剑，以惊人的准确度刺死了那只箭蛙。那一刻，他完全无法控制自己，根本不知道自己在干吗。他的“能力”——正如哈姆内特所说——还不受自己控制，而且他自己对此也毫无头绪。

格雷戈尔看着瑞普瑞德用鼻子拨开了青藤，自己仍旧无法动弹。“我需要帮助，瑞普瑞德。”格雷戈尔虚弱地说。

“你好像把自己照顾得还不错。”老鼠说。

“我控制不了它，”格雷戈尔说，“我不想做愤怒者！”他抬起手臂，挥舞着剑，想将剑尖上的毒蛙甩掉，老鼠见状连忙躲闪到一旁。

“哇哦！挥舞那东西的时候你可要小心点！”瑞普瑞德说道，“快扔掉。对，继续，用那边的石头把它刮下来。”格雷戈尔拖着剑，走到石块旁，刮掉箭蛙小小的尸体。“再在水里漂洗一下。”瑞普瑞德接着说道。于是，格雷戈尔又拿着剑，走到了旁边的小溪前。“现在把剑插进剑鞘里，但是小心，不要碰任何东西，因为上面可能还有毒性。下次不要什么都不想就拔剑了。”

瑞普瑞德说。

格雷戈尔收剑入鞘，激动地说：“我怎么知道我什么时候会拔剑？我的手都不听使唤！”

“不，你能感受到自己血液流速的不同，眼前景象的变化。那一刻，你的注意力将会变得集中，一切不重要的东西都会被自动排除。你注意到我说的这些东西了吗？”瑞普瑞德问。

格雷戈尔点了点头，“有时是这样的。当我和阿瑞斯在迷宫里和老鼠作战时，就感觉到那种状态快来了。”

“行了，这就非常好。这是个很好的开始。以后每当你遇到危险，感觉到自己即将受到攻击时，就要警惕起来。最后你会掌握好分寸的，只是还需要时间慢慢调整。”瑞普瑞德说。

“你花了多长时间？”格雷戈尔问道。

“因人而异。我身经百战，训练掌握能力的机会也比你多。”瑞普瑞德说。

“究竟是多久呢？”格雷戈尔重复问道。

“几年吧。”老鼠如实答道。

几年！而且瑞普瑞德几乎每天都要打斗！格雷戈尔摇摇脑袋，心里充满了挫败感。

“还没那么糟糕，格雷戈尔。相信我，等时机到了，你就会觉得这能力是项了不起的天赋。”瑞普瑞德说。

“我不需要这项天赋，瑞普瑞德。”格雷戈尔说。

“嗯,但它已经是你的了。”瑞普瑞德说,“快走吧,你得赶在你妹妹又交了新朋友之前回去。”

格雷戈尔跟着瑞普瑞德往回走着,有那么一瞬间,他突然觉得这老鼠其实挺好的。尽管平时他总挤兑瑞普瑞德,或是对他颐指气使,但他似乎毫不在意,总会在格雷戈尔真正需要帮助的时候,帮他一把。就像上次格雷戈尔为提克的死而伤心流泪时,还有误以为小靴子被大蛇吃掉的时候。当然,还有这次。

随后,他们就与大伙儿会合了,自箭蛙事故发生后,大家都和格雷戈尔保持着一定距离。格雷戈尔感到很尴尬,觉得所有人都在盯着自己看,而他尤其不想看到哈姆内特的眼神。

“别为难他,哈姆内特。他控制不了自己的力量。”瑞普瑞德说。

“我看得出来,但他这样很让人不放心啊!”哈姆内特说。

“嗯,不过至少拉普布拉德的命保住了,她还能继续战斗。”瑞普瑞德说。

格雷戈尔觉得自己应该对拉普布拉德表示一下感谢,毕竟是她出手救了小靴子。但考虑到老鼠们总是很不友好,他也就没说出口。

此时,小靴子还在为自己直面青蛙而激动不已,她跳来蹦去,嘴里不断发出“呱呱”的叫声。

“小靴子说在你们家也有一样的青蛙,它们在她床上睡觉。”哈泽德对格雷戈尔说。

“那些都是假的，哈泽德，它们只是玩具。”格雷戈尔说。

“地上人的玩具真奇怪。”哈姆内特评价道。

用毫无生气的东西做玩具，还鼓励孩子们把它们拿起来玩，这对地底人来说也许很难理解。不过，话说回来，百老汇大道上也没有真的带毒的青蛙跳来跳去啊。

“我们损失了什么？”瑞普瑞德问。

“恐怕是所有的食物。”哈姆内特说，“箭蛙涌到了食物袋上，现在那些袋子很危险，最好不要去碰，更不要冒险吃里面的东西。不过幸运的是奈克把水拿走了，皱边儿也救下了你的包裹。”哈姆内特将两个背包和一个酒袋丢在格雷戈尔脚下，“里面还有吃的吗？”

“只有一些给小靴子的饼干。哦，还有这个。”格雷戈尔说着举起了酒袋，“里面装的是泡在奶油酱汁里的大虾。我专门给瑞普瑞德带来的。”

“不愧是我最爱的小愤怒者！”瑞普瑞德感叹道，跑了过去，皱着鼻子闻了又闻，“真的是你带给我的吗？”

“抱歉，瑞普瑞德。你知道这些东西要给小孩们吃。”哈姆内特说着，将酒袋扔到了自己的肩膀上。

瑞普瑞德叹了口气，“先是贪婪的小灾星，现在又是这些小崽子。他们真是群要命的小家伙！”

"哦，你肯定会活下去的，"哈姆内特大笑道，"活得比我们这些人还要久。"

大家排成一队，继续沿着小路往前走。一路上，格雷戈尔都在给小靴子强调躲开那些漂亮青蛙的重要性，但她总是不领情。说着说着，她居然趴在太普背上打起了瞌睡，格雷戈尔没办法，只好由她去了。

之后一行人再没怎么说话。林子里的温度高得让人难以忍受，食物的来源也成了一个大问题。格雷戈尔的脚步渐渐沉重起来，似乎每一步都有被绊倒的可能。最后，哈姆内特让大家停了下来，开始安营扎寨。

大伙儿围着灯笼，坐成了一圈。每个人都喝了足够的水，但食物只能留给"小崽子"享用。格雷戈尔将饼干递给哈姆内特，由他分给小靴子和哈泽德吃。让格雷戈尔吃惊的是，哈姆内特接着又递了两块给他。

"不，不用了，谢谢。"格雷戈尔说。

"你才十一岁，小男孩，你自己都还是个孩子。"哈姆内特说。

"不，分给他们吧！"此刻的格雷戈尔并不觉得自己是个孩子，因为他身上还肩负着拯救妈妈、阿瑞斯和所有地下王国的温血动物的使命，这让他觉得自己一瞬间就长大了。

"你觉得可以把这些给小孩们吃吗？"瑞普瑞德问，"奶油遇高温很容易坏。”

“唯一坏的只有你。你闻得出来,那些吃的一点都没坏。”拉普布拉德说。

“小心谨慎总不会错。”看着小靴子和哈泽德蘸着奶油酱汁吃饼干,瑞普瑞德不由生起气来。

等孩子们吃完后,大家就开始准备睡觉了。皱边儿自愿值第一轮班。格雷戈尔把毯子铺在地上，和小靴子一起躺在上面。小靴子舒服地靠在他的臂弯里,不一会儿就睡着了。他必须等到小靴子熟睡后，才能把胳膊从她被汗浸湿的发卷下抽回来。老天啊,这也太热了!

格雷戈尔累得筋疲力竭,但丛林特有的声音、酷热,以及再一次变成愤怒者的经历,让他难以入眠。不过他一想到医院里的情景——妈妈躺在白色的病床上，阿瑞斯艰难起伏的胸口，还有霍华德满怀希望看着他的眼神——这一切便都显得无足轻重了。

他还是满腹心事地醒着,呆呆地看着昏暗中的老藤。就在这时,拉普布拉德和芒格开始说话了。

“你觉得他们活下来的几率有多大?”拉普布拉德小声说道,“那两个小的不算,我知道我们一走,他们就会死。我指的是飞毛鼠,还有六只爪。”

“是的,是的,我明白。”芒格安慰说道,“黄色药粉已经在路上了，我们离开的时候，他们还没有瘟疫的征兆。你知道，碎肉子总会想办法喂饱他们的。”

“那两个小的……你觉得他们受了很多苦吗？”拉普布拉德问，“我无法不去想他们，总觉得他们在喊我，却没有任何老鼠回应他们，唉，我可怜的小崽子们啊！”

“不，我敢肯定他们走得很快，没有丝毫痛苦。”芒格哽咽着说，“但我们不能老想着他们，我们必须为飞毛鼠和六只爪着想，他们还有活下来的机会。”

“是的，我会的。我会努力的。”拉普布拉德说，“我正在想办法。”

“现在去睡觉吧，拉普布拉德，”芒格说，“求你了。”

之后再也没有说话声了，但格雷戈尔知道他不是唯一醒着的，他的两个同伴正躺在灯笼旁边，盯着丛林，思考着他们挚爱的亲朋好友还能活多久。

16

格雷戈尔一直处于半睡半醒的状态，直到哈姆内特把他叫醒，然后大家再次上路。格雷戈尔卷起毯子，思绪再次跳到了拉普布拉德和芒格的那段谈话上。看来他们有两个小孩已经死了，还有两个也离死不远。想到自己之前说老鼠不喜欢孩子的话，格雷戈尔一下子面红耳赤起来，更何况拉普布拉德还冒着生命危险去救了小靴子。她这么做，不管是因为小靴子是找到解药的关键，还是只想出手救人一命，承担的风险都是一样的。也许他应该和拉普布拉德私底下谈谈……不，他爸爸说过，要是你在大家面前做错了什么事，就应该当众承认错误。

“嘿，拉普布拉德。”格雷戈尔喊道。开口道歉对他来说真的太难了，更何况道歉的对象还是只老鼠！格雷戈尔选择了较容易说出口的句子来做开场白，“我只是想说……谢谢你昨天从箭蛙堆里救出了小靴子。”

“那不算什么。”拉普布拉德说。

不过，对于格雷戈尔让她免遭箭蛙毒害，她也没有表示感谢。也许她觉得格雷戈尔欠自己的吧。格雷戈尔逼着自己继续说了下去：“还有关于我说的……老鼠不喜欢自己孩子的话……”大家听到这里，都停下了手中的活儿，想听他继续说下去，“我很抱歉，那是一句大蠢话。”说完，格雷戈尔便将卷好的毯子放进背包。

拉普布拉德对此毫无反应，芒格也面无表情。哦，不管了，反正他已经说出口了。

哈姆内特开始喂小靴子和哈泽德吃饭，老鼠们和奈克则忙着梳理毛发，就连太普也在清理自己的腿。格雷戈尔先用一张湿巾帮小靴子擦了擦身子，然后拿着梳子给她梳了下头发。他还记得妈妈总对自己说，一定要让小靴子什么时候都看起来干干净净的。此刻的格雷戈尔倒不担心自己的外貌，只是希望能找到一条安全的溪流，洗漱一下，去去暑气，好让身体感觉清爽些。幸好他没有长一身皮毛。

轮到格雷戈尔喝水时，他举起水袋，尽可能地喝起来——他想把胃撑饱，以填补那空洞的饥饿感。

大家排成一队，继续向丛林深处进发。道路变得越来越狭窄,以至于格雷戈尔已经没法和太普并排走了。皱边儿提议,除了背上的哈泽德，她还可以载上小靴子和太普。格雷戈尔想,他们这样也好互相做个伴,于是同意了。

现在格雷戈尔唯一担心的是，这几个小伙伴会开始另一次《字母歌》马拉松唱歌比赛。幸好哈泽德又想出了一个新的娱乐方法——学说蟑螂语。哈泽德和太普“咔哒咔哒”来回交谈了几次,小靴子就拽着他的胳膊嚷嚷道:“我也要！我也要能像大虫虫一样说话！”看样子,她非学不可了。于是他们三个便待在皱边儿的背上,进行了长达几个小时的学习。一切都像瑞普瑞德先前说的那样——小靴子很快就学会了“咔哒咔哒”的说话方式,并迅速理解了话语里的意思。哈泽德更不用说,他天生就是个模仿语言的高手。太普在面对陌生人的害羞劲儿过后,放松了不少,格雷戈尔发现他居然是个绝好的老师:他有极好的耐心,而且从来不批评自己的学生。等快吃午饭时,他们仨已经能混杂着英语和蟑螂语自如交流，每说一句几乎不假思索。

午饭时,格雷戈尔又喝了不少水,但这根本缓解不了噬咬着胃部的饥饿感。他已经一天没吃饭了,更何况这一整天他们都在不停地赶路。格雷戈尔在背包里翻找达尔西特给小靴子准备的玩具时,发现了一样让人惊喜万分的东西。“嘿,泡泡糖！”他拿起那个亮粉色的包装展示给众人看。

“我也要泡——泡糖！”小靴子拉着格雷戈尔的手臂央求道。

“不行，小靴子，你年龄太小了。”格雷戈尔说。因为害怕小靴子被噎到，所以妈妈从来都不给她吃泡泡糖。“但是你可以留着包装纸，拿着吧。”格雷戈尔小心地把包装里面的东西倒出来，将亮粉色的包装纸递给小靴子。小靴子捧着纸，欢天喜地地拿给她的朋友看去了。

“那是食物吗？”芒格问。

“确切来说不是的。你可以咀嚼它，但是你不能吞下去。”格雷戈尔说。

“那吃这个有什么意思？”拉普布拉德不解。

泡泡糖有什么意思？“我不知道……味道很好吧。你想不想来点儿？”格雷戈尔问。

他手里一共有五块独立包装的方形泡泡糖。孩子们刚吃过，太普一个月不吃东西都没关系，那剩下的就只有格雷戈尔、哈姆内特和三只老鼠了。

“好了，太好了，每个人吃一块。”格雷戈尔说着，给三只老鼠和哈姆内特各丢了一块，“记住，只能咀嚼，不要吞下去。”

他撕开蜡纸，把泡泡糖塞进嘴里。糖在嘴里融开的感觉真是美妙极了。这时候，格雷戈尔发现大家都在看他，便怂恿道：“来啊！试试看！”

哈姆内特慢慢打开包装，闻了闻，试探性地把糖放进嘴里，嚼了起来，脸上浮现出迷惑的表情："这东西很甜……而且吃的时候不会消失。"

"不会的，这里面有胶质。一块能嚼上一整天，说不定几年都没问题！"格雷戈尔说。

老鼠们一个接一个地把泡泡糖丢进了嘴里，连包装都懒得拆。格雷戈尔看着他们，努力咬住嘴唇，克制着自己的笑意：老鼠们嘴巴一张一合，嚼得啪啪作响，试图搞清楚这东西到底是什么玩意儿。

突然，瑞普瑞德发出一声细小的吞咽声，"呃，我吞下去了。"

"没关系，那东西不会对你造成伤害的。"格雷戈尔说。

"我也不知道我的上哪儿去了，"芒格说着，用舌头在嘴里捣鼓着，"一会儿就没了。"他张开大嘴，格雷戈尔发现一小块柔软的泡泡糖正塞在他的两颗长牙中间。

拉普布拉德似乎是唯一能持续咀嚼泡泡糖的老鼠，"味道还不错，尽管那感觉比不上磨牙齿，但就这么让牙齿忙活着也不错。"

"为什么叫它泡泡糖？"哈姆内特从嘴里拿出他的那块，查看起来。

"因为这个。"格雷戈尔吹了一个大泡泡，泡泡炸开了，发出响亮的炸裂声。所有人都吓得跳了起来。

“别再吓人了！我们在这儿受的气已经够多了！”瑞普瑞德说。

“嘿，我只不过是在回答问题而已。”格雷戈尔说。

一行人继续赶路。格雷戈尔对食物的渴望有增无减。泡泡糖里的糖分让他稍稍振奋了一下，但之后却使唾液极速分泌，让他觉得更饿了。他想吃冰凉的东西……棒棒糖、西瓜、冰淇淋，还有盐……他一直在出汗，身体消耗了不少盐分。

这一路上他都没有脱掉靴子，袜子已经被汗水浸透了。不幸的是，出发前他忘了多带一套衣服，袜子也没带，现在根本没东西可换。哈姆内特和哈泽德不穿袜子，只穿着爬行动物的皮做成的鞋子——和身上的衣服材料一模一样——格雷戈尔也没法向他们借。

因为缺乏食物，再加上炎热的天气，他们就快没力气了。虽然哈姆内特帮他背着那个装大虾的酒袋，但由于格雷戈尔身上还背着一个装燃料和医疗用品的大包，以及自己的背包，所以他每走几步，膝盖都要软一下。就在这时，一只手搭在了他的肩膀上。

“包给我吧，格雷戈尔。”哈姆内特说。

格雷戈尔没有反对，任由他把大包卸下。他希望自己还有拒绝的能力，但老实说，哈姆内特的帮助让他很高兴。

“谢谢你。”格雷戈尔嘟囔道。

哈姆内特将位置换到了格雷戈尔身后，现在由瑞普瑞德负责断后了。“瑞普瑞德告诉我你不肯杀死灾星，惹出了不小的动静。”

“我想是这样的吧，可灾星还是个小宝宝啊！”格雷戈尔小心谨慎地说。大多数人类都对他的这一决定十分抓狂。

“你做得很对。要不然，不管有没有瘟疫，老鼠永远都不会愿意与人类同行。”哈姆内特说。

格雷戈尔从未想到这层，但想想，让老鼠和杀死灾星的刽子手一起走路的确也不可能。在几乎所有人都反对他的这一决定的情况下，哈姆内特的赞同让他感觉不错，“我的决定并没有给我在王之城带来好评，现在那里的人都恨我。老鼠和人类都很讨厌我。”

听到这儿，哈姆内特笑了，“不是所有，瑞普瑞德很明显就很喜欢你。”

“哦，是啊，我是他的最爱。”格雷戈尔说，“说不准他正在想着，把我当他的晚饭味道会怎样呢。”

“也许吧，要是你空有这副皮囊的话。”瑞普瑞德说。

格雷戈尔吹了一个大泡泡。“啪！”泡泡响亮地破了。

“不许再这样做了！”瑞普瑞德咆哮道。

“抱歉。”格雷戈尔其实在偷笑，他觉得这泡泡糖发现得正是时候。

几小时后，他们找到了一小块能安全栖身的空地。此时，格雷戈尔脸上已经完全没有了笑容。他双脚麻木，抖个不停，再也没有任何多余的力气了，他甚至连毯子都没铺，背包和剑也没卸，就径直躺在了地上。空气又热又潮湿，他不知道现在是缺氧还是氧气过剩，只觉得自己有些不对劲，大脑变得越来越迟钝，连思考都费劲。

哈姆内特将最后一点饼干和虾分给了小靴子和哈泽德。瑞普瑞德走到他面前，说："除了他们，我们也得吃些东西，哈姆内特。你看看勇士吧，他都快不行了。我们必须去找点吃的。这不仅是为了这两个小崽子，也是为了我们其他人。瞧瞧那边的小家伙，她要是几个小时不吃东西，就会大吵大闹，让人不得安宁。"

格雷戈尔本想抬起头，告诉他们自己没事，但他已经饿昏了，眼前满是挥之不去的绿叶。他气息微弱，只能在不得已的时候呼吸一下，让沉重的空气勉强在肺里飘进飘出。

"是的，你和我去找些吃的吧。看来我们别无选择了。"哈姆内特说。他托起格雷戈尔的头，将水袋送到他唇边，催促着他喝水。格雷戈尔被灌了太多水，身体都快受不了了。"先休息一会儿，格雷戈尔。我们很快就会回来的。尽可能多喝些水。"哈姆内特的手在格雷戈尔的前额上放了一会儿，格雷戈尔突然觉得出乎意料的舒服——只有他的爸爸和妈妈才会这么做。现在，他仿佛觉得爸爸就在身边了。

喝进去的水稍稍缓解了一下格雷戈尔的痛苦。过了一会儿，他坐了起来，发现哈姆内特和瑞普瑞德已经不在了。小靴子和哈泽德正躺在皱边儿的尾巴弯里睡觉；太普则趴在他们旁边，清理着身体；奈克正在离格雷戈尔一米多远的地方呼呼大睡，他甚至都不知道她已经飞下来了。蝙蝠的背上还背着几个大水袋，看样子，奈克和格雷戈尔一样，已经累得无暇顾及把身上的东西卸下来了。灯笼对面躺着芒格和拉普布拉德，他们还没休息，但样子十分憔悴。也许，在还没上路之前，他们就已经尝过快被饿死的滋味了吧。格雷戈尔比他们稍好些，至少他以前的饮食都很有规律。

"你们有谁需要喝点水吗？"格雷戈尔问道。直到这时，他才注意到老鼠们全都饿得奄奄一息，话都说不清了。就连平时最强韧的瑞普瑞德都得靠哈姆内特，才能打开水袋上的塞子。格雷戈尔见状，急忙拿起哈姆内特留在身旁的水袋，拔掉塞子，走过去，跪在芒格身边，"快喝吧，哈姆内特交代过，我们应该多喝点水。"

格雷戈尔先是给芒格喂了点水，接着又在拉普布拉德嘴里倒了一些，他十分担心会把她嘴里的泡泡糖冲下去，所以动作显得十分小心。格雷戈尔自己的泡泡糖呢？想到这儿，他立马用舌头找了一下，发现它正黏在牙龈上，便翻出来，继续嚼起来。

“有水还能挨一阵子，但近期内要是再吃不到东西，我们中就没人能走到青藤园。”拉普布拉德说。

“我真不敢相信，这丛林里居然没一样东西是能吃的。”芒格说。

“我不觉得，”格雷戈尔说，“也许有的是可以的吧，但哈姆内特觉得我们还没有分辨好坏植物的能力。”

“哈姆内特，”芒格张口抱怨道，“他知道什么？他不过是个人类！他的鼻子当然不能辨别有毒的和安全的东西之间，有什么气味差别。但我的鼻子就拥有这个能力。就算是现在，我也能闻到一顿大餐的气息。虽然我不知道那是什么，但相信我，它绝对能吃。”

格雷戈尔闻了闻潮湿的空气，说：“我什么都闻不出来。”

“我能，”拉普布拉德说，“是甜的东西。”

“是的，就是它。”芒格说，“我要去把它找出来。还有谁要一起来吗？”

“我跟你去，”拉普布拉德说，“干什么也总比待在这儿等着被饿死强。”

“我不知道该不该和你们一起去，但我想哈姆内特一定不希望我们冒险进入丛林去找吃的。”格雷戈尔迟疑地说。

"为什么不呢？他现在不是和瑞普瑞德去找了吗？帮手越多，我们越有可能找到更多食物。"芒格说，"不想的话你就不要来，但别指望我们会分吃的给你，你妹妹也别想得到半点儿。"

格雷戈尔想象着小靴子饿着肚子醒来的样子——她肯定不会明白，为什么自己没有吃的，而老鼠们却在大块朵颐。要是小靴子到时号啕大哭，格雷戈尔该怎么办？

"哈姆内特说丛林里有植物会攻击我们。"格雷戈尔说。

"得了吧！我们踩着丛林里的植物走了好几天都安然无恙。"芒格说，"你妹妹在找皱边儿要球的时候，还用手拍过青藤呢，最后她不是什么事都没有？你穿着靴子，也在林子里踩踏了不少植物，还不照样没事？再说了，我们躲避箭蛙的时候，对丛林造成了那么大的伤害。你倒是发现有什么植物对我们发起攻击了吗？"

"没有，那倒没有。"格雷戈尔坦承道，"好吧，我也加入吧。"他又喝了口水，站了起来，接着放下背包，让衬衣先干一干，"嘿，太普，我们要去找吃的了。芒格和拉普布拉德闻到了些好东西。"

"别去，要是我，就不去。"太普说着，不安地动了动。

"别担心，我们很快就会回来的。"格雷戈尔说，"要是你需要我们就喊一声。"他不准备离营地太远。就算有皱边儿和太普守着孩子们，格雷戈尔也想尽可能地离小靴子近些，以防随时都可能发生的意外。可在格雷戈尔看来，目前最大的危险就是饥饿了。

芒格用鼻子嗅着，顺着气味走进了密林深处。拉普布拉德紧随其后，格雷戈尔则跟在拉普布拉德的后面。他是多么希望手边能有一些面包屑，好洒在地上做个标记啊！当然，要是他有面包屑的话，还不如坐在那儿尽情享用，也不用冒这么大风险，出来找吃的了。唉，管不了那么多了。

他们离营地越来越远，已经超出了格雷戈尔预想的距离。不过由于芒格一直走的都是直线，所以格雷戈尔觉得折回去应该没问题。几分钟过后，一阵甜甜的气息扑面而来，使得格雷戈尔心跳都加快了，“嘿，我也闻到了！”

“就快到了，”芒格说，“我们马上就要到了。”

他们三个来到了一小块林中空地间。这里的空气中弥散着强烈的芳香，让格雷戈尔不由想起了成熟桃子的味道。他用手电筒照了照周围的环境：这里的植物和生长在小路边的青藤有所不同，在离地面很高的地方，蔓延着许多蜷曲多叶的树枝，黄色的大豆荚优雅地横在树叶间。这些豆荚有近两米长，倾斜地挂在上面，好像阳光般灿烂的笑脸。豆荚的上半边还挂着玫瑰色的果实。格雷戈尔不用仔细检查，就知道那一定是绝佳的美味。一阵口水从嘴角冒了出来，流到了格雷戈尔的下巴上。恍惚中，他突然意识到，这样子仿佛不太合礼仪，便连忙用

手擦了擦口水。

与此同时，芒格将前爪搭在了豆荚上，抬头望着那美味的水果。就在芒格的嘴巴即将碰到那果实粉色的表皮时，豆荚突然往前张开，将老鼠整个吞了进去，然后合了起来。

现在，他们只能看到黄色豆荚形似嘴唇的部位，漏出了芒格的尾巴尖。

17

看到同伴有难，拉普布拉德也管不了那么多了，她尖叫一声，向困住芒格的豆荚扑了过去。拉普布拉德刚跳到半空中，一条长长的青藤就从另一株植物上飞来，拦腰截住了她。她用爪子撕扯着青藤，想把藤蔓切断，而这一整片地方的植物都像疯了一样，它们以惊人的力量让她不能动弹。格雷戈尔看着眼前的丛林突然活了起来，一下子懵了，不知如何是好。他笨手笨脚地将手伸向剑柄，但是太迟了。青藤已死死缠住了他的四肢。从地面冒出的根蔓，紧紧缠住了他的靴子。格雷戈尔拼命想挣脱出去，但植物们力量太大，他根本动不了。

他愤怒者的反应力量上哪儿去了？格雷戈尔检查着身体，希望自己能瞬间变成致命的格斗好手，但什么变化都没有——他的视力没有变化，血液也没有激流般地涌动。在这一刻，他只能感受到极端的恐惧。

格雷戈尔能感觉到芒格还被困在豆荚里，他还看到拉普布拉德正在离自己三米远的藤蔓网里挣扎着。

一条绕在格雷戈尔肚子上的粗大青藤开始收缩起来，就好像一条大蟒欲将他活活勒死一般。“救命啊！”他想大喊，但声音却小得可怜，“救命！”可谁会来救他呢？瑞普瑞德和哈姆内特已经走远。他、芒格还有拉普布拉德都被困住了。太普倒是很有勇气……唉，算了，就算那蟑螂来了，也只会给他们陪葬而已。

格雷戈尔突然意识到，自己正被植物藤蔓送向那些张开的黄色大嘴。他无力地挣扎着，感受到自己的力量正在渐渐变弱。青藤太紧了，他已经没法呼吸，眼见着那豆荚只有一步之遥，层层叠叠的黄色植物墙，正往外喷射着黏黏的液体。

格雷戈尔发现自己的意识正在逐渐丧失，眼前充斥着黑色的斑点。最后青藤猛地一用力，他不由得咳嗽起来，泡泡糖从嘴里飞出去，掉进了豆荚里。格雷戈尔眼前出现一片黏糊糊、有弹性的粉色，飞快地打着转。迷糊间，格雷戈尔意识到泡泡糖似乎在豆荚里起了作用。它和透明的黏液混杂在一起……制造出了一个粉色的泡泡。绕在肚子上的青藤变松了，他终于能好好呼吸几口空气了。

拉普布拉德正被送往另一个豆荚，她的尖牙正无力地撕咬着。

“快吐！”格雷戈尔声嘶力竭地叫道，“把泡泡糖吐进去！”

拉普布拉德的头微微晃了晃，她到底有没有明白他的意思？

“把你的泡泡糖吐到里面去，拉普布拉德！”格雷戈尔再次喊道。

老鼠好像没法像人类一样往外吐东西，但拉普布拉德最后勉强将泡泡糖吐了出来。此时，她的鼻子正好位于豆荚边上，泡泡糖准确地掉进了豆荚口中，透明黏液也在里面形成了一个粉色的泡泡。

不幸的是，那些植物并没有就此松开他们。吃了泡泡糖的豆荚似乎发了疯，越来越多的透明液体顺着豆壳流了下来，豆荚咬牙切齿似的一开一合，里面泛出一个又一个苍白的粉色泡泡，完全失去了控制。周围的豆荚见势也张着贪婪的大嘴，向这边聚拢过来。

“救命啊！”格雷戈尔呼喊道。好歹这次的声音传得比上次稍微远了些。与此同时，拉普布拉德也发出尖尖的呼救声。一定会有人来救他们的！

突然，格雷戈尔看见一道斑马纹闪电般从头顶呼啸而过，豆荚们纷纷向上伸去。奈克——她身上还背着水袋——在青藤间轻快地穿梭着，用爪子撕扯着这些植物。起先，她还能够坚持,但朝奈克飞来的藤蔓越来越多。格雷戈尔眼见着一条青藤套住了奈克的一只爪子,便知道自己的希望再次落空了。

青藤再次紧缩起来,豆荚都翻了个面。正在格雷戈尔绝望之际,一个声音在耳边响起:“你们都做了些什么？”眼角边,七八条青藤已经毫无生机地落到了地面上。

他低声喊道:“瑞普瑞德。”微笑不由自主地浮现在了他的脸上。

瑞普瑞德快速旋转着,对植物发起攻击,断枝残叶在空中飘散得到处都是。格雷戈尔不由得想起了电视广告中的一种切菜机,只要一摁开关,那玩意儿就会疯狂运转起来。

格雷戈尔身上的青藤松开了,树根也退了回去。他摔倒在地上,刚准备猛吸一口气,一阵绿色叶片像雨点似的落在了他身上。一个巨大的豆荚落到了格雷戈尔脚边,清透的液体从里面喷了出来,溅到他靴子的脚趾处。格雷戈尔惊奇地看到,靴子的表皮居然被腐蚀透了，钢片加固过的地方也慢慢起了化学作用。

有人对他大喊起来，然后像抡一袋土豆一样把他放到了肩膀上。是哈姆内特。哈姆内特跑动起来,格雷戈尔的脸不时撞在他用爬行动物的皮制成的衣服上。一分钟后,他们跑回了营地。格雷戈尔感到有人把他的靴子拔了下来,袜子也被人脱掉了,一股清水倒在了他的脚趾上。

“哈泽德！拿着这个水袋！”哈姆内特说。

片刻后，哈泽德接过水袋，随即格雷戈尔脚上被泼上了更多水。

格雷戈尔看见奈克正在离自己几米远的地方，接受哈姆内特的检查。“我很好，我没事。”蝙蝠对哈姆内特强调说。

“你爪子上的骨头裂成了两半，我可不觉得这叫没事。”哈姆内特说道。这时，有个影子从青藤间钻了出来，丝毫不顾禁止破坏丛林的原则。原来是瑞普瑞德。他抓着拉普布拉德脖子后的皮毛，把她拖进了营地。他一松手，拉普布拉德便又往那些豆荚的方向爬回去。

“芒格……”她念道。

“他死了，拉普布拉德！”瑞普瑞德咆哮道。拉普布拉德不愿相信，固执地爬着，直到瑞普瑞德把她一个翻身摔在地上，摁住了她。

“他死了！我把行凶的植物也弄死了！豆荚开了，他的尸体从里面掉了出来！相信我，他已经死了！你们这些活下来的真应该一同陪葬！”瑞普瑞德咆哮道，“是谁提议这么做的？离开营地这个好主意是谁想出来的？”

瑞普瑞德死死瞪着奈克，也许她看起来最有能力回答问题吧，但她一言不发。

“不是奈克，”格雷戈尔说，“她飞过来是要救我们。”

“那是你的主意了？”瑞普瑞德的鼻子戳到了格雷戈尔的脸上。

“芒格闻到了食物的气息，拉普布拉德和我就跑去帮忙。我们不知道……”格雷戈尔说了实话。

“不知道什么？不知道这里的植物会杀人吗？我们已经告诉过你们！你们也听过警告了！要是你们不听话，我怎么保护你们！你们要做的就是躺在这儿，喝水！连这个都做不到吗！”老鼠一阵怒吼。

“够了，瑞普瑞德。我来给他们包扎一下。”哈姆内特说。

“哦，是的，包扎。这样就能让他们以后想出什么绝妙好点子来拯救大家。一帮没用的蠢蛋。”瑞普瑞德说，“知道吗，这样会把我们都害死！盲从一个愚蠢的点子，就会付出巨大的代价！集体完蛋，解药完蛋，地下王国整个完蛋！”

“够了！”哈姆内特说，“你坐在那边，好好冷静一下吧！”

瑞普瑞德独自走到了一旁，但并没有冷静下来。他先嘟哝了一会儿，接着叽里咕噜说了一大串咒骂格雷戈尔和拉普布拉德的话。接着又开始嘟哝，骂，再嘟囔，再骂。这一过程持续了好久。

由于有酸液溅入拉普布拉德的眼睛，哈姆内特让哈泽德用水把她的眼睛冲洗了一番。随后，哈姆内特拿出医疗包，将一种蓝色软膏涂在了格雷戈尔的脚趾上，然后又用白布包裹好。

“疼吗？”哈姆内特问。

“不是很疼。”格雷戈尔的脚趾上，不时传来一阵阵奇怪的、触电般的感觉。除此之外，就没什么痛苦了。

“嗯，会疼的。”哈姆内特摇了摇头说道。

“水就快用完了。”哈泽德说。

“我再去拿一袋来。”哈姆内特站起来，看了看四周，问道，“奈克，那些水袋上哪儿去了？”

“被植物抢走了。青藤把水袋从我背上拉下去了。”奈克说。

“快停下！”哈姆内特一个转身，抓住哈泽德的手腕，但太迟了。最后一点水从袋口流了出去。

“怎么了，爸爸？”哈泽德疑惑地问道，“我做错什么了吗？”

“不，不。你做了我吩咐你要做的事，”哈姆内特摸了摸哈泽德的一头卷发，说，“只是……水……那是我们的最后一袋水。”

18

“出什么事了？”瑞普瑞德问。

“奈克去救他们的时候把水袋弄丢了。剩下来的水刚被我们用来清洗伤口了。”哈姆内特说。

“没水了？你觉得我们这样还能支撑多久？”瑞普瑞德问。

哈姆内特摇摇头，“没多久。我们还要再走两三天才能走到能饮用的泉水边。现在只能尽力而为了。”

“我还有点水。”格雷戈尔挣扎着坐了起来，将手伸到背包里，拿出一个瓶子，里面约有一升的冰川水，“虽然我知道，这不是很多。”

“已经算很多了，格雷戈尔，这些水能确保孩子们不被渴死。他们的身体是最虚弱的，脱水的速度也最快。”哈姆内特拿过瓶子,“但我们即使没有水也得熬下去。”

格雷戈尔点点头。这些水当然要让小靴子和哈泽德喝了。反正他还能坚持。刚才出发去找食物前，他已经喝了足量的水。他能撑下去的。

“你们找到食物了吗？”他满怀希望地问道。

“没有,没什么对身体无害的。”哈姆内特说。

“芒格说我们找到的水果都是可以吃的,他说那味道闻起来没问题。”格雷戈尔说。

“哦,那你怎么不跳回去再给我们摘一两捧回来？”瑞普瑞德讥讽地说道。

“嗯,至少我们还有你的水。”哈姆内特温和地说,“这很重要。你带上它非常明智。”

“马雷斯放进来的。他说这儿的纯净水不好找。”格雷戈尔说。

“马雷斯？”哈姆内特说,“经过这些年他还活着？”

“是啊，但是他在上次我们去找灾星的路上，丢了一条腿。”格雷戈尔突然意识到,马雷斯应该和哈姆内特年纪相仿,“你们是朋友吗？”

“是的。”哈姆内特说。他看着手上的那瓶水,但没有多加解释。

格雷戈尔差点就要问他为什么要离开王之城，他的家人都在那儿，朋友也在那儿，为什么还要独自一人在这个危险又孤独的地方生活？维库斯问他"在这儿能做什么在别处做不了的事"，是什么意思？"我再也不想伤害别人了，我再也不想伤害更多人了。"他是这么回答的。格雷戈尔那时没怎么注意这个回答，但这句话却让维库斯二话没说，就爬到了蝙蝠背上。哈姆内特造成过什么伤害？这实在很难想象。

哈姆内特站起来，将那瓶水和医疗用品放在一起。"我知道大家都没力气了，但我认为，要是我们想及时走到水边，就必须赶快动起来。你能走路吗？"哈姆内特问格雷戈尔。

"他应该可以，"瑞普瑞德嘶嘶答道，"拉普布拉德也没问题。我希望不要再听见他们有什么抱怨。"

哈姆内特在拉普布拉德的眼睛上涂了点药，用石板和布给奈克的断腿上了夹板。他又从一个绿色的大瓶子里倒出些止痛药，准备让奈克服下。但她拒绝了，"我不希望脑子变得不清醒，在这里我必须随时保持警惕。"哈姆内特想劝她服药，但她十分顽固。

"好吧。我们可以让你大脑保持清醒，但你必须骑着皱边儿前进。"他命令道。

"我能飞。"奈克说。

"你的确能飞，但落地却有困难。随着地面的落叶越来越厚，着陆难度也会越来越大。骑吧，奈克，你还可以顺便休息一会儿。”哈姆内特说。

格雷戈尔帮哈姆内特将奈克扶到皱边儿的背上，让她以一个舒服的姿势躺好。然后用绷带把她固定住,防止她滑下来。

“我很抱歉。”格雷戈尔对她说。

“为什么要道歉？”蝙蝠故作轻松地说,“现在我可以好好睡上一觉了,而你们却要继续走路,我应该感谢你才对。”

不知怎么地,这只蝙蝠的大度让格雷戈尔更感愧疚。

哈泽德爬到奈克前面,躺在皱边儿的脖子那儿,蜷曲在她收起来的鳞片上继续睡起觉来。格雷戈尔把小靴子放在太普的背上,她居然连醒都没醒,继续趴着呼呼大睡。格雷戈尔希望她能一直这么睡下去。现在没有食物,也没有喝的水,他真不知道该怎么应对她。

他的靴子已经被酸液腐蚀坏了。格雷戈尔低头看着自己的光脚丫,脚趾上还绑着绷带,真不知道该如何走路才好。就在这时,哈姆内特把脚上那双动物皮做成的鞋脱了下来。“给,格雷戈尔,你必须穿上鞋子。”他说。

“那你穿什么？”格雷戈尔问。

“我没事,我有好几年都没穿过鞋子,直到后来想出用动物的皮做鞋子这招。你现在必须穿上鞋,要不绷带很快就会脱落了。”哈姆内特说。

“谢谢你,哈姆内特。”格雷戈尔小心翼翼地把鞋套在脚上。说实话，这鞋其实更像袜子，穿着感觉又薄又粘，但却让格雷戈尔很有安全感。

拉普布拉德还躺在瑞普瑞德扔下她的地方，仿佛已经失去移动的能力。刚才那场和植物的生死之战确实让人筋疲力尽，但格雷戈尔知道，那并不是让她崩溃的真正原因。

“嘿，拉普布拉德，你还好吗？”他问道。她情况很不好，芒格刚刚去世，她的宝宝说不定也已经死了。她怎么会没事呢？“我们必须继续往前走，赶紧找到水源才行。”

拉普布拉德爬了起来，一言不发地跟在皱边儿身后。格雷戈尔想起了自己误以为小靴子被大海蛇杀死时的痛苦，以及卢克萨在知道亨利背叛她并丧生之后的一度失语，这一似曾相识的场景让格雷戈尔心领神会，便不再和拉普布拉德说话了。他觉得，应该让她自己先待一会儿。

眼前的小路正在渐渐变窄，直到完全消失不见了。现在他们一行人要小心翼翼地尽可能不踩着植物前进了。一开始，格雷戈尔还觉得，穿哈姆内特的鞋子要比穿自己的靴子走路方便得多，但没过一会儿，他的脚趾就开始疼痛起来。一开始，格雷戈尔的脚只有一点点痒的感觉，但好景不长，紧接着这一点点痒就变成了一股奇痒，再到后来脚趾就像着了火一样，感觉火辣辣的。格雷戈尔知道，此刻提及疼痛，只会招来瑞普瑞德新一轮的责骂，于是他只好咬紧牙关，继续走下去。

大概是因为知道现在喝不到水了，格雷戈尔很快就感到了口渴的痛苦:嘴唇干枯,口干舌燥。以前格雷戈尔来地下王国时,从未为口渴发过愁。就连在危机四伏的死亡之地,新鲜的水也是唾手可得。在家里就更不用说了——打开水龙头，就有干净清凉的水可以饮用。

一行人就这么马不停蹄地走了四个小时。这一路狂奔,让格雷戈尔突然有了那种连赶四十小时路的感觉。最后由于小靴子和哈泽德醒了过来,他们才停下脚步,暂时休息一会儿。虽然口渴难耐,但哈泽德明白现在饮用水紧缺,所以他没有张口向大家要水喝。可小靴子哪里管得了这么多,她一直拽着格雷戈尔的衬衣,大喊:“口渴！我口渴,格雷戈！”但格雷戈尔依旧没有给她水。小靴子以为他没有听懂,便不停地恳求着。

此时的小靴子大汗淋漓,烦躁至极。格雷戈尔给她脱掉了上衣和凉鞋,好让她少出点汗。

哈姆内特无可奈何，最后只好把那瓶冰川水递到了小靴子唇边,他还没来得及说什么,小靴子就已经将整瓶水喝下了三分之一。“慢点喝,小靴子,我们还要靠这点水撑到最后呢。”他说着,把瓶子从她手上轻轻拿了下来。

“还要。”小靴子指着水说道。

“过一会儿才能给你喝。”哈姆内特又给哈泽德喝了一小口。

小靴子不明就里,使劲拽住格雷戈尔,说:“有苹果汁吗？”

“小靴子，现在没有苹果汁。躺下来继续睡觉，好吗？”格雷戈尔说。但小靴子显然无法安心入睡。在经过短暂的休息后，哈姆内特又催促着大家上路了。小靴子骑在太普背上，嘴巴不停念叨着要水喝。在耐心地回答了无数遍之后，格雷戈尔生气了，厉声说道：“我没水，小靴子！没有果汁！没有水！明白了吗？”他这么做完全失算了。在这液体紧缺的时刻，小靴子居然又大哭了至少二十分钟。哈姆内特见状，只好不情愿地又给她喝了几口水。看到小靴子终于睡着了，大家不由得松了口气。

地面凸起的树根难免有些磕磕碰碰，汗水里包含的盐分也一直刺激着伤口。格雷戈尔的脚趾疼痛难忍，一阵强烈的烧灼感久久难散。此刻，他觉得自己的脚肯定肿得非常厉害。

瑞普瑞德嘲讽的声音从他身后飘了过来，“愤怒小男孩，这次没出现，是不是？”

格雷戈尔知道他的话是什么意思，但还是默不作声。

“哦，我不想要这个天赋，瑞普瑞德。”老鼠用满是牢骚的声音模仿着他的讲话，“你以为你不管走到哪儿，不管做什么都会没事吗?你觉得自己天下无敌，就因为你是个愤怒者？好了，现在你发现自己有多弱小了吧！”

“别说了，瑞普瑞德，这孩子已经承受得够多了。”格雷戈尔听见了哈姆内特的声音。

“他必须要了解自己刚刚离死亡有多近！”瑞普瑞德厉声

说道。

“他已经知道了，”哈姆内特坚定地说，“他明白自己行动之前没有好好斟酌。”

谢天谢地，瑞普瑞德终于闭嘴了。但瑞普瑞德说的确实是实话。格雷戈尔并没有觉得自己天下无敌，但自从知道自己是愤怒者之后，他竟连去危险的地方都不怎么害怕了。他有时甚至没法让自己摆脱愤怒者的状态，但他万万没有想到，这能力居然会在自己需要时弃他而去。这个打击让他自信尽失，顿时觉得自己已经丧失了自卫能力。

虽然此刻想要集中注意力非常困难，但格雷戈尔还是逼着自己去回想，当初变为愤怒者和没变成愤怒者时的感觉。在地上时，他一直小心翼翼地避免卷入任何争斗，所以自己在地上世界的生活没什么参考价值。瑞普瑞德在隧道里把他撞倒时，愤怒者特殊的感官体验也没有在身上出现。这一切发生得都很快，在瑞普瑞德挑明格雷戈尔是个愤怒者后，他反倒感觉不到恐慌了。记得受感染的蝙蝠掉进竞技场时，情况极其危急，那时候除了跳蚤，他还没有其他对手；后来一行人又碰到了箭蛙，他知道小靴子身处险境，自己有时间感受到威胁的来临；再后来，遇上了植物的突然袭击……变身为愤怒者的关键到底是什么？看他有没有时间发现威胁的存在吗？不，不是的，他第一次变成愤怒者时是在竞技场上，对手只不过是十几只向他飞来的装着红色染料的小球。一点危险也谈不上。

“完全无规律可循。”——这是格雷戈尔在接下来的很长时间里最后一个清楚的念头。后来的几个小时,又或者是几天里,充满了疼痛、恐惧和迷茫。他们只能走着,一直走着。

格雷戈尔实在无法忍受这持续不断的脚疼和无穷无尽的饥渴,便躺下来将脸埋在了叶子里,想去寻找片刻的清凉。哈姆内特见状帮格雷戈尔流血的嘴唇涂了油膏,然后又为他的脚换了绷带。小靴子一直在哭喊、啜泣着,但到最后一点声音也没有了,只是疲软地躺在太普背上,大家都没法子帮她。格雷戈尔极度口渴,他可能永远都无法等到找到水源,以及抵达白色冰川的那一刻了。走……走啊走……舌头发肿,头痛欲裂,心跳加快,还有胃痛接踵而至,让人喘不过气来。格雷戈尔倒在了青藤旁,看着妹妹无力地趴在太普背上。小靴子……睡着了……已经没有意识了……她死了吗?不,还没有,她的胸脯还在快速起伏,嘴唇也裂开了,闪着油光,泛着惨白的蓝色。正在这时,瑞普瑞德的声音又飘了过来,既粗哑又微弱,“我闻到了清水的气味……”

一听到有水的消息,格雷戈尔便不顾脚上灼烧的疼痛,勉强站了起来,跟着瑞普瑞德、拉普布拉德钻进了丛林里。他听见了水的声音……但这声音并非来自于折磨了他们好几天的林间小溪……听起来更像是奔腾的流水声。老鼠们听到水流的声响都激动地跑了起来，格雷戈尔一瘸一拐地跟在他们后面。眼前的激流，正在冲刷着岩石，顺着瀑布落进了一个池塘。池塘四周还有沙滩……终于有水了……可就在那时……

瑞普瑞德警醒地大叫起来："快往后退！往后退！"

格雷戈尔看见瑞普瑞德和拉普布拉德在拼命地挣扎着，他们脚下的地面就如同融化了一般，正往下塌陷。不知为什么，格雷戈尔不由自主地又向前挪动了几步，但是他能听见瑞普瑞德正喊着让他停下，不要再往前走了。可这个时候，格雷戈尔的双脚已经重得抬不起来了。直到此时，他才意识到自己的脚踝插进了什么东西里面。他低头一看，发现自己的身体已经下沉到膝盖了，肾上腺素急剧分泌，使他猛地缓过神来。

"流沙！"格雷戈尔大喊道，"快试着浮在上面！"他突然觉得在哪儿看过，说流沙就像水一样，要是人能背朝下躺着，就能浮在上面，剩下的只需要等着别人来救援就行了。可现在已经太迟了。沙子已经漫过了大腿，他再怎么挣扎也不可能出去了。

"哈姆内特！"瑞普瑞德大声喊道，"哈姆内特，快过来！"

看样子，瑞普瑞德情况还算不错。他勉强张开四肢，身子摇摇晃晃地浮在了流沙层表面。但拉普布拉德却对此十分恐惧。她疯狂地挥舞着爪子，结果只会加快她下陷的速度。

格雷戈尔攀附在一根老藤上。就在他往上爬了十几厘米的时候，老藤却断掉了。他沉重的身体再次沉入沙子，很快，身

边的沙子已经齐腰深了。“奈克！”他嘶吼道，“奈克！”

右边的老藤堆里传出一阵沙沙声。终于有人来帮忙了！但绿丛中亮着的黑色小眼睛却十分陌生。一开始格雷戈尔以为那是老鼠。不，不对，面前这些家伙的脸显得更小，而且基本上是皮包骨头。是小田鼠，一定是小田鼠。

“救命！”格雷戈尔大喊道，“快救救我们！”小田鼠们却纹丝不动。

有人从青藤上空飞了下来，转了个圈，轻轻跳了几下，最后在两只小田鼠中间的一块地方站定了身子，动作干净利落。格雷戈尔一时还没认出这个陌生人是谁。她衣衫褴褛，苍白的脸上满是淤青和划伤。一道长长的曲线形伤疤从她的左太阳穴一直延伸到下巴上，只见她头上还戴着那个金色的王冠，那双紫色的眼睛似曾相识……咦？好像在哪儿见过！

“卢克萨！”惊喜突然降临，格雷戈尔顿时忘记了自己的绝望处境，一阵狂喜席卷全身。她还活着！格雷戈尔笑了起来，鲜血从破裂的唇间流出来。“卢克萨！”格雷戈尔伸出手去，好让卢克萨来救自己。

但卢克萨既没有把手递过来，也没有平躺在地面上，将胳膊伸过来——她甚至连一条老藤都没往这边扔。

第三部分
镜子

19

“卢克萨！你在干什么啊？”格雷戈尔喘着气问道。

“你又在丛林里和老鼠在干些什么？”她冷漠地问道。

她在说什么啊？发生什么了？

“我们需要老鼠的协助！”格雷戈尔气急败坏地说，“你根本不明白！”

“我只明白你饶了灾星一命，还明白他在瑞普瑞德的保护下发育得很好。还有什么需要我明白的吗？”

原来是因为这事，卢克萨才不肯救他！她到底是怎么流落到这儿来的，又是怎么活下来的？格雷戈尔对此一无所知。但她似乎对丛林外面发生的事一清二楚——她知道灾星的事。

“尼莉莎说我做得没错！”格雷戈尔说。他只能说这么多了，此刻流沙正在往他嘴里灌。

“瘟疫爆发了，你这个自以为是的笨蛋。我们在找解药！快把我们弄出去！”瑞普瑞德咆哮道。

“瘟疫？”卢克萨一脸迷惑不解的样子。她的眉毛微蹙，似乎在思考什么，但却毫无想要帮忙的意思，“我可没听说过什么瘟疫。”

“真的吗？好吧，你在这儿接待了这么多来客，真不敢相信居然没有人向你提起这事儿。”瑞普瑞德说，“现在这话题在地下王国可流行了。”

“朱迪丝！”格雷戈尔听见了哈姆内特的声音，“快帮帮他们！”

哈姆内特跑到了流沙池边，一个急刹车停下脚步，注意力全放在了卢克萨一人身上。卢克萨看见哈姆内特，也一脸震惊的样子。格雷戈尔看着他们彼此对视着，发现两人居然长得惊人的相似。

“我不是朱迪丝！”卢克萨疑惑地说。

“是的，你才不是朱迪丝。”哈姆内特恍然大悟，赶忙，从旁边的树丛里拉出一条老藤扔了出去，“要是我妹妹，就永远不会站在旁边，看着曾为自己冒过生命危险的人白白丧命！”

格雷戈尔的手指碰到了青藤，流沙此时正好没过他的鼻子。格雷戈尔拼命挣扎着，用最后残存的一点力气抓住青藤，哈姆内特在另一头慢慢拉扯,把他从流沙里拽了出来。好不容易脱离险境的格雷戈尔躺在地上，身上还粘着不少潮湿的沙子。他头晕目眩,连动的力气都没有了,只能眼睁睁看着哈姆内特去救其他的伙伴。

哈姆内特将另一条青藤向瑞普瑞德抛去，老鼠见势立马抓紧青藤,慢慢爬了过来。他终于脱险了。

现在流沙中只剩下拉普布拉德一个了，看样子她坚持不了多久了。大伙从岸上只能勉强看见她的鼻子尖露在外面,一只虚弱的爪子,正无力地在沙子表面扑抓着。哈姆内特把青藤向拉普布拉德抛去,但她的眼睛已经沉到了沙子下面,什么都看不见,自然也抓不着这根救命稻草了。

“拉普布拉德！”哈姆内特喊道。

“拉普布拉德！”瑞普瑞德也一起大喊,“快抓住青藤啊！”

但此时，流沙已经无情地吞没了拉普布拉德抽动个不停的鼻尖,以及那露在外面的唯一一只爪子。千钧一发之际,奈克从上空一个俯冲下来,将腿伸进沙子里,一把抓住了老鼠的颈背。她的翅膀疯狂地拍打着,老鼠的头渐渐地从泥沙中露了出来。

“我一个人救不了她！”蝙蝠喘着粗气,“你们要来帮忙！”

哈姆内特再次把青藤抛了过去，但拉普布拉德盖满沙子的眼皮却合着。“拉普布拉德！”他大声叫喊。

"快醒醒,拉普布拉德!"瑞普瑞德命令道,"你一定要抓住青藤,我们才好拉你出来啊!"

拉普布拉德嗫嚅着说:"不……松开我吧……就放开我吧……"她的声音小得都快听不见了。

"放开你?在我把你从那些疯狂的植物丛中救出来后?不可能!快照我说的去做!"瑞普瑞德咆哮道。

但拉普布拉德轻轻摇了摇头,"不……不需要了……"

格雷戈尔突然意识到她经历了太多的惨痛:长达多个月的忍饥挨饿;无助地看着自己的宝宝死掉;这趟充满折磨的旅程,还有芒格的死。看来,拉普布拉德已经决定放弃生的机会了。

"不!"格雷戈尔喊道,"不要放弃!拉普布拉德!"拉普布拉德没有回应。很显然,这样的话对她来讲无足轻重。但格雷戈尔随即就想到了能让她转变的话,他甚至觉得自己永远都不可能说出这样的话:"那六只爪呢?还有飞毛鼠?他们怎么办?"一听到他们的名字,拉普布拉德的眼睛一下子就睁开了,眼神狂热地看着周围。"我的孩子啊!"她说。

"没错!你的孩子需要你!"瑞普瑞德说,"现在赶快起来,抓住青藤!"

终于,拉普布拉德伸出一只爪子,艰难地挪向青藤。瑞普瑞德和哈姆内特在流沙边上一起用力,再加上奈克的帮助,最终把她解救出来。死里逃生的老鼠躺在格雷戈尔身边,皮毛上覆盖着一层厚厚的泥沙。

“看来这就是我的外甥女了?”哈姆内特一脸怒容地看着卢克萨,向瑞普瑞德问道。

“你自己清楚。她长得和你孪生妹妹一模一样。”瑞普瑞德说。

“哈姆内特?”卢克萨说,“你是哈姆内特!我们都以为你死了。”

“我们也以为你死了,卢克萨。也许是的吧,你现在看着自己的朋友快死了都能面不改色。”哈姆内特说。

“哦,我看得出来,你们家又要来一次温馨大团聚了。”瑞普瑞德说,“但请你们还是等等吧。先带我们到水边去,陛下,要不我发誓,我会立马把你和你那几个啮啃者伙伴撕成碎片。”

格雷戈尔感觉自己被拎了起来,开始往前挪移。是皱边儿,他一定把自己背到了背上。几分钟后,格雷戈尔再次听见了流水声。瑞普瑞德用鼻子推了推他的腰。

“快来,勇士。你先去,好好喝一顿水。”瑞普瑞德说道。一听到有水,格雷戈尔便从皱边儿身体的一侧滑了下来,手脚并用地往传来水声的地方爬去。眼前的岩石上出现了一股清泉,泉水顺势而下,流入一个水晶般透明的水池里。格雷戈尔把整张脸都埋进池子里,大口大口地喝着清凉的水。中途,他抬头换了口气，又一次把头扎进甘甜的水中……生命再次得以复苏……

格雷戈尔的口渴缓解后，抬起头来观察四周的环境。他们一行人正占据着一块延伸到水边的大石板上。但卢克萨不在这群人之列。瑞普瑞德、奈克、哈泽德、皱边儿和太普都在池边排成一排，痛饮着池水。哈姆内特将幸存的最后一个水袋灌满水，慢慢倒给小靴子和拉普布拉德喝。

格雷戈尔爬到小靴子身边问道："她还好吗？"

"她很快就会好起来的，格雷戈尔，只要我们有吃的和喝的就行。"哈姆内特说。

格雷戈尔将鼻子凑到小靴子跟前。她勉强张开眼睛，虚弱地笑了笑。"嘿，小朋友。"他低声说道。

小靴子的嘴唇无声地动了动，以示回应。她还活着就好。

"我来喂他们喝水，"格雷戈尔说，"你应该去好好喝一顿。"

"我一直在喝这个水袋里的水，现在已经好多了。"哈姆内特说。他也很疲惫，但和其他人比起来，他的状态要好很多。格雷戈尔猜想，这么多年的丛林生活，再加上天生强健的体魄，让他练就了极强的生存能力。"你一定要在沙子变硬之前把它们洗掉，格雷戈尔。"

"他说得没错。"瑞普瑞德说，"这东西过一会儿就会硬得像水泥一样。"说完，老鼠便跳进了水池，在里面翻滚着。沙子从他的毛发上脱落下来，融进了清水里。

“过来吧，还没喝够的就先喝这个水袋里的水吧，河里的水要等沙子沉下去才能饮用。”哈姆内特说。

瑞普瑞德钻出了池塘，开始清理毛发。格雷戈尔拖着疲软的腿，走到了池塘边。他本想把衣服脱下来，但转念一想，反正衣服上也沾满了沙子，就连腰带也不一定找得到，干脆一个猛子扎进了水里。

啊！这世界上再也没有比被清凉的水包裹住身体更舒服的事了！这里的水深齐胸，用来游泳应该足够了。格雷戈尔钻进水底，游了一个来回，然后冒出水面换了口气。几圈过后，等衣服上的沙子都被水冲掉了，格雷戈尔便坐在水边，脱掉了身上的外套。他将面对一项特殊的挑战——脱掉动物皮做的鞋——要知道，格雷戈尔的脚趾已经肿得像核桃那么大了，里面还夹杂着不少沙子。于是，他不得不把脚伸进水里，先泡了一会儿，再把绷带拆掉。解除绷带后，大片的疤痂脱落下来，但伤疤下面，正生长着幼嫩的新皮肤。

格雷戈尔又向泉水口游去，他站在石块上，让水冲刷着身体，直到确信每一粒沙子、每一滴汗珠，甚至每一寸死皮都被冲走后才罢休。接着，他使劲拧了把湿漉漉的衣服，爬回石板上，等着衣物晾干。

此时，卢克萨再度出现在众人视线里。她一手抓着好几条大鱼的尾巴，另一手抱着些东西走过来，松开手，一大堆黄色的水果掉在了地上。她接着又把鱼扔在大家身边，自己将其中最大的一条鱼拎起来。“我来帮小靴子做条烤鱼，我知道她不吃生的。”她自言自语。大家等着哈姆内特分配食物，但心里都痒痒的。格雷戈尔分到了四个黄色水果。他用牙齿咬开果皮，一股像李子一样的清甜涌进嘴里。在确认水果没毒后，格雷戈尔两三口便把果子吃光了。

格雷戈尔将小靴子拖到膝盖上坐下来，想试着哄她吃些东西。一开始，小靴子还一副不理不睬的样子，但当他把几滴香甜的果汁滴进她的嘴里后，小靴子的脸立马焕发出光彩，一把抓住格雷戈尔的手，把水果送进自己嘴里，狼吞虎咽地吃了下去。“P就是李子[①]，”她边说边舔着手指上的果汁，“还有李子吗？”格雷戈尔又给了她一个，他很高兴自己没有让她失望。

鱼的滋味也很好。要知道，上一次冒险中，格雷戈尔还没法完全适应去吃生冷的鱼肉。但到了这次，他已经可以不假思索地将鱼肉直接吞下去了，卢克萨拿来几块鱼肉递给小靴子，那些是她放在剑上用灯笼火烤出来的。为了让鱼肉看起来更加诱人，她还往上面挤了点金色的李子汁。

“想吃点鱼吗，小靴子？”卢克萨问道。她连看都没看格雷戈尔一眼。

①译注：李子的英文是“plum”，首字母为“p”。

“是——的！”小靴子开心极了，拿起一块就塞进了嘴里，“老鼠呢？”她问卢克萨，又用手按了按鼻子，“好痛！”

“谁？傻奇提普吗？”卢克萨问。小靴子点了点头。听到这儿，格雷戈尔突然想起来，卢克萨和小靴子上一次在一块时，还是在老鼠的迷宫里。傻奇提普当时也和她们在一起，她的鼻子伤得厉害。“我不知道。”

“哦，对呀，我亲爱的傻奇提普。你把她扔哪儿了，我的陛下？恐怕已经死在拉比瑞斯了吧？”瑞普瑞德说，“这结局不算太坏，真的，反正除了她那个了不起的鼻子，没人会想到她的。”

“我会想她的。”格雷戈尔突然开口说道。不管傻奇提普是不是老鼠，他都喜欢她。他不想听见瑞普瑞德说她不好的话。

“抱歉，我忘了你们已经成了好朋友了，”瑞普瑞德说，“但她对你来说不过是只死老鼠而已，女王陛下，是吗？”

卢克萨没有理他，除了小靴子，她对谁都一副不想搭理的样子。她到底在生什么气啊？因为格雷戈尔没有杀死灾星吗？事实确实如此，但他已经把尼莉莎的话告诉她了，他做得没错。看到格雷戈尔和两只老鼠在一起？好吧，但是为了找到瘟疫的解药也没其他办法。还是出于哈姆内特严厉责备的缘故？是啊，卢克萨肯定不喜欢这样。况且她已经在这个半暗半明的地方和小田鼠生活了好几个月了，等到终于有人出现时，她发现他们居然不是来救她的，而是碰巧到这儿的，心里肯定非常失望。或着她只是在生所有在场人的气而已。

她的蝙蝠欧若拉呢？也许已经死了吧，要不卢克萨就直接飞回家了，而不是在丛林里独自过活。格雷戈尔为卢克萨感到难过，但随即又想起她刚才准备看着自己被流沙活活闷死的情景，心中便有些不快，“我不欠她的。”但他自己对这话并不是十分信服。毕竟，卢克萨救过格雷戈尔许多次，更重要的是，她还救了小靴子的命。尽管如此，他也不准备求卢克萨跟自己说话，要是她是这么想的话，格雷戈尔绝不会让她得逞。

小靴子吃完后，格雷戈尔顺便给她洗了个澡。他也没做什么，就是抱着她，在池塘里走来走去。小靴子现在的身体很虚弱，连玩闹的力气都没有了。但格雷戈尔感觉得出来，她很喜欢周围的水。小靴子洗干净后，格雷戈尔便用毯子给她做了张小床，她刚趴上去就睡着了。格雷戈尔把小靴子的衣服洗干净，搁在石板上，接着便舒展身体，依偎着小靴子睡着了，之后就什么都不知道了。

格雷戈尔不知道自己睡了多久，突然，他被瑞普瑞德叱责拉普布拉德的声音吵醒了。拉普布拉德自到达池塘边后就没动过。她让哈姆内特给自己喂水，但水还没下咽，便又从她嘴巴的另一侧流了出去。摆在她面前的食物也一动未动。不仅如此，她还不想洗澡，但她的毛发上粘着不少沙土。看这样子，那阵帮她摆脱流沙的勇气已经消失了，悲伤和痛苦再次侵占了她的心灵。

“快起来，拉普布拉德！你一定要赶紧把沙子从毛发上洗掉！要不就迟了！”瑞普瑞德命令道。但她毫无反应。瑞普瑞德又试了其他几个方法来劝她，依然毫无结果。最后他沮丧地喷了喷鼻息。“好吧！要是你就准备躺在那儿不动，那我只好把你扔下去了！”话一说完，他便抓起拉普布拉德脖子后的皮毛，把她拖进水里。拉普布拉德茫然地挣扎着，似乎根本不知道发生了什么，瑞普瑞德见状，便又把她从水里拎了出来。“趁现在赶紧梳理一下自己！你必须用爪子把沙子清理出去才行，否则硌着皮肤会非常痛！”瑞普瑞德说道。但拉普布拉德无动于衷，就像她之前根本就不想洗澡一样。她躺在地上，面无表情。瑞普瑞德无计可施，便又开始威胁拉普布拉德，甚至准备张开大嘴去咬她的腹部，格雷戈尔都快看不下去了。

“别动她了！”格雷戈尔说。

瑞普瑞德惊奇地看着他，“抱歉，你刚说什么？”

“住手吧，让她静一静，她心情不好，难道你不知道吗？”格雷戈尔说。

“我跟你说，等我们毫发无伤地活下来，都安全了，我会告诉你同情心是什么意思。但现在，我不能放过她。”瑞普瑞德说，“我需要她。她能战斗，再往下走，我们还会遇到更多危险，就算到了青藤园也有被吃掉的可能。到时候谁来做我的后援？一帮小孩子，一只软脚蝙蝠，一只爬虫，两个和平主义者，还有一个不在状态的愤怒者。你们所有人现在都溃不成军。哦，只要我撕开她的毛，她一定会清理她自己的！”瑞普瑞德张开嘴，一口撕下一小块拉普布拉德的毛皮。格雷戈尔忍无可忍，抓起太普放在小靴子身边的一个李子，往瑞普瑞德的眉心砸去。

老鼠难以置信地看着他。李子砸到身上并不痛，格雷戈尔也没用力。但居然有人敢违背瑞普瑞德的意愿，这倒给他来了个猝不及防，“你又怎么了？”

“我来帮她梳理毛发。”格雷戈尔说。

“什么？”瑞普瑞德问。

“我要亲自帮她梳理。”格雷戈尔说。他拿出达尔西特帮小靴子准备的梳子，走到了拉普布拉德身边。

“你？你给她清理？”瑞普瑞德边笑边说。

“为什么不？”格雷戈尔说。他以前给狗刷过毛，换成老鼠，又有多大差别？

“这个我倒要看看了。”瑞普瑞德说着，便找了个舒适的姿势躺下来，准备看场好戏。

拉普布拉德的身体还在滴水。她从池子里爬出来的时候，都没甩一甩身子。刚才那番挣扎把她身上的大块泥沙弄没了，但她的毛发里还是夹杂着不少沙子，摸着都硌手。格雷戈尔不知道该从哪儿开始。首先，她比他以前梳理过的任何一条狗的体型都要大，况且她的身体还是湿的。不管了，还是先试试吧。

格雷戈尔拿起他干净的衬衣——差不多都干了——在拉普布拉德的背上摁压着，吸掉一些水分。接着，他拿起梳子，轻缓地梳理起了她的毛发。瑞普瑞德说得没错，沙子已经变硬了，那些又小又硬的颗粒已经附着到她的伤口上。格雷戈尔花了好一会儿，才清理干净巴掌大一块地方。

“老天啊，这得花一辈子才能完成了！”格雷戈尔想。但他并没有停下来，因为不仅仅是瑞普瑞德，还有其他同伴也在看着这边。大家都醒来了，这些伙伴们猛然发现格雷戈尔在给拉普布拉德梳理毛发，都觉得很惊奇。还有十几双亮晶晶的小黑眼睛也躲在青藤堆里盯着这里。尽管格雷戈尔看不见卢克萨，却能感觉到她也正躲在树丛的某个地方注视着自己。毫无疑问，她不会喜欢格雷戈尔这样。

毛发一干，整个工作就容易多了。格雷戈尔的手臂酸痛起来，但他的手却充满怜爱地抚摸着这顺滑如丝的皮毛。谁曾想过老鼠的皮毛也能如此柔软？这动作也对拉普布拉德起到了不少的安慰效果。

等格雷戈尔梳理好后背后，他便围着拉普布拉德走了一圈，这是他第一次直面她。拉普布拉德似乎对格雷戈尔的表现既惊奇，又疑惑。

“现在我要梳理你的腹部了，你要侧躺下来才行。”格雷戈尔说。

拉普布拉德还在恍惚中，她翻了个面，但眼睛却紧紧盯着格雷戈尔不放。格雷戈尔想，也许这只老鼠随时会清醒过来，一口把他的头咬掉。但事实并非如此，拉普布拉德的意识非常游离，身体十分虚弱，由于心里承载了太多的悲伤，她甚至还有点疯癫，要不她怎么问格雷戈尔自己刚才做了什么？

“你觉得他们活着吗？”拉普布拉德细声问道，“飞毛鼠和六只爪？”

她向芒格几乎提过同样的问题。

“当然了，当然了，我敢肯定他们还活着。”格雷戈尔努力回忆着当时芒格对她说的话，“现在他们已经有黄色药粉了。而且……”另一只老鼠叫什么名字来着？“碎肉块会好好照顾他们的。”虽然那个名字他已经记不清楚了，但应该和这个差多吧。

“是的，她会喂好他们的。”拉普布拉德说，“我的宝宝啊。”

“现在你应该试着睡一觉，拉普布拉德。”格雷戈尔说，“好吗？”

她看着他，眨了几下眼睛，便以令人惊奇的速度睡着了。

这时，格雷戈尔的思绪又飘到了自己妈妈的身上。她现在一定病得厉害，霍华德也是这样。妮薇乌说蝙蝠发病的速度没那么快,也就是说安德罗美达应该还好。但阿瑞斯呢?面对现实吧,阿瑞斯一定已经死了。突如其来的痛苦席卷过格雷戈尔,他努力不去想这些事情,现在他还不能屈服。和拉普布拉德一样,他还有重要的人要救。

他继续仔细梳理着拉普布拉德的毛发,直到每寸皮毛都顺滑得如天鹅绒为止。这很有意思……他和拉普布拉德就像一枚硬币的两面。她是一名母亲,为了自己的孩子而经受艰险;而自己则是个孩子,正在为救回母亲而不断努力。不管他们有多么不同,他觉得自第一晚起,他们之间便建立起了极其特殊的纽带——他们一起躺在黑暗中,想着各自所爱的人,无法入眠。从那时起,拉普布拉德的身上就已经背负了太多的负担。格雷戈尔知道那是什么滋味,正是这种同病相怜的感觉,使他不忍心看着瑞普瑞德虐待她,他才会干涉进来。他本可以把这番话解释给其他人听,但他没有,因为他找不到恰如其分的词来描述这份情愫。

所以他什么也没说,梳子也没有洗一下,便梳起了自己的头发。

20

在食物、水，还有一夜好觉的作用下，小靴子的身体终于奇迹般地复原了。她欢快地醒了过来，嚷着要吃早饭。哈姆内特和瑞普瑞德都出发去找吃的了。这次搜寻，他们收获颇丰，带了很多吃的回来：几十条鱼、几堆李子，还有堆成小山一样的蘑菇。

哈姆内特用枯死的老藤和燃料，在石块上生了一小堆火。

“你确定我们可以生火吗？”格雷戈尔紧张地望着四周的树丛。

“放轻松，格雷戈尔，这片区域的植物都是没有攻击性的。”哈姆内特说。在烤鱼的同时，他还不忘往上面抹一些李子汁。格雷戈尔觉得这是自己尝过的最美妙的食物。每个人都取了一大份早餐，只有拉普布拉德没有动静，她还处于熟睡中。

“让她睡吧，”哈姆内特说，“等她醒来后会有好多食物等着她的。”

小靴子很想游泳，央求着格雷戈尔，于是他便带她去了池塘。小靴子骑在太普背上，从岸上跳进了格雷戈尔的怀里，在水里吹着泡泡。等她玩累后，又大吃了一顿，接着拉着太普和哈泽德一起玩起了小球。

哈姆内特把格雷戈尔喊了过来，检查他脚上的伤。“伤口已经在愈合了，但你一定要小心，不要让伤口受感染。”哈姆内特说着，又给格雷戈尔的脚趾涂了一层蓝色的药水，再次包扎好，然后让他穿上皮质鞋。随后，哈姆内特的注意力又转到了奈克的腿上。“还疼吗？”他问奈克。

“不是很疼了。”奈克说。但在哈姆内特给她检查伤口时，她还是难以克制地尖叫了一下。

“我们至少要在这儿休整一天，奈克。”哈姆内特说，“吃点止痛药吧，这药会让你好好休息的。”这次奈克没有拒绝，格雷戈尔知道，她一定是疼得快受不了了。

哈姆内特在医疗用品包里翻找着，他把里面的东西都倒在了地上，仔细检查着。“上哪儿去了？药呢？”有一个绿色的大瓶子不见了，“有人把止痛片拿走了吗？”

格雷戈尔看了看大家，没人说话。这里的人也没必要拿这玩意。小靴子和哈泽德还是孩子；太普、奈克和皱边儿连打开药瓶的能力都没有；老鼠也许能够将药瓶敲开，但拉普布拉德还在昏睡状态。是瑞普瑞德吗？他又没受伤，况且他对能让大脑意识模糊的东西一点也不感兴趣。格雷戈尔发现哈姆内特正盯着自己，这才意识到自己嫌疑最大。他有能打开瓶盖的手指，脚趾上的伤也可能是他拿走药的动机。

"你知道的，格雷戈尔，要是你开口要止痛片，我一定会给你的。"哈姆内特说，"只是有到万不得已时，我们才会拿出来用。"

"我没拿，我实话实说，"格雷戈尔说，"你可以在我的东西里找一找。"

瑞普瑞德从他坐的地方走了过来。"张开嘴。"他示意说。格雷戈尔照做了，但不知道他要做什么。老鼠狠狠地嗅了嗅格雷戈尔口中的气味，然后说道："他的确没有吃药。"

"抱歉，"哈姆内特对格雷戈尔说，"看来我们没有多少选择了。"

格雷戈尔还没来得及问他这话的意思，小靴子就不小心把一个球扔进了周围的树丛里。哈泽德追了过去，格雷戈尔及时抓住了他的肩膀。"别去，我帮你捡吧，哈泽德。"就算周围的植物不具伤害性，他也不想让孩子们去拿。

从林里没有路，青藤也长得格外厚实，格雷戈尔花了好一会儿才发现球被卡在了两条树根中间。“找到啦！”他一边喊，一边把球丢回了空地。就在那时，格雷戈尔眼角的余光捕捉到了卢克萨的身影。

她正一动不动地坐在上面的青藤里，看样子已经监视格雷戈尔好一会儿了。

此时，格雷戈尔突然觉得那个藏在心底已久的疑问，就如同此刻手上的倒刺般，时刻折磨着自己，让他不吐不快。“刚才你真准备站在那儿，看着我死吗？”他问卢克萨。

“我以为你和瑞普瑞德要一起攻击啮啃者。”卢克萨说。她的嗓音里一丝歉意都没有。

“你为什么觉得我们会那么做？”格雷戈尔说。

“啮啃者和人类交好，老鼠为此恨之入骨。由于啮啃者在上次的大战中站在我们这边。所以，后来老鼠们就把他们赶到了丛林里，希望他们被饿死，被吃掉。但没想到的是，啮啃者远比老鼠想象的要坚强得多。”卢克萨说。

“这倒可以成为老鼠跑到这儿来的原因，那我呢？”格雷戈尔说。

“你没有杀死灾星。”卢克萨说，“当我看见你和两只老鼠在丛林里时，还以为你已经站到他们那边去了。”

“好吧，我明白了。你是说，我和瑞普瑞德勾结在了一起，准备攻占地下王国，最后对半分割。这都是因为……你知道的,我对这个地方爱得死去活来。”格雷戈尔猛地拔下手上的倒刺,厌恶地将它扔到了青藤堆里,“老天啊,卢克萨。”他每次来到地下王国,唯一想的就是赶快回家,不缺胳膊少腿地和家人团聚。她是知道这点的。如果说他想和瑞普瑞德一起密谋什么大计划,那真的是荒唐至极。

“你可以嘲笑我会这么想,但你的做法和之前亨利没什么区别。”卢克萨说。

亨利。卢克萨的堂兄,最好的朋友,仅仅为了自己日后能与老鼠共享大权,便背叛了卢克萨,投奔了老鼠。格雷戈尔承认,卢克萨的疑心是有原因的,但是……

“我不是亨利。”格雷戈尔说。他一想到要重新赢得卢克萨的信任是件多么困难的事,不由得叹了口气。也许她唯一信任的就只有她的结合了——要是那只蝙蝠还活着的话。“欧若拉怎么样了?”

“她受伤了。”卢克萨说。

这话倒让人松了口气。至少欧若拉没被杀死。“她伤势严重吗?”格雷戈尔问道。

“她的翅膀整个脱臼了,已经不能飞了。她为此受了很大的痛苦,我不能丢下她不管。”卢克萨说。

这句话触发了格雷戈尔的思考,“那……是你拿的止痛药?”

“我不知道奈克也需要,我马上就拿些回去。”卢克萨说。

“你知道吗,你应该让你舅舅看一下欧若拉。他很擅长治疗外伤。”格雷戈尔说。卢克萨默不作声。她并没有给哈姆内特留下一个好印象,谁知道她又是怎么看待他的?在大家都以为他死了十年后,他又突然出现了。现在事情已经发展成这样了,格雷戈尔意识到她是不可能开口请求他帮助的。“我去跟他说说,看看他能做什么。但你一定要跟着我一起来。”一分钟后,卢克萨从高处的藤蔓上滑了下来。她的眼里满是悲伤和疲惫。看到卢克萨这个样子,格雷戈尔突然不忍心再生她的气了。“这儿是怎么回事?”格雷戈尔边问,边用手从自己的太阳穴滑到下巴处,他问的是卢克萨脸上的伤疤。

“在拉比瑞斯的时候,一只老鼠抓伤了我。”卢克萨说。

“谢谢你救了小靴子的命,把她送出去。”格雷戈尔说。

“那是太普的功劳。”卢克萨说。

“虽然的确是太普背着小靴子在逃跑,但要是没了你的英勇作战,他也没机会逃出来。”格雷戈尔说。卢克萨听到这话,只耸了耸肩。“快走吧,我们去和哈姆内特说说。”他说。

格雷戈尔把欧若拉的伤势告诉了哈姆内特,他赶忙背上装着医疗用品的包,和格雷戈尔一起,跟在卢克萨后面,往丛林深处钻去。他们走了一会儿,直到卢克萨停下脚步,推开一大片细长的青藤,露出一个山洞的入口。洞里面除了卢克萨的金色蝙蝠欧若拉，还有好几只小田鼠。可怜的蝙蝠正趴在地上，有一只翅膀正以古怪的角度张着，这大概是蝙蝠最不愿意选的睡觉姿势了。她的眼神迟钝、游离，格雷戈尔从未见她憔悴成这样。他希望那只是止痛药引起的。

“她的翅膀脱臼了，”哈姆内特皱着眉头说，“像这种状况持续多久了？”

“好几个星期了。”卢克萨难过地说。

哈姆内特摇了摇头，“就算我能把她的翅膀接回去，引起的损伤也可能是永久性的。但现在也只能尽力而为了。”

大家扶着欧若拉站了起来。仅是这一个动作，就让这可怜的蝙蝠疼得尖叫起来。

“你能在她躺着的时候弄吗？”卢克萨问。她不停地抚摸着欧若拉的脸，安慰着她。

“不行，就算这样都不一定行。”哈姆内特说。他指示格雷戈尔抱住欧若拉的胸部，把她固定住。她的翅膀挡在中间，格雷戈尔没办法把她环抱住。最后，他只好紧紧抓住欧若拉身体两侧的皮毛。

“抱歉，欧若拉。”格雷戈尔说。

欧若拉看着格雷戈尔，迷惑地眨了眨眼睛，“地上人？你来了？”

“是啊，我又回来了。”格雷戈尔说。

“阿瑞斯呢？他和你在一起吗？”欧若拉问道。

“没有，他……他染上瘟疫了。”格雷戈尔回道。

“瘟疫？”尽管止疼药让欧若拉迷迷糊糊的，但格雷戈尔还是听出了她声音里的恐惧。那可怕的画面又涌进了格雷戈尔的脑海里：破裂的紫色脓包……沾染着血的白色床垫……他的蝙蝠……还有他的妈妈……

“哦，怎么会是阿瑞斯……”卢克萨的声音空洞极了。

“是时间了。”哈姆内特走到欧若拉身后，抓住翅膀上部，命令道，“振作起来！”接着，他迅速地用力拉扯了一下翅膀。格雷戈尔没能抓牢，欧若拉的身体就这么滑了出去。随后，蝙蝠发出一阵撕心裂肺的哭喊声。

“快停下！”卢克萨尖叫道。格雷戈尔看得出来，她都快发疯了。她抓住哈姆内特的胳膊，想把他拉开。“别再增加她的痛苦了！她已经受不了了！”

哈姆内特一把抓住她的手腕，“要是你不想让她死在丛林里，就必须这么做，卢克萨，没有其他办法的。你光反对是帮不上忙的，到外面去吧。”

卢克萨并没有出去。她背靠着山洞岩壁，拒绝再走一步。

“再来一次，格雷戈尔。”哈姆内特严厉地说，“你一定要抓紧。我得有支撑力才行。”

格雷戈尔擦了擦满是汗水的手心，再次抓住了欧若拉的皮毛。

“我们数到三，”哈姆内特说，“一——二——三！”哈姆内特又像刚才一样拉了一次蝙蝠的翅膀，欧若拉忍受不住再次发出一声惨叫，但这次格雷戈尔抓住了她。这次终于成功了，那感觉真是太美妙了，太棒了，欧若拉脱臼的翅膀终于回到了原位，利索地贴服在她身上。

“哦！”欧若拉发出一阵如释重负的叫喊，“哦哦！”

“好了，”哈姆内特说，“现在情况很好，但你还没有完全复原，状况还不太好。毫无疑问，脱臼给你的身体造成了很大伤害。所以你先不要忙着使用翅膀，以免操之过急，让翅膀再次脱落。不过我相信，疼痛已经减轻许多了。”

“好多了。”欧若拉低声说道。她小心翼翼地张开翅膀，然后又收回来，就这么来来回回做了好几次。卢克萨一把抱住蝙蝠，把脸贴在她那金色的毛发上。格雷戈尔敢肯定，卢克萨正在蝙蝠怀里流着眼泪，只是不想让他们看见而已。

“现在好好休息吧，过几个小时，我再回来给你检查一遍。”哈姆内特说。他捡起靠墙放着的绿色药瓶，把它放回医疗包里。瓶子里面装的正是止痛药。“走吧，格雷戈尔。”

“我想她们一定经历了不少困难。”格雷戈尔在回营地的路上说道。

“日子过得也肯定不好。”哈姆内特回应道，他在长着黄色李子的青藤边停了下来，摘下它们，“你比我更了解我的外甥女。你觉得她是什么样的人？”

“卢克萨吗？”格雷戈尔努力在自己脑海中搜寻着可以形容她的词，“嗯，我第一次见到她时，她看起来非常高傲。那时她一直在和亨利玩，后来我们就成了朋友。”格雷戈尔的描述让人觉得，他对卢克萨的印象似乎不深。但其实，在他心里，卢克萨是个让人刻骨铭心的女孩。此刻，格雷戈尔不禁想到了她杀死老鼠谢德的样子，那次是卢克萨第一次救他的命；当他们一行人被蜘蛛困在蛛丝桶里时，卢克萨又用一个螺旋上升的动作使大家得以全身而退；到后来，为了帮助格雷戈尔找到灾星，她甚至还违抗命令，冒着各种风险，偷偷飞到水路上与他同行。他该怎么形容卢克萨？“她很勇敢，”格雷戈尔最终开口了，“她也是我认识的所有人中最勇敢的。我知道这话听起来很疯狂……毕竟之前流沙那件事……但我很信任她，甚至可以将性命托付给她。”

“听起来是很疯狂。”哈姆内特说着笑了起来。

一回到营地，哈姆内特就赶快把止痛药给了奈克。药效立马就发挥了作用。“啊，我现在连自己的脚都感觉不到了。嗯，头脑清醒时我没法看明白‘温血预言’，现在意识模糊了，一切都变得不真实了，说不定就能看懂了。”她嘟囔道。

“是的，‘温血预言’。”哈姆内特说，“我曾在三明治的房间里研究了许多年的预言。那个重复出现的段落是什么样的来着？”

那段话依然深刻地印在格雷戈尔的脑子里，他立马就背了出来。

转啊转，转啊转。

你看见物体，但看不见时间。

补救措施和错误的缠绕，

纠缠在一起形成青藤一条。

哈姆内特让他把这段话又背诵了几遍，以便自己记下来。等到格雷戈尔重复到第四遍时，发现小靴子正待在他身边，边听他说，边乱跳着舞。

“转啊转，转啊转。”她说道。每次她说一个“转”字，都会转个小半圈。“转啊转，转啊转。转啊转，转啊转……”她不停地念叨着，一直转到自己头晕，摔倒在地，方才罢休，然后傻呵呵地咯咯笑着。

“好了，它上面说，我们能看见‘物体’。”格雷戈尔说，“那，这个物体是什么？”

“我猜说的是瘟疫吧。”瑞普瑞德说。

“我们看到了‘瘟疫’，却看不见‘时间’，”格雷戈尔把词换了进去,“那这个时间是什么?”

“可以指代很多意思。瘟疫爆发的时间,解药找到的时间。最后一个温血生物死亡的时间。”奈克恍惚地说。

“‘补救措施和错误的缠绕,纠缠在一起形成青藤一条。’”哈姆内特说,“我想这句指的就是植物就是解药,那东西叫什么名字来着?”

“星影草,”格雷戈尔说,“看起来是这样的。”他在妮薇乌的书上看过,便从火堆旁拿出一块烧焦的青藤,靠着记忆在石头上画了起来。

“‘补救措施和错误的缠绕’……要是补救措施指的是星影草,那错误又是什么?”瑞普瑞德问。

这次大家连猜的勇气都没有了。

于是大家干脆不说话,吃起了东西,接着准备睡觉。哈姆内特和卢克萨把欧若拉扶到了营地。两只受伤的蝙蝠紧紧靠着彼此,一起进入了梦乡。

“能有另外一个飞行者陪着欧若拉真是太好了,这将是极大的安慰。”卢克萨说。但格雷戈尔觉得,这并不是她们回到营地的唯一原因,也许卢克萨自己也需要人类作伴吧。

“你要和我们一起去青藤园吗?”格雷戈尔问她。

“你们可能会需要我。”卢克萨说。

格雷戈尔本想提一下那边的危险,但他知道,她根本不会介意。

哈姆内特让大伙儿足足睡了八个小时。接着吃了早饭,准备走完最后一段通向青藤园的路。两只蝙蝠被固定在了皱边儿的背上,小靴子和往常一样,坐在了太普的背上。其他人则在地上行走。

“向青藤园进发。”哈姆内特说。

皱边儿在前面领路,一头扎进了丛林里。

格雷戈尔本想让小靴子在太普背上安稳地坐着,但她记挂着自己的舞蹈,不时在丛林里跳几步,边跳边唱:“转啊转,转啊转。”接着向相反的方向跑去。

“不,小靴子,那条是回王之城的路。”格雷戈尔说。王之城的所有人都把希望寄托在了他们身上。他一把抱起小靴子,把她重新放回太普背上。“来吧,”他说,“解药应该在这个方向。”

21

丛林里多了一条小路，这大概是小田鼠们在巢穴之间不断往返走出来的。很快，前面的路就没了，周围杂草丛生，他们又开始了艰难跋涉。这次的路要比之前的更难走，这里的青藤长得极为茂密，有的地方，他们不得不用手拨开拦路的植物才能继续前进。经常会遇到的情况是：他们刚刚走过去，身后的植物又“啪”的一声合了起来。有时格雷戈尔甚至看不见其他的同伴。他一直紧盯着太普和小靴子，确保他们不被地上的草叶淹没。

哈姆内特给所有人分配了一个数字，从一到十一，并让大家时不时地喊一下。小靴子很喜欢这么做，轮到她时，她总是充满激情地大喊一声“九”，一次不落。这么做对太普有些困难，他老是记不住自己是紧跟在九后面的十号。在此之前，格雷戈尔只知道蟑螂不擅长数学，却不清楚他们连最简单的加法都没掌握。小靴子现在已经能从一数到二十了，只是在十三、十四这儿有点小问题，她踊跃地帮助太普："太普说'十'，太普，快说'十'！"太普一忘记自己的数字，小靴子就急忙嚷了起来。格雷戈尔希望太普不会因此感到难堪，但就算如此，这只大度的蟑螂也不会表现出来。

突然，一个声音没了，格雷戈尔意识到刚落在队伍最后面的卢克萨此时已走到了最前面。他赶了过去，问道："欧若拉怎么样了？"

"比之前好多了，只是伤口还有点疼。"卢克萨说。她等格雷戈尔赶上自己，便用疑惑的语气问道："格雷戈尔……那个男孩是谁？那个和吸嘶者讲话的人？"

"他叫哈泽德。是哈姆内特的儿子。嗯，我想他应该也算是你的表弟了。"格雷戈尔说。

"这怎么可能？"卢克萨皱着眉头问，"他的眼睛是绿色的啊。"

"是的，他妈妈是地上人。不知道哈姆内特在哪个地方碰到她的，他也没跟我多说。"格雷戈尔说。

"我的弟弟！"卢克萨说。她脸上的表情很是矛盾——她和自己的兄弟姐妹的经历总是充满了不愉快。

“我觉得他是个好孩子，就像尼莉莎和霍华德一样。”格雷戈尔说。

“那现在尼莉莎就是女王了？”卢克萨问。

“是的，不过等我们回去后，你就能做回女王了吧？”格雷戈尔问。

“哦，是的。这个王冠还不会那么轻易就离开我。那尼莉莎怎么样了？他们没有为难她吧？”卢克萨问。

“她似乎还支撑得住。开会时，她勇敢地面对了瑞普瑞德和其他人的质疑。你应该为她感到骄傲。”格雷戈尔说。

“我一直都很为她骄傲，”卢克萨说，“尽管有些笨蛋看不起她，但那并不影响我对她的天赋的判断。”

“我同意。要知道，她是阿瑞斯和我的救命恩人。她是最后想出‘灾星预言’的真正含义的人，她告诉了我为什么我不杀灾星是对的。”格雷戈尔话里有话。

“那跟我说说吧，格雷戈尔，为什么让灾星活着是件好事？”卢克萨叹了口气，问道。

格雷戈尔深深吸了口气，从与巨蛇那战之后说起——他就是在那时和卢克萨分开的。他跟卢克萨说了自己在拉比瑞斯留了灾星一命的事，后来他又把灾星带给了瑞普瑞德，回到王之城后，所有人都震怒不已，但尼莉莎破解了预言，救了他一命。他还告诉卢克萨，后来小靴子也回到了王之城，之后他们在纽约城度过了好几个月。然后,格雷戈尔就把他知道的关于瘟疫的一切都说了出来，当然还有最痛苦的部分——所有感染者的名字。说完,格雷戈尔迅速把话题移到了出发寻找解药上,他和哈姆内特见了面,大伙儿一起在丛林里经受了无数艰辛,最后他掉进了流沙坑里。“你就是在那儿出现的,”他说,“那么你和欧若拉后来遇到了什么？”

卢克萨的故事没那么长，但问题却一点也不比格雷戈尔的少。在和巨蛇交战时,她和欧若拉接住了小靴子和太普,俯冲进了一条隧道里。海浪很快就挡住了他们与大部队会合的路,他们依附在小靴子和太普的救生衣上,被迫在冰冷的水里漂浮了好几个小时。最后,他们找到了进入拉比瑞斯的路,碰巧遇到了傻奇提普。傻奇提普领着他们去了一个安全的地方,但又不巧遇到了一队老鼠。卢克萨不得已命令太普背着小靴子先跑了,自己则在前面支撑了好一会儿,为太普的逃跑赢得了宝贵的时间。接着卢克萨就撤了，顺着傻奇提普的方向跑去。她们在迷宫里转了两天,才找到出去的路,那条路把他们引到了像蜘蛛网一样纵横交错的隧道里，等她们沿着隧道出来后,却发现自己已经身处丛林了。刚一出来,一条巨大的树蛇就向她们发起了进攻,欧若拉的翅膀就是在那时脱臼的。若不是田鼠给她们提供了避难所,她们现在都不一定还活着。

“那你知道傻奇提普怎么样了吗？”格雷戈尔问。

“我不清楚,格雷戈尔。我只知道她受了很严重的伤,身体非常虚弱……我不知道。”卢克萨说。

厚厚的落叶突然没了,一行人发现自己站在了峡谷边缘的石块上。谷底的画面差点让格雷戈尔喘不过气来。这个山谷里虽然长满了青藤,但这里的青藤叶子较普通的藤蔓更显修长、优雅。空气中飘荡着轻盈的香甜气息,自打他们从坦塔卢斯的拱门出发后,这还是他们头一次闻到如此清新的空气。残酷丛林的喧嚣声已经被他们甩在了身后,山谷上空一片静谧。

“这儿就是青藤园了。”皱边儿嘶嘶说道。

格雷戈尔不明白为什么大家都这么害怕这个地方。下面就像是一座无与伦比的花园,盛开着多姿多彩的花朵,还有这清洌的香气,还有……他突然想到了夺走芒格生命的植物。也许在丛林里,美丽与危机总是并存的。岩壁上,一条宽阔平滑的石头铺成的小路,径直通向谷底。生在路边的青藤,形成一道拱廊,看来似乎是由园艺专家有意栽种、修剪而成。

“这路是谁建的?”格雷戈尔问道。

“是青藤园自己建的,用此迎接疲惫不堪的拜访者。”瑞普瑞德说。

为什么?难道青藤园自己会造路吗?莫非它只是个大号的夺命豆荚不成?难道不止一种植物,里面所有的植物都在共同努力,创造出了这个诱人的陷阱?突然,所有的美丽都仿佛变成了不祥的征兆,格雷戈尔一点儿也不想进去了。

“要勇敢,孩子。”瑞普瑞德说,无疑,他从格雷戈尔的汗液里闻出了恐惧的味道,“要是你的妮薇乌医生的书里有解药的记录的话,那一定意味着有人活着离开了这里,还把故事传播了出去。也就意味着这件事是可以做成的。要是可以做成,我们就一定能成功。哈姆内特,你有什么建议?”

“所有人紧靠在一起,如果可以的话,最好两个或三个走在一块。还有千万不要碰任何植物,不管发生什么,都不要离开这条路。”哈姆内特说。

“小靴子,”格雷戈尔的声音听起来十分虚弱,随后他赶忙清了清嗓子,又说道,“小靴子,你一定要好好地待在这条路上。因为……你知道小红帽的故事的吧?”

“因为有大狼狼吗?”小靴子立马容光焕发起来。

“是的,这些植物都很坏,它们身体里就好像有大灰狼一样,所以你要好好地待在这条路上,好吗?”格雷戈尔说。

“你也要好好待在这条路上,太普!”小靴子说。但她立马好奇地往青藤堆里打量过去,好像在期盼能看到“大狼狼”一样。格雷戈尔只好让她紧挨着自己走。

皱边儿和哈姆内特领着大伙儿,顺着小道一路走了下去,哈泽德走在他们中间。欧若拉和奈克依然被固定在皱边儿的背上,看上去一副脆弱不堪的样子。卢克萨和拉普布拉德分别在两侧掩护着他们。格雷戈尔牵着小靴子的手，紧随众人身后，而小靴子仍骑在太普背上。瑞普瑞德则负责断后。

安静，这里实在太安静了。格雷戈尔竖起耳朵努力捕捉着，感受着丛林最后一丝喧嚣的消散。接着他第一次听见了同伴们的声音：脚步声、吸鼻子声、叹气声、奈克的咳嗽声，皱边儿的尾巴被瑞普瑞德踩到后发出的惊叫声。当然，还有格雷戈尔的肚子因为饥饿而发出的隆隆声。青藤园将他们的声音悉数吸去，这个世界真的是连一丁点儿声音都没有，静得让人毛骨悚然。就这样走了五分钟后，格雷戈尔看见了它们——这些东西看上去像是无数双眼睛。一开始他还以为那是鲜花组成的图案，或是什么诱人的水果。但花朵不会眨眼，水果也不会跟着你的动作滚来滚去。是昆虫吗？还是这里的植物莫非真长着眼睛？有这可能吗？格雷戈尔不知道，也没追问。他继续一手握着小靴子的手，一手紧抓住剑柄，假装没有看见它们。是啊，这么做好极了！

他们就这么轻松地走着。小路平坦笔直，一直沿着斜坡平缓地延伸到谷底。这路很好走，但格雷戈尔总有一种他们正慢慢往可怕野兽嘴里走去的感觉。“它在等着合适的时机，好把我们一网打尽。”格雷戈尔暗想。他抓着小靴子的手越捏越紧，直到她抱怨连天。

最终，一行人来到了一大片圆形空地上。三条小道以同样的角度从他们刚刚走来的路上延伸出去，那样子像是借助量角器精确地划分出来的。格雷戈尔之前在地下王国从来没看过这样的图案。是的，他以前也遇见过不少分叉小路，但其大小和形状都显示它们为自然形成，是河流在很久以前干涸而成的。而眼前的青藤园似乎是由某人——或是某物——精心设计并制造出来的。

“他们干吗不直接攻击我们算了？”格雷戈尔脱口而出，其实他连“他们”是谁都不知道。

“我想，大概是因为青藤园的植物不会经常饿肚子吧。”哈姆内特说，“或者它们留着我们的血另有用途。也许是喂给小的吃，甚至是拿来治疗疾病什么的。”

“那么这个地方……有类似大脑的器官吗？”格雷戈尔问道。

“你看这些路，孩子。你觉得它们是凑巧变成这样的吗？”瑞普瑞德问。

不，它们不是的。问题的答案一定是否定的。

哈姆内特将灯笼径直放在圆圈中间。他们凑在一起，吃起东西来。等他们吃完后，哈姆内特站了起来。“我要和皱边儿一起，把这几条路查看一下。”他说。

“行，我们就轮流睡觉休息。”瑞普瑞德说。

“我要和你一起去。”哈泽德跳了起来，抓住哈姆内特的手。

“你在这儿很安全，哈泽德。”哈姆内特说，“瑞普瑞德会照顾你的。”

但哈泽德还是不肯松开爸爸的手，皱边儿绕过两人，走在前面。哈泽德不依不饶地跟在后面走了一段，大家看得出来，他已经下定决心，不愿离开了，哈姆内特无可奈何，只好屈服了，把他一块带上。他们三个踏上了左边那条小路，很快就消失不见了。

“他们会没事吗？”格雷戈尔问瑞普瑞德。

“别担心哈姆内特，他会照顾好自己的。”瑞普瑞德说，“没有我们，他也在这儿活了十年了。”

“瑞普瑞德，你知道他为什么要离开王之城吗？”卢克萨悄声问道。格雷戈尔知道，卢克萨从来都不和老鼠说话。如今她如此主动，只能说明这问题已经压在她心头很久了。

“他们从没跟你说过？你母亲也没有？就连维库斯也没提过？”瑞普瑞德问。

“没有。只有亨利听说过哈姆内特疯了，但他也不知道整个故事是什么样的，也没挖出什么内幕来。”卢克萨说。

瑞普瑞德眉头紧锁，似乎在考虑该不该说出真相。周围一片寂静，只剩下呼吸声。格雷戈尔向青藤园内看去，发现在灯笼火光的映照下，树丛中正亮着无数双小眼睛。它们眨啊眨，眨啊眨。格雷戈尔突然很想大叫一通，把它们全都轰走，但他知道，这么做只会吓到小靴子。同时，他也确定，这些小东西是不会离开的。

“你也应该知道真相了。”瑞普瑞德最终开口了，“我想维库斯是想等到你长大后再告诉你事情的经过，但我觉得，他只会祈求你永远也长不大。况且，他说到哈姆内特时不流泪是不可能的。”

“那你告诉我吧，”卢克萨说，“这样维库斯和我都会欠你一个人情了。”

“你欠我人情，女王殿下？好吧，看来这可是个千载难逢不容错过的机会。”瑞普瑞德说，他无精打采地侧身趴着，看着灯笼的火光，“我该从哪儿说起呢……你要知道，关键是……关键是你要明白，人类和老鼠并不是一直都这么水火不容的。至少以前双方的仇恨都一直处在一种较为平衡的状态，所以和平在以前并不是遥不可及的。那时，老鼠和人类的领导都将追求和平放在第一位，而非各自的利益。他们都说，几百年前我们的确和平共处过。”

小靴子用手肘推了推格雷戈尔，爬到了他的膝盖上。格雷戈尔顺势抱着她，看着小靴子打了个大大的呵欠，把头靠在了自己的胸前。

“为了向老鼠表示友好，人类向我们赠送了一份礼物——

一个曾被蝙蝠称为金苹果园的地方。在三明治他们来到地下王国后，人类亲自在园里栽花种草。每年水位变高时，地下王国都会有一小块平原被水淹没。人类在那块地方建了一道坝，用来防止水患。等水退去后，那里的土地突然变得特别肥沃，于是人们便开始在那里种上苹果树。虽然按地上的标准来看，那些树都很瘦小，但它们却在地下活得异常坚韧，即使只能接受来自水底的光照，它们依旧能慢慢长大。再加上坝上装有水闸，这样就可以时不时开闸，给树木提供灌溉的水源。因此，这些苹果树长势很好。很快，树枝上就挂满了金色的苹果。”

“A是苹果①。”小靴子嘟囔道。

“对老鼠来说，这的确是一份珍贵的礼物。和人类不同，我们没法种植作物。但果树不需要我们花费太多精力，就能持续地结出果子。记得我小时候，去趟果园可是个了不起的奖励，”瑞普瑞德说，“去那儿吃苹果，睡在果园旁边的洞穴里，连空气里都满是香甜的水果味。”

“是啊，”拉普布拉德伤心地低声说道，“所有人都爱果园。”

“我从来没听过金苹果园的事。”卢克萨狐疑地说。

“当然了，既然你没听过这个地方，那没听过你舅舅离开的原因也是理所当然的。现在我就来告诉你吧，”瑞普瑞德说，“大约十多年前，那时候的世道不怎么好。恕我直言，女王陛

①译注：苹果的英文是“apple”，首字母为“a”。

下。虽然你的父亲在很多方面来说都是个不错的国王,但他在其他方面却过于严格。当然了,戈杰国王也是个嗜血如命的怪兽。”

“和那个戈杰国王是同一个……”格雷戈尔犹豫地说。

“是的,就是你第一次来地下时摔死的那个戈杰国王,格雷戈尔。不管怎样,人类最终决定收回果园。索罗维特还派出了一队军队前去驱赶老鼠,而军队统领正是哈姆内特。要知道,哈姆内特可是当时地下人中最强的战士。他作战英勇这点和他母亲很像,就在所有人都以为哈姆内特将会接其母亲的职位,掌管军权的时候,事实却无情地证明了,他像维库斯更多一些,这就是他完蛋的原因。”

格雷戈尔胃里一阵难受,很想让瑞普瑞德闭嘴。他已经不想听那该死的老鼠讲什么故事了,但卢克萨想知道过去的事,了解她的舅舅。

“在哈姆内特的领导下,人类和飞行者共同发动了一次突然袭击。由于在苹果园游玩的老鼠大多都带着自己的小崽子,起初,他们被这突如其来的进攻一下子打懵了,有点不知所措。但老鼠们很快就反应了过来,将小崽子们安置在一旁的洞穴内,随后便加入了战斗。他们拼命抗击,胜利的天平渐渐向老鼠倾斜。但哈姆内特的母亲给他提供了一个后备计划——假如遇到老鼠们的顽强抵抗,就打开闸门,淹掉这个地方。那时,老鼠们将不得不在水里游泳，这将给骑在飞行者背上的人类提供极大的便利。于是,哈姆内特就打开了闸门。”

瑞普瑞德停下了话头，这时格雷戈尔想起了哈姆内特对维库斯说的话,“我再也不伤害别人了，我再也不想伤害更多人了。”他知道,自己马上就要弄明白所谓的伤害是什么了。

“外围的水位很高,而那道坝已经有好几百年了。水一下子冲进了阀门,砂浆和石块被瞬间冲垮,大坝就这么崩塌了,洪水瞬间淹没平原,水深达到六米。成千上万只老鼠被淹死,不少人类和飞行者也被困住了。但这场惨剧并没有就此结束。水淹没平原后,还冲进了洞穴,本来安全地躲在那儿的小崽子们也都死了。即使隔着好几公里,你都能听见他们的惨叫声。”瑞普瑞德说。

“好几公里,”拉普布拉德轻声重复道,“好几公里啊。”

“哈姆内特做了什么？”卢克萨问道。

“绝望之中,他开始拼命拯救快要被淹死的人类、老鼠、蝙蝠,但无济于事。他的飞行者,自己的结合,被两只想自救的老鼠拖进了水里,再也没有飞出水面。这时,马雷斯将哈姆内特拉出来敲昏了,以阻止他再次跳进飘满尸体的洪水里。”瑞普瑞德说,“哈姆内特被带回了王之城，等他恢复意识后，便疯了。他不仅六亲不认,而且开始胡言乱语,就这么过了好几天,当他清醒过来后,又彻底沉默了。又过了好几天,他偷偷溜走了。据说，最后一个看到他的人就是尼莉莎，要我说，她那时的精神状态也和现在一样，非常不稳定。但她从来没提过这事。在他失踪一年后，人们宣布他已经死了，也终止了对他的寻找。”瑞普瑞德说，“这就是你的舅舅哈姆内特的故事。”

“那个果园怎么样了？”欧若拉问道。

“果园被水淹没了，而在地下王国的其他地方再也找不到那些会结出金苹果的树了。”瑞普瑞德说，“它们也一并消失了。”

有好长一段时间，格雷戈尔只能听见灯笼里火星噼啪燃烧的声音，以及小靴子躺在他胸口发出的轻柔的呼噜声。突然，一个声音从左边的小道上飘了过来，“又跟人说故事了啊，瑞普瑞德？”格雷戈尔不知道哈姆内特在那儿待了多久——他此刻正坐在皱边儿的背上，抱着熟睡的儿子。但看样子，他待在那儿的时间已经很长了，足够听完瑞普瑞德的这番话。

“你知道我的看法的，哈姆内特。故事讲的次数越多，再次发生悲剧的可能性也就越小。”瑞普瑞德说，“说不定以后还会帮助你的外甥女解决问题。”

卢克萨和哈姆内特交换了一个眼神。“也许吧，”哈姆内特说，“但这要取决于她遗传了谁的耳朵。”

“在那边看到什么了吗？”瑞普瑞德问道。

“我想是的。”哈姆内特说。他举起一把植物，植物的根茎还连在上面。在他紧握的拳头上，一串星形的叶子露在外面。

22

“星影草？”瑞普瑞德惊讶地说，“你找到它了！”

“找到了？”格雷戈尔激动得差点跳了起来。这时，他突然想起了睡在膝盖上的小靴子，便赶忙把她放在地上，向哈姆内特跑去，“你找到解药了？”

“这草完全符合你的描述。”哈姆内特说。他把哈泽德放在皱边儿的背上，从蜥蜴的尾巴上滑了下来。大家一齐凑了过来。

“你觉得呢，孩子？这和你在书里看到的图画像不像？”瑞普瑞德问格雷戈尔。

“一模一样！”格雷戈尔激动地说。他们找到解药了！终于有好事发生了！格雷戈尔掐下一片叶子，深深地吸了一口气。

那纯净、清新的气息让他的鼻子不由得一阵痒痒，“嗯，闻起来像柠檬，一定就是它了。它的味道……应该就是解药该有的味道。这草长在哪儿？我们能去摘吗？之后就能回到王之城……”

“别急，格雷戈尔。我知道我们都很想把解药带回去。但事情得分个轻重缓急，一步步来。现在我们必须睡觉了。皱边儿负责放哨，睡醒后再开始动手。”哈姆内特说。

格雷戈尔躺在小靴子身边，虽然已经筋疲力尽，但精神却很振奋。他把星影草的叶子托在手心，在火光的映照下仔细查看着。此刻，他手里拿着的东西，不仅能挽回妈妈的生命，还能拯救阿瑞斯和整个地下王国。格雷戈尔把叶子放在鼻前，那清新的柠檬味让他放松下来，他慢慢闭上了眼睛。

后来，格雷戈尔只知道自己被哈姆内特摇醒了。接下来，一行人吃了点剩下来的鱼和李子。就在大家准备按部就班排好队上路时，哈姆内特拦住了他们，“昨天因为不想影响大家休息，所以除了瑞普瑞德，我并没把全部情况都告诉你们。旅程的最后一段路就在眼前，但却充满了各种困难。我们要找的药草就长在附近，不过想要到达那里，必须穿过一条非常危险的小路。作为一个团队，大家必须相互配合，以尽可能快的速度跑过去。”

“为此，我还特别设计了一个阵型，这个阵型能让大家都尽可能地活下来。”瑞普瑞德说，“哈姆内特等一会儿会展示给你们看的，所以请务必按他说的去做。”哈姆内特立马开始了部署：他先让皱边儿背着两只蝙蝠和哈泽德，站在队伍的最前面。接着，又命令太普爬到皱边儿的后腿下方隐蔽起来。然后，拉普布拉德背着卢克萨，守在皱边儿的左侧；瑞普瑞德背着格雷戈尔和小靴子，守在蜥蜴的右侧。哈姆内特则走在队伍的最后面。

“我两条腿跑的速度也很快。”卢克萨说。很明显，她不想骑在拉普布拉德身上。

“不，卢克萨，你不能这样。”哈姆内特说，“到时候你就会感激拉普布拉德的惊人速度的，你相信我吧！”

卢克萨不情愿地趴在了拉普布拉德身上，她伸手摸了摸欧若拉的皮毛。格雷戈尔把小靴子放在瑞普瑞德的肩胛上，自己则坐在她的后面。他必须稍稍弯曲膝盖，以防脚刮到地面。

“我们骑骑？”小靴子疑惑地问他。

“就一小段路，小靴子。之后你就能骑太普了。”格雷戈尔解释道。

小靴子伏在瑞普瑞德脖子上，用一根手指戳了戳他的头顶。“R就是老鼠。”她说。

“是啊，B就是咬人①。”瑞普瑞德唱歌似的说，“小心，老鼠说不定会咬你的手指哦！”他还用力咬合了一下牙齿，以起到

①译注：“老鼠”的英文是“rat”，首字母为“r”。“咬”的英文是“bite”，首字母为“b”。

强调作用。

“哦！”小靴子赶忙把手收到胸前，靠在格雷戈尔怀里。

“真有必要这么做吗？”格雷戈尔不满地说。

“当然了。你希望她日后把老鼠当宠物看待吗？在这个地方、这个时候可不行。”瑞普瑞德说。

和以往一样，瑞普瑞德的话总显得很有道理。格雷戈尔也不希望小靴子像对待宠物一样对待老鼠，要知道，他们可以轻易在瞬间夺走她的性命。但是……如果人类和老鼠一生下来，他们的父母就教他们彼此憎恶……他们的关系又怎么会得到改善？格雷戈尔的感觉告诉他，这是一个重大的问题，但他此刻并没有太多时间去思考这个问题，所以他只好抱紧小靴子，闭上了嘴。

众人纷纷就位，准备踏上征程。“我们首先会走一小段路，等这一段路走完，我发令后，大家就开始跑，只有跑到星影草所在地才能停下，明白了吗？”哈姆内特说，“出发吧。”

和之前把他们引导到此地的路相比，面前的小路看起来差不多，只是稍微窄了些。当他们转过一个弯后，格雷戈尔看到了一条似梦似幻的美丽长廊，青藤上几百万朵银白色的小花，在灯笼火光的映照下闪闪发光。耳边传来一阵叮当作响的轻柔铃声。他们仿佛即将进入一片奇幻的仙境，还有那气息……哦，花朵散发出的香气简直熏得他晕头转向。

“跑！”格雷戈尔听见了哈姆内特的吼叫声。

一收到信号，瑞普瑞德像离弦之箭一样冲了出去，由于用力很猛，格雷戈尔差点摔了下去。为了避免摔下去，格雷戈尔身体一个前倾，压在了小靴子身上，情急之下，他还抓住了老鼠的耳朵，以保持平衡。此时，小靴子的身体已经平贴在了瑞普瑞德的脖子上，她被格雷戈尔压得不由得尖叫起来。但格雷戈尔却丝毫不敢松开她。

路两旁花朵的香气让人难以抗拒。格雷戈尔感觉到自己的意识正渐渐变得模糊，脸上泛起一阵奇妙的傻笑。

“坚持住，地上人！”瑞普瑞德咆哮道。

这简直是格雷戈尔听过的最有意思的话，他情不自禁地哈哈大笑起来。只看见那些令人心旷神怡的青藤正向他们不断伸来，他真想伸出手去摸一摸，和它们问声好。就在这时，皱边儿的后腿突然发力，如同百米冲刺一般向前冲去，格雷戈尔的注意力立马被吸引了过去。大蜥蜴粗壮的腿正像自行车车轮一样飞速转动，那画面让格雷戈尔忍俊不禁，笑得眼泪直流。

接着格雷戈尔看见了一大片绿色的天地……那一定是星影草了……多么愚蠢的植物名字！这里既没有星星，也没有影子，甚至连太阳也没有。太阳……也是颗恒星，恒星是太阳……不，太阳是星影草……不……“也许人们应该叫它‘永远看不见星星和影子'！"格雷戈尔大喊大叫。这个想法太美妙了，他不由自主地松开瑞普瑞德，摔在了地上。那些植物……那些美丽多姿的植物……缠绕在他的胳膊和手指上……他这辈子都没见过如此壮丽的景色！

有什么东西从身后拽了拽他，他被一前一后地拉着。他的新朋友——长着银白小花的青藤——不想这么快就放他走。它们慢慢地缠绕住他的胳膊，然后勒得越来越紧，最后突然断裂了。"再见！"格雷戈尔在被拖走前大喊了一声，"很高兴认识你们！"

然后，格雷戈尔发现自己正躺在一片充满清新柠檬气息的凉爽世界里，还在为那个"永远看不见星星和影子"的笑话不断傻笑着。但他突然意识到这根本没什么好笑的，便一下警觉起来，一个机灵坐直了身子，发现大家正虚弱地躺在一大片星影草田地里。小靴子就在他身边，趴在草叶堆里，对着自己的大拇指"咯咯"傻笑个不停。奈克在一旁不停地打着嗝，卢克萨和哈泽德则难以自控地胡乱笑着。欧若拉显然已经恢复了飞行能力，懒洋洋地在半空中打着转。看来大多数同伴都已经神志不清了。瑞普瑞德和哈姆内特正凑在星影草旁边，做着深呼吸，格雷戈尔连忙如法炮制，大脑一下子清醒起来。

"刚刚发生什么了？"他问。

"那些花释放出一种香气，能让闻到的生物感受到极大的快乐和幸福，”哈姆内特说，“我猜它们是想把你拖进青藤园，再把你肢解了。”

“哇！你应该提前告诉我们一下啊！”格雷戈尔说。

“我们担心你会反抗它们，”哈姆内特说，“那样的话你无疑就死定了。”

“我们可以反抗的。”卢克萨说。可就在那时，奈克又打起了嗝，她又“呵呵”地傻笑起来。

“哦，省省吧。”瑞普瑞德翻了个白眼，“后来还是哈姆内特和我把你拖走的。你不记得了吗，女王陛下？”

格雷戈尔看见卢克萨一脸疑惑的表情，他猜想她一定像自己一样，也记不清刚才那段狂奔的经历了。

“在那条走廊上，如果你跑的速度越快，受的影响也就越小。”哈姆内特说，“幸运的是，皱边儿和我昨晚把哈泽德一起带上了，当我们一遇到银白色的小花，就发现他开始胡言乱语起来。我们立刻意识到会遇到什么样的麻烦了。”说到这儿，他抱了抱哈泽德。

“现在我们要开始摘叶子了吗？”哈泽德问道，“我可以帮忙吗？”

“是的，大家都要来帮忙，”哈姆内特说，“速度越快越好。”

但在动手之前，哈姆内特坚持让所有人都预先吃了一把星影草的叶子。

“为什么要这么做？”格雷戈尔问，“我们没感染瘟疫啊！”

“毫无疑问，我们已经暴露在病毒下了。‘摇篮里就有治愈方法’，”哈姆内特说，“也就意味着瘟疫是在青藤园里传播出去的。虽然我不知道病毒具体在什么地点，用的什么方法传出去的，但我们所有人身上都有擦伤和各种大大小小的伤口。比如你的脚，格雷戈尔，上面全是被青藤割伤的痕迹。”哈姆内特又查看了一番格雷戈尔的手臂，上面有好多个十字形的印记，这些都是青藤缠住他的胳膊时留下的。“要是瘟疫的病毒飘散在空气中，或是长在植物上，甚至潜伏在我们站着的土地里，它一定会想方设法渗入你的血液里的。”

“小靴子！”格雷戈尔连忙喊道，“快来，我们必须得吃这个东西！”他抓了一把星影草的叶子，塞进嘴里，咀嚼起来。这玩意味道其实不坏，有点像柠檬、薄荷和茶叶的混合物。但劝了半天，小靴子还是不愿意吃，因为她从来就不喜欢吃绿色的蔬菜。于是，哈姆内特想了一个小游戏——让他们比赛，看谁能在最短时间内吃掉一片叶子。这下小靴子才有了兴趣，陪着哈泽德和太普一起玩了起来。由于他们每次都故意让小靴子赢。很快，她就吃下了不少星影草叶子。

长在薄土层的星影草很容易就被拔出来了，但大家想不出什么能把它们打包带回家的好办法。这植物只有五厘米长，还没办法把它们捆成一束。正发愁时，格雷戈尔想到了那卷胶带，便从背包里取了出来。“看，这样就行了！”他拉出一条胶带纸展示给大家看。在把宽胶带切成细条后，他们就能大把大把地收割打包了。

“这招真是太棒了，”哈姆内特说，“多亏你了。”

“别谢我，要谢马雷斯才对。”格雷戈尔说。这话让他不由自主地思忖：现在大家都知道了在金苹果园时，是马雷斯救了哈姆内特一命，再提起他的名字未免让气氛有些尴尬。“对不起……”他嘟囔道。

“为什么？”哈姆内特问，“马雷斯是难得的几个我不用担心欠下人情债的人。”

“是啊，”格雷戈尔说，“他是个好人。”

“来吧，赶快开工吧。”哈姆内特说。

大家都在田地里搜集着星影草，但事实很快证明，人类是最适合用胶带把草叶捆扎在一起的——其他生物都没有灵活的手指。虽然小靴子和哈泽德也帮不上多少忙，但他们最后还是去摘草叶了。哈泽德在干活的时候，小靴子偶尔也会摘下几片有用的草叶拿在手里，但大多数时候她就在一旁大唱《字母歌》，唱完了又接着唱“转啊转，转啊转”，同时她还自娱自乐地转着圈，直到眩晕地摔倒在地。欧若拉和奈克因为身体受伤，能做的事也很有限，她们尽职地看着小靴子，确保她的安全。为了转移小靴子对周围丛林的浓厚兴趣，格雷戈尔无奈地从背包里找出了她的玩具球，还有一个陀螺，这几样东西都是达尔西特为她准备的。他还把尼莉莎给他的镜子拿给小靴子玩——小靴子很喜欢对着镜子做鬼脸。

到最后，只剩下格雷戈尔和卢克萨在干活了。他们忙着把胶带切成细长条，将星影草一捆捆地扎好。哈姆内特负责整理一个个小捆，将它们堆叠起来。当哈姆内特走到听不见他们讲话的地方时，格雷戈尔对卢克萨说："瑞普瑞德告诉我们的关于哈姆内特的故事还真是很曲折。"

"是啊，那倒是能解释他为什么要离开。"卢克萨说，"他之前发疯了。但在他清醒后，为什么不回到王之城呢？"

"因为他们会让他再次加入战斗的，卢克萨。"格雷戈尔说，"而哈姆内特再也不想看到生灵涂炭的场面了。"

"我们中没有任何人喜欢杀戮，"卢克萨说，"我们这么做都是为了生存。"

"那么你是什么意思？你觉得他是个懦夫？"格雷戈尔问道。

"倒不是那种贪生怕死的懦夫，但我觉得他活在丛林里，肯定要比回去面对真实的生活简单得多。"卢克萨说。

格雷戈尔想：但毕竟，在丛林里生活可不比外出野餐。抛下所有家人、朋友的哈姆内特，万万也没有预料到自己会遇到一名从地上来的女人，生下哈泽德。他甚至可能根本没想过自己会活下来。他在心中强烈地感受到,自己曾为王之城所做的事原来都是错的,于是放弃了一切:美满的家庭、他爱的人,还有正常的生活。

“我不知道,卢克萨。我觉得他做出了一个非常勇敢的选择。而我觉得在他看来,那也是他唯一的选择。”格雷戈尔说。

“也许吧,我不知道,”卢克萨摇了摇头,“但你会抛下你的家人吗,格雷戈尔?”

“那不一样。我的家人甚至都不许我打架,”格雷戈尔说,“而你家总和战争联系在一起。”

“现在你家也卷进来了。”卢克萨说着,用牙咬下一段胶带。

哈姆内特把手头所有的星影草捆都堆放在了一块,接着便走过来帮他们整理胶带。但卢克萨和哈姆内特彼此都默不作声。这太糟糕了,真的,格雷戈尔很喜欢他们俩,更何况他们本来也有血缘关系,但像现在这样也太尴尬了。虽然他不知道该怎么让他们开口,但还是决定试一试。

“老天啊,你们俩看起来真像。”他说,“就连笑容都是一样的。”

卢克萨和哈姆内特小心翼翼地看了看彼此,但仍一言未发。

“那卢克萨和她的妈妈一定很像,是吗?瑞普瑞德说她简直就是你孪生妹妹的分身。”格雷戈尔继续说道。

此刻，格雷戈尔的话其实更像是个问题，哈姆内特不得不回答了。“她和朱迪丝的确很像，太不可思议了。就连她还是个孩子时……”说到这儿，哈姆内特又不说了。

“哦，是啊，卢克萨还是个孩子时，你一定还在她身边呢。”格雷戈尔说。

“是的，那时卢克萨和我还是好朋友。是我第一次带着她坐上了飞行者，飞到了城外面。”哈姆内特说。

“飞到那片满是水晶的河滩。”卢克萨轻声说道。

哈姆内特惊奇地看着她，“你还记得？那时你应该还没超过两岁吧？”

“还有点零星的记忆。我还留着一块蓝水晶呢。”卢克萨说。

“而且形状像鱼，”哈姆内特说，“我也记得。”突然泪水涌进他的眼睛，“我放弃了王之城的许多东西，卢克萨，但我最后悔的就是离开了你，还有你的母亲。”

“你应该回来看看我们的，”卢克萨的声音仿佛回到了童年时的调调。

“不，我没办法离开那个地方两次。你知道索罗维特的行事风格，她会二话不说，就让我再次统领军队。”哈姆内特说。

“她没办法强迫你做事。”卢克萨说。

“我敢打赌她有办法。”格雷戈尔嘟囔道。索罗维特一定会找到让她儿子再次战斗的方法——愧疚感，耻辱，责任。总会找到理由的。

“我再也没办法那么做了，”哈姆内特说，“在那件事发生后，我没办法……做梦时我还会梦到那里……成千上万个生灵的绝望号叫，在哭喊着让我去救他们……最后解决什么问题了吗？那场果园之战根本就没解决任何问题，什么冲突都没解决。战役结束后，人类和噬咬者都比以往更憎恶彼此，它使地下王国变成了一个危机重重的地方。”

这话一说完，他们就陷入了漫长的沉默，直到格雷戈尔再次开口。

“那你现在再也不会打仗了吗？我是说，要是有什么东西袭击了你或是哈泽德，你还会出手吗？”他问道。

“我有时还会打斗，但只在万不得已的情况下。”哈姆内特说，“这是我从皱边儿身上学到的生存之道。最后我发现，要是你努力去想的话，会想出许多不用暴力就能解决问题的方法。”

“比如呢？”格雷戈尔好奇地问道。

“嗯，比如皱边儿遇到了危险，她的第一反应就是让自己不被发现，巧妙地躲藏起来。”哈姆内特说。

格雷戈尔想起了第一次看见皱边儿的情景。当时要不是她张口接住了小靴子的球，他根本就不会发现她的存在。“哦，没错。但要是这方法行不通呢？”

“接着她就会试着吓跑对自己造成威胁的对手。她发出嘶嘶的声音，打开鳞片，让自己看起来更大，更吓人。”哈姆内特说。

“那招对小靴子可没用。”格雷戈尔大笑着说。

“是的，小靴子还想把她吓跑呢。”哈姆内特也忍俊不禁，“要是小靴子真的威胁到她的安全的话，她就会用尾巴敲打地面以示警告。”

“那如果对方想发起攻击呢？”格雷戈尔问道。

“如果真是那样，她就会逃跑。只要她的后腿一发力，跑的速度就奇快无比。她会跑到一个青藤能支撑住她体重的地方，爬到远离袭击者的高处。”哈姆内特说。

“但要是没有青藤，她被逼入了角落里，而且对手还想杀死她呢？”卢克萨问。

“那样的话，她就会出手。只要她愿意，她就会用利齿进行反击。但这只是她在迫不得已之下才会做的选择，而王之城的人却恰好相反，他们二话不说就会发起进攻，似乎这是唯一的选择。”哈姆内特说，“这里的生活让我明白，许多生物都不愿意打斗。但如果你的直觉一直让你拔剑而起的话，你就永远不会发现这个事实。”格雷戈尔不知道哈姆内特这番话有没有让卢克萨信服，但至少她在思考他话里的含义，这是件好事。

田地里有一半的星影草都被收割了，现在他们身边已经聚起了好大一堆草药。格雷戈尔每扎好一捆，都觉得心里稍稍轻松了一点。他们有解药了，现在当务之急就是回到王之城，把它们发放给受害者。这样妈妈就会跟着好起来，他们就可以一起回家了。要是到时候她还想搬到弗吉尼亚去，格雷戈尔将会是第一个打包行李的人。

格雷戈尔让自己的思绪自由飘荡了好几分钟，仿佛回到了弗吉尼亚的农场，那里风景很好，尽管有点远——离人群、城市都很远。格雷戈尔其实很爱在纽约的生活，他想等自己搬走后，一定会想念朋友们的。不过只要家人的生活能再度恢复平静，这么做是值得的。

格雷戈尔正想着自己到时候骑马的样子，就突然看见欧若拉和奈克猛地将头抬了起来。就在此时，瑞普瑞德和拉普布拉德也仰起了鼻子，用力嗅着。他们的注意力都集中到田地的另一端，离这边有些距离。

“发生什么事了吗？怎么了？”格雷戈尔问。通常蝙蝠会有这一反应，都是因为有老鼠出现了，但老鼠这么做则是因为附近突然出现了什么潜在的危险。“是植物吗？”就算到了现在，格雷戈尔一想到银白色小花，还是会颤抖不已。

“不！”瑞普瑞德厉声说道，“它们是怎么来的？”

“我猜是一路吃过来的。”奈克焦虑不安地拍打着翅膀。

“是谁啊？”格雷戈尔慌张地把小靴子抱了起来，“谁是一路吃过来的？”

奈克还没来得及回答，格雷戈尔就看见一波红潮涌入了田地。它们彼此间靠得很近，乍一看，似乎是一股血红色液体慢慢向他们渗了过来。格雷戈尔打开那只最亮的手电筒，顺着灯光看去，发现那红潮是由无数小个体组成的。

蚂蚁。成百上千只红色蚂蚁正向这边涌过来，摧毁了路上所有的东西。

23

瑞普瑞德立马指挥了起来。

“你！”他冲着欧若拉喊道，“把小崽子们背起来，赶快飞出去。把他们带到啮啃者那儿，要是我们二十四小时后不出现，你就回到王之城。”

哈姆内特把哈泽德和小靴子扔到了欧若拉的背上。“帮我们照顾好小靴子，好吗，哈泽德？”他说着，拥抱了一下儿子。

格雷戈尔抗议道：“不，我不想小靴子走！”

“欧若拉和我是结合，我们也不要分开！”卢克萨也表示不满。

“地上人，你的妹妹要是不走，会被剪切手撕成碎片的。”瑞普瑞德说，“我需要你骑在奈克身上，女王陛下，以你结合现在的情况并不适合战斗。”

“战斗？”格雷戈尔麻木地说，“蚂蚁上这儿来是为了向我们宣战？”

“嗯，它们来这儿可不是为了野餐！它们是想来销毁星影草和这儿所有温血生物的！赶快走！”说着，瑞普瑞德便在欧若拉肩上咬了一口，于是她立马飞到了空中。

“小靴子！抱紧了！”格雷戈尔喊道。他瞥见小靴子正满脸疑惑地在欧若拉的脖子后面看着自己，瑞普瑞德狠狠推了他一把。

“醒醒吧，勇士！拿起你的剑，光源呢？”老鼠问。

格雷戈尔看了看挂在腰上的后备手电筒，觉得自己战斗时肯定会顾不上这个。他想起了自己在上次历险中想出的一个办法。“卢克萨！给，快！”格雷戈尔拿出两只手电筒，用胶带在他们的前臂上各绑了一只。

“五点弧线阵型！”瑞普瑞德吼道，“我在前面，地上人和拉普布拉德来我的右侧，哈姆内特和皱边儿站我左边。”老鼠扭头看着哈姆内特，他好像一下子被冻住了，呆呆地站在原地，“你也参战的，是吗？”

“我……我……”哈姆内特结结巴巴地说。

“解药危在旦夕，你就当这么做是在赎罪吧。”瑞普瑞德说，“你就当这是在救你的儿子。随便你怎么想，但请你拿起武器，要不就离开！”

哈姆内特看着面前气势汹汹的蚂蚁大军。已经有接近四分之一的星影草被咬成了碎片。“好，好，我会加入战斗。”哈姆内特说。他跑到皱边儿身边，从她脖子下面拉出一个背包，从里面抽出一把剑。

“打剪切手，我也要，我也要打。”太普说。

“哦，太普，”格雷戈尔说，“你应该和欧若拉一起走的。”格雷戈尔知道蟑螂们不善打斗，只擅长逃跑。这就是他们的生存之道。

“打剪切手，我也要，我也要打。”太普坚持道。

“好了，爬虫，你去那堆星影草上就位吧。要是它们涌到那儿去，你一定要竭尽所能打退它们。”瑞普瑞德说。听到这话，太普便急匆匆地爬到了那堆星影草上，掩护好自己。“现在你得飞到空中了，女王陛下，请在上方尽可能地掩护我们。”听到瑞普瑞德的话，卢克萨一脸严肃地跨到奈克背上，升到空中，拔出了武器。“剩下的人，各就各位。”瑞普瑞德向蚂蚁大军跳了过去，然后在离蚂蚁约十米的地方停了下来。哈姆内特站在离瑞普瑞德约五米的左后方，皱边儿离那大概也有这么远，做他的后援。格雷戈尔迷惑地看了看周围。

“和哈姆内特一样站好位！”拉普布拉德说，“我也待在你后面。”

于是格雷戈尔也跑到了和哈姆内特一样远的地方，站在了瑞普瑞德的右侧。拉普布拉德则在他身后站好。

“在倒下去之前，尽可能地守住阵地。等我们退到草堆那儿时，大家围站在旁边，不要去管彼此，重点放在草药上！记住，我们需要的是星影草，要不惜一切代价保护它！”瑞普瑞德说。

眼前的蚂蚁，每只大概有一米五那么长，高逾半米。除了尺寸较大，它们的样子和地上的蚂蚁如出一辙——都有六条腿，两条触须，还有一对发达的上下颚，它们啃噬着星影草，将草叶分解成碎片。这几千只蚂蚁战士就像一支训练有素的军队列好阵型，肩并肩向他们杀来。

“勇士！”瑞普瑞德咆哮道，“看着我！”格雷戈尔艰难地把眼神从蚂蚁身上挪开，看向他，“要是你能变成愤怒者，那赶快变吧！现在可是生死存亡的关键时刻，孩子！生死关头，你明白吗？”

此刻，不仅仅是田地里所有人的生死关头，更是拉普布拉德的宝宝、霍华德、安德罗美达、阿瑞斯、格雷戈尔妈妈及其他所有温血动物能否继续生存下去的关键时刻。蚂蚁们现在离瑞普瑞德只有几步远了，格雷戈尔这才意识到自己还没拔剑。那感觉又回来了！格雷戈尔下意识地做了一个平缓的动作，一阵鸣响掠过全身，愤怒者独特的视觉出现了，眼前的画面再次被切割成支离的碎片。

“砍掉它们的腿，砍它们的头，累死它们！不管做什么，只要能阻止它们就行！”瑞普瑞德发出一声震耳欲聋的吼叫。话音刚落，他就径直跳向了蚂蚁纵队。

接下来，格雷戈尔完全不知道自己身处何处，他忘记了同伴，忘记了自己的存在。整个世界只剩下炎热、汗水，还有嘴里鲜血的滋味。他的剑指引着自己——蚂蚁的腿部关节、后脖子、细腰。但它们数量太多……太多了！一只蚂蚁倒下去了，另一只又爬了上来。慢慢地，格雷戈尔的脚终于不情愿地往后挪动了一些，蚂蚁以绝对的数量优势逼迫着他往后退去……它们蜂拥而来，将他击倒在草堆上。

“不！”格雷戈尔大吼一声，“不！”他一边作战，一边又重新站了起来，艰难地在蚂蚁大军的包围中奋战，试图阻止它们前来破坏药草，但却无济于事。在不到一分钟的时间内，那堆草药便在蚂蚁的进攻下消失了，而田地的其他部分也没能幸免于难。格雷戈尔跌跌撞撞地追了过去，但此时一对锋利的牙齿咬住了他背部的汗衫，将他从丛林里拉了出来。格雷戈尔本想挣脱开来，再度冲进青藤中，向蚂蚁军队杀过去，可无奈身后那个力量太大，自己完全无法动弹。

“让它们去吧！都结束了，孩子！结束了，我们输了。”瑞普瑞德一边把格雷戈尔往后拽，一边喊道。

那股力量把格雷戈尔拉回到现实，他心里满是对蚂蚁的怒火。怀着对打斗的厌恶感，和深深的绝望，他情不自禁地流下了眼泪。哦，田地已经成了废墟！残败的植物无力地倒在地上，四处浸满邪恶的黏液，散发出丁香的气息。格雷戈尔捧起一把泥土，眼睁睁地看着最后几片星影草被那黏液溶解，成了绿色的液体，最后消失了。

“没了，”格雷戈尔哭着说道，“星影草都没了，解药也没了。”

“都没了，”瑞普瑞德轻声念道，“现在什么都没了。”

卢克萨和奈克在他们身边落了下来。透过眼泪，格雷戈尔看见卢克萨苍白的腿上留下了一道道伤痕，它们正往外流着鲜血。直到此时，他才意识到自己身上也满是蚂蚁叮咬后留下的伤痕，蚂蚁们不仅越过了他密集的防守，而且还伤到了他。

“值得安慰的是，丛林已经为我们完成了剩下的工作。”瑞普瑞德说。

格雷戈尔向丛林看去，残余的蚂蚁大军已经消失了。它们钻进了他们来时疾速跑过的区域，消失在那能让人欣喜若狂的白色小花丛中。看样子，蚂蚁们在沁入心脾的花香的作用下，一定也变得意识模糊、错乱了。眼前，丛林的半空中飘荡着无数青藤，撕扯着钻进花丛的蚂蚁。几分钟后，蚂蚁残破的身体就落在了地面上，青藤的根迅速移了过来，将它们掩盖起来。丛林再度恢复了死一般的寂静。

格雷戈尔擦了擦眼睛，挣扎着站了起来，看见皱边儿美丽的蓝绿色身体四仰八叉地倒在地上，皮肤上多了无数的伤口。格雷戈尔盯着她的胸口，希望那儿还有心脏跳动的痕迹。可事与愿违，她就像块石头一样纹丝不动。

格雷戈尔将眼光移向太普，发现他正在丛林边缘围着什么东西徘徊着。格雷戈尔此刻突然意识到，躺在那儿的一定就是哈姆内特。

“舅舅！”卢克萨凄声哭喊，拔腿就向那边跑去。

当他们过去时，就发现哈姆内特已经快不行了。他的胸腔被蚂蚁啃出了一个洞，鲜血汩汩直流，身下已经积了一小汪血水。

卢克萨跪在他身边，抓紧他的手。“朱迪丝，”他低声喃喃道，“朱迪丝……”

“是的，我是朱迪丝，我在这儿呢。”卢克萨说。

“哈泽德……答应我……他以后……以后无论做什么都行……就是不要变成一个战士。”哈姆内特说。

“我答应你。”卢克萨说，“哈姆内特！哈姆内特！”但他那双紫色的眼睛慢慢地失去了神采，他去世了。

“做什么都行，就是不要变成像我这样的战士。”格雷戈尔阴郁地想，“哦，他做什么都行，就是不要变得像我一样。”

卢克萨慢慢合上了哈姆内特的眼睛，用手指擦拭着他的脖子，擦掉了溅在上面的一丝血迹。

“现在一颗贵族的心也随之而去了。”瑞普瑞德说。他用鼻子蹭了蹭哈姆内特的头。“为了他的父母，剪一缕头发吧。”他对卢克萨说。于是卢克萨剪下哈姆内特的一缕头发，塞进腰带里。

大家坐在废墟里，靠着哈姆内特的尸体，无暇顾及面前的鲜血，和蚂蚁们留下的散发着丁香气息的液体。他们的朋友没了，星影草没了，所有的希望也随之破灭了。

24

格雷戈尔盯着地面看了一会儿，突然，发现自己正看着一个熟悉的东西：地上有一面被泥土弄脏的镜子，那是他之前给小靴子玩的玩具。格雷戈尔把镜子捡了起来，在汗衫上擦干净。“至少小靴子和哈泽德不用看这幕惨剧。”他想。哈泽德不用看着他爸爸和皱边儿去世，小靴子也不用看着格雷戈尔被蚂蚁袭击。

“它们为什么要这么做？”格雷戈尔最后开口了，“蚂蚁为什么要毁掉解药？”

“它们认为我们是敌人，”瑞普瑞德说，“所有的温血生物无一例外，尤其是老鼠。人类把我们逼到了他们的领土上，他们便对我们恨之入骨。”格雷戈尔依稀想起瑞普瑞德以前似乎说过这件事，是什么时候说的？可能是在他去追灾星之前吧。那是很久很久之前，他们在王之城一起用餐时，瑞普瑞德责备索罗维特，说都是她想饿死老鼠，才把他们驱赶到了蚂蚁的边境上。

“那真是个绝妙的计划，在此我不得不表扬一下他们了。”瑞普瑞德说，“他们只需要跑过来，摧毁这个地方，之后他们和温血动物的全部问题都会变成一段往事。”

“他们怎么会知道这个地方的？”格雷戈尔问。

“哦，找到这儿并不是难事。整个地下王国都知道我们出发去找解药了。你把一队乌合之众——哈姆内特就是这么称呼我们的——带进青藤园，肯定会有流言传出去的。他们只需要知道我们会在何时、何地找到解药就行，所有的昆虫都很乐意向他们提供信息，是吗？太普。”

“所有的，”太普表示同意。“都恨，恨所有温血生物，不想我们来这儿。”

“为什么？”格雷戈尔问。

“我们拥有最丰饶、最适合繁衍的土地。原本那些土地不属于我们，却被我们强行占领了、抢走了。其他生物都觉得我们缺乏对生命应有的尊重。”奈克说着，叹了口气。

“嗯，没错。你们对待蟑螂就像对待垃圾一样。”格雷戈尔说，“就像上次开会时所有人都嘲笑太普。你们也会这样取笑蚂蚁吗？”

“蚂蚁的情况完全不同。他们缺乏自我意识，不管做什么，都是为了集体利益。所以你看，他们让一支军队进入丛林完全没有问题。要是能让我们溃败，他们就算损失一百、一千，甚至一万名士兵都在所不惜。”瑞普瑞德说，“所有蚂蚁都盲目地效忠于他们的女王……不，我们从来不嘲笑剪切手，正如刚才所见，他们非常危险。”

格雷戈尔打量着眼前的地面：那里散落着蚂蚁的残肢。但他们出色地完成了任务——现在连一片星影草也没了。

“现在我们该干吗？”奈克问。

“什么都做不了了，回家吧，再选块好地方等死，如何？”拉普布拉德说，“星影草已经没了。”

“这没道理啊，”卢克萨说，“我们遵照预言里说的去做了，将勇士和公主带了下来，噬咬者也加入了寻找解药的队伍。我们还有什么没做的？”

“我不知道，但我觉得我们并没有彻底理解预言的意思。我们失败的原因也许在于我们没看见时间。”奈克说。

“什么？”拉普布拉德问。

“你看见物体，却看不见时间。”奈克背诵着预言里的诗句。

“我看见了时间。就在剪切手毁掉这里的时候，但我们没注意他们是怎么来的。”拉普布拉德说。

“也许吧，但万一你的想法错了……”奈克欲言又止。

“你在想什么，奈克？”卢克萨问道。

“也许在其他什么地方还存在解药。也许青藤园的别的地方还长着更多的星影草。”奈克说。

“看起来不像。妮薇乌医生说只有这一块地方长着解药。我想我们正坐在上面。”瑞普瑞德说，“如果这里是瘟疫的摇篮，那解药一定就在这里。”

“那就什么希望都没了。”卢克萨说。

随之而来的是一段漫长的沉默。格雷戈尔几乎能听见银白色小花叮当作响的声音，他想，要是干脆走进花丛里，再也不出来，那该有多轻松啊！这可要比回到王之城，看着妈妈死去好多了；也要比阿瑞斯——要是奇迹发生，他还活着的话——知道他失败后，失望地死去轻松多了。他不知道小靴子和自己还能不能回家，说不定他们也染上了瘟疫。刚吃下的那一大把叶子能保他们不死吗？

“不是摇篮，除非这里，不是摇篮。”太普突然开口了。

所有人都沉浸在各自绝望的思绪中，并没有听进太普的话。况且也没人会在乎爬虫说话。

“什么，太普？”格雷戈尔出于礼貌问道。

“不是摇篮，除非这里，不是摇篮。”太普重复道。

过了好一会儿，格雷戈尔才真正把太普的话听进去，琢磨起了话里的含义。最后一个在太普前面说话的是卢克萨，她说现在没希望了。除非这里不是摇篮。是的，太普说得没错……

摇篮里就有治愈方法，

但血统将不再纯正。

如果青藤园不是摇篮的话，那解药一定还在别的地方！

“但这里就是摇篮啊！”拉普布拉德说。

“是吗？”瑞普瑞德的眼里渐渐有了生气，“这话是谁说的？一本在几百年前写出来的旧书！为什么这么肯定？我们都不知道这几起瘟疫是不是一回事，还是只是症状相似而已。要是太普的话没错，那倒是能解释一件事。”

“什么？”卢克萨问道。

“让一只爬虫加入整个该死的旅途的原因！老实说，他到目前起到什么重大作用了吗？我完全没有要冒犯你的意思，太普，实话实说你真的是照看婴儿的好手，但你做过什么贡献吗？什么都没有！但是也许现在有了，也许就是你这句话！你终于登场了！三明治把你放进预言里，也许真的就是为了这一刻，”瑞普瑞德说，“为了告诉我们这里不是摇篮！”

老鼠不停地踱着步，大脑飞速地思考着。“咱们把这件事从头到尾理一遍，看看能得到什么新的结论。好，那先假设这里不是摇篮,星影草也不是真正的解药。我们看见的东西,还是瘟疫没变,但时间错了。那么到底是在什么时候?大家一起想想!把第一时间出现在脑子里的想法说出来!”瑞普瑞德说,“你们看见了瘟疫,但不是在什么时间……”

“不是它带走我的宝宝的时间。”拉普布拉德情不自禁地说道。

“不是剪切手对我们发起进攻的时间。”奈克说。

“你看见了瘟疫,但不是在什么时间呢……”瑞普瑞德尖锐地对卢克萨说。

“不是阿瑞斯染病的时候。”卢克萨脱口而出,“我是说,我们谁都没有证据证明他是被蝙虫叮咬后感染的。如果不是那个时间,那又为什么只有他被感染了呢?为什么格雷戈尔、欧若拉和我都没有被感染?”

“马雷斯和我也说过这个问题。尤其是我,我骑在他背上飞了好几天,那时候胳膊上还有未愈合的伤口,并且阿瑞斯还在流血,而且……而且……要是他真的是被蝙虫叮咬后感染了瘟疫,为什么我还能安然无恙呢?”格雷戈尔说。

“就假设阿瑞斯那时还没被感染。”瑞普瑞德说,“说说你的其他朋友吧,霍华德和安德罗美达,他们是在把生病的阿瑞斯从他的穴洞里带走时被感染的。那么,阿瑞斯到底是在哪儿染上的疾病?”

“嗯,答案可以是任何地方!”拉普布拉德沮丧地说道。

“不,”奈克说,“只可能是在阿瑞斯去过的地方。”

“一个他曾去过的地方,一个瘟疫可能存在的地方。”瑞普瑞德说,“卢克萨,你最了解他的习惯。他会去哪儿呢?”

“可能会去找欧若拉和我。”卢克萨说,“飞回拉比瑞斯。还有他的洞穴……飞行者的地盘……还有王之城。”

“不,审判结束后,他就没有飞进你们的城里,也没回飞行者的领土。”奈克说,“没人在这两个地方看到过他。”

“是啊,他害怕被处罚,所以一直不肯去医院治疗伤口。他去了……他去了……” 格雷戈尔不由自主地死死看着哈姆内特流下的一汪鲜血,血几乎就要流到他的脚趾上了。他看着红色液体表面反射出的光,看起来异乎寻常的熟悉。“我以前在哪儿看过这个?”他禁不住回想起来。突然,一切都清楚了。阿瑞斯曾去过的地方……一个瘟疫可能存在的地方。“哦,上帝啊,哦,上帝!”他喊道。

“怎么了,地上人?怎么了?”瑞普瑞德问道。

但格雷戈尔还没法把自己的想法直接说出来。妮薇乌办公室里的红色血池……会吸血的跳蚤……空的容器……全新的容器,用来替代坏掉的容器。不是当天坏的,也不是前天,妮薇乌说罐子好几个月前就坏了。她早就有了瘟疫病毒!在阿瑞斯染病之前就有了!

“阿瑞斯去了……他去了实验室……去治疗螨虫叮咬留下的伤口……”格雷戈尔结结巴巴地说道。

“是啊，怎么了？”瑞普瑞德问。

“妮薇乌，她手头有瘟疫病毒。”格雷戈尔说。

“她那儿是有病毒，没错，为了研究它们，为了找到解药。”奈克说，“她是在瘟疫开始传播后得到的。”

“不，我觉得……我觉得她以前就有。”格雷戈尔说，“几个月前，她那儿有一个容器坏了。当时阿瑞斯一定在场！他就是在那时染上瘟疫的！这也是我安然无恙的原因！还有你！还有欧若拉！”

还有妮薇乌——容易激动、焦虑不安、紧张得过分的妮薇乌。她不仅仅因为瘟疫盛行而紧张，更是因为瘟疫是由她传播出去的而紧张！

“这没道理啊！这瘟疫对人类有什么用？”卢克萨不屑地说。

“很有用，女王陛下，如果人类手上也攥着解药的话，他们就会把每一只噬咬者都清除掉。要是有哪种温血生物让人类不爽，他们也会轻而易举地把他们解决掉，自己却毫发无损！”瑞普瑞德说，“你们实验室真的培养出了一件好武器。”

“补救措施和错误的缠绕，纠缠在一起形成青藤一条，”奈克不安地说，“那可能是妮薇乌医生，她就是那青藤，补救措施和错误都源自于她。”

“这推测对我来说真的没法接受。”卢克萨说。

“是吗？我觉得倒是很合理。但我觉得我们没法说服你，也没法说服其他人类。再努力想想，孩子！你还想到了什么？”瑞普瑞德说。

他还想到了什么？肯定还遗漏了什么？格雷戈尔握紧了手中的镜子，用的力气太大，以至于手都开始疼了。镜子！格雷戈尔突然想到了，自己在卫生间的镜子前度过的那段日子，那时他一直拿着预言纸，想弄清楚纸上所写预言的真正含义。“镜子！”他迫切地举起镜子，给大家看，“你们知道必须要依靠镜子才能看清预言吗？一定要对着镜子才可以看清……当你那么做的时候，你会看见……你看见了什么？”他把镜子翻了个面，在每个人面前晃了一晃。

“你自己，你看见了，你自己。”太普说。

“是人类。他们一直都有瘟疫病毒！”拉普布拉德厉声说道。

“不，就算人类的处境到了最糟糕的时候，我们也不会制造出这么具有杀伤力的东西，一件到头来让我们也一并受伤的武器。”卢克萨断然否定。

“‘转啊转，转啊转’，”瑞普瑞德的耳朵一下子支了起来，“就是它了！你们明白了吗？这就像小靴子有点讨厌的小舞蹈。”瑞普瑞德目光灼灼地看着田地,“我们向森林进发,寻求解药。但如果你转……”他转了一个一百八十度的圈,“再转……”他又转了一圈,正对着丛林,“再转半圈……”他又转了一下,“面对着你的不是丛林,女王陛下,你面前对着的正是去王之城的方向。”

25

“我不……我不相信这是真的！”卢克萨说。

“希望是吧，这样对我们都好。要是地上人说得没错，而你们在王之城的实验室里也有解药，我希望你回去后做的第一件事就是把药给我们。”瑞普瑞德说。

“工之城里没解药。”卢克萨固执地说。

“但万一……”瑞普瑞德说。

“要是有万一……我发誓，噬咬者会第一个拿到。”卢克萨说。

“好吧。咱们飞回王之城吧，把这乱麻都理清楚。拉普布拉德和我先回家，把这个新发现告诉大家。我希望能尽快听到你们的消息。”瑞普瑞德说道。他又看着拉普布拉德，“我想我们最好顺着蚂蚁的路跑出去。那里离通道最近，植物们一时半会儿应该还没恢复过来……”瑞普瑞德说完，发现没人挪步，“你们都在等什么？赶快登上飞行者，快走！”

“那哈姆内特和皱边儿怎么办？”格雷戈尔问道。他不想就这么让他们躺在这儿。但泥土层太薄，没法把他们掩埋起来。奈克也没法把他们背走。

“他们现在属于丛林了。就像星影草一样，最终回到了尘埃里。丛林会好好照顾他们的，不是吗？”瑞普瑞德问。

“我想是这样吧。”格雷戈尔说。但这说法并没让他感觉好受些。

“到蝙蝠身上来吧！”瑞普瑞德说着，把他往奈克那边推了推。格雷戈尔和卢克萨爬到了奈克背上，太普也急匆匆地爬到了他们身后。“别忘了爬虫，说不定是他救了我们所有人。”瑞普瑞德说道。

“如果真是如此，你把他发现真相的消息传出去怎么样？”格雷戈尔说。说不定到时候，温血生物对虫子们就会刮目相看，不再像以前那样盛气凌人了。

“像河水一样奔跑吧，瑞普瑞德。”格雷戈尔说。奈克飞到空中，往青藤园外面飞去。

这儿离啮啃者领地的距离居然十分近，欧若拉已经把哈泽德和小靴子带过去了。他们刚一落地，哈泽德就连珠炮似的一阵发问：“我父亲在哪儿？皱边儿呢？他们会很快过来吗？”

卢克萨悲伤地看了一眼格雷戈尔，从奈克身上滑了下来，拉起哈泽德的手，“他们不回来了，哈泽德。我们刚刚大战了一场，想要拯救星影草。哈姆内特和皱边儿在与剪切手的战斗中牺牲了，我很抱歉。”

哈泽德看了她一会儿，没能理解。“但是……他们不是该回来接我的吗？”他说，“他们不会把我一个人抛下的。”

“他们不想这样的。我向你保证。”卢克萨说，“只是他们没办法。有时，你没法阻止某些事情的发生。”

“哦，”哈泽德应了一声，绿色的大眼睛里噙满了泪水，“就像我母亲离开我一样，她其实也不想走的。但她无能为力。”哈泽德垂下头，眼泪顺着脸颊流下来，滴在了石块上。小靴子走了过来，拽了拽格雷戈尔的汗衫。“格雷——戈，他哭了。”她总觉得格雷戈尔能解决一切问题，其实他对此也很无奈。

卢克萨跪在哈泽德面前，用手拂去他脸上的眼泪。“同样的事也发生在了我父母身上，他们都去世了。”卢克萨说，“我的母亲和你的父亲是兄妹，你知道吗？”

“我没有姐姐。”哈泽德摇了摇头。

“我也没有弟弟。但我想要是你能和我一起回王之城的话，我就会有了。”卢克萨说，“你会一起来吗？”

“去王之城？”哈泽德一脸茫然，“我是住在丛林里的。”

“那你要和谁生活在一起，哈泽德？谁来照顾你呢？”卢克萨说。

“我要我的爸爸！还有皱边儿！”哈泽德又抽泣了起来，“他们应该照顾我的！”

“我知道，我知道，但他们已经去了。”卢克萨抱住小男孩，他紧紧靠着她，“哦，哈泽德，哈泽德。你跟我一起去吧，王之城没那么糟糕的。”

“我的爷爷……他住在王之城。他说……我可以去看他……只要我想，什么时候都可以。”哈泽德抽噎着说。

“哦，是的！维库斯看到你会很高兴的。”卢克萨抚摸着他黑色的卷发，“所有人都会的。”

“你会做我姐姐吗？”哈泽德问道。他看着正抱着小靴子的格雷戈尔，问道，“就像她是他妹妹一样？”

“如果你同意的话，我十分愿意。”卢克萨说。

“那好。”哈泽德说道。他还在哭，接着用袖子擦了擦鼻子，说道，“我能骑你的飞行者吗？”

“随时欢迎。等我们回去后，你就会找到属于自己的飞行者，你们还会成为对方的结合。”卢克萨说，“你想要吗？”见哈泽德点了头，她的双眸闪过一丝高兴之色，“那咱们回家吧！”

一行人在池塘边喝足了水，清洗了一下伤口。他们手头空无一物，已经完全没有可以用来包扎咬伤的绷带了。幸好那种丁香味的黏液既没有表现出任何伤害，也没有黄色豆荚的酸液那么具有腐蚀性，在水里简单冲洗一下就没了，也许那玩意只对植物有破坏性吧。

三只小田鼠跑了过来，在卢克萨脚下丢下几十个李子。在他们快离去时，卢克萨感激地说："谢谢你们，我永远都不会忘记你们对我和欧若拉的友好。只要我还有一口气，你们在地下王国永远都会有一位人类朋友。"

卢克萨将头上的金色王冠摘了下来，放在他们面前的石头上，"如果你们需要我的帮助，就带着我的王冠去找巡逻兵，我一定会尽我所能，帮助你们的。"接着她把手挨个放在他们头上，小田鼠们便尖叫着，用音调极高的英语向卢克萨道别。

奈克和欧若拉现在的状况都不算很好，但她俩都坚持要回家去。卢克萨抱着哈泽德，坐在了欧若拉的背上。格雷戈尔、小靴子和太普则爬到了奈克背上。

格雷戈尔不是很想回去。他在想，要是解药就在妮薇乌的实验室里，但还是处于保密状态又该怎么办？到时候他的妈妈，他的朋友们……要是他们有幸还活着，那现在的每分每秒都是宝贵的。

蝙蝠从青藤上空掠过，加速向王之城飞去。格雷戈尔突然想到一行人之前徒步跋涉时，行进速度慢得让人痛苦，无奈地摇了摇头。他想，要是飞的话也不现实。老鼠身体太重，蝙蝠飞不了多久就要休息一下，更别说皱边儿了。如果他当时没有选择徒步，而是乘坐了飞行者的话，那节约下来的时间应该足够他们飞着往返王之城十次了吧。

“奈克，你在等我们赶过来时都做了什么？”格雷戈尔问道。

“我来回飞了好几次，也在开动脑子思考，想弄清楚预言。”奈克说。

“你不觉得预言已经被解释出来了吗？你不觉得是人类让这场灾难开始的吗？”格雷戈尔问道。

“瑞普瑞德这么说了，我觉得也是。但格雷戈尔，要是其他温血生物知道这瘟疫是人类的错误引起的，事态会变得很严峻。”奈克说。

“他们会说什么？”格雷戈尔问。

“人类和他们的同盟会因此蒙羞。敌人会认为这一事实确定了他们对人类一贯的猜测——人类爱说谎，而且为达目的不择手段。”奈克说，“最可怕的是……没有谁会对此感到惊讶。”

尽管格雷戈尔并不是在地下王国出生的，但还是觉得自己和这里的人类有一种天然的联系。之前他们让自己和阿瑞斯接受审判，怪他没有杀死灾星，他还有些生这些人的气。但当尼莉莎将事实讲出来后，地底人——至少大多数地底人——都听了进去。格雷戈尔对老鼠的观点则大不一样，他一直觉得老鼠生来就是坏东西，只有少数是异类，比如傻奇提普，瑞普瑞德说不定也是。格雷戈尔一想到人类说不定和老鼠一样邪恶，甚至更糟，就觉得十分难受。但这个发现真的让他感到惊讶吗？他想起了议会曾拒绝把除蚤粉送给老鼠的事。不，他绝不意外。

小靴子和太普此刻正在用蟑螂语"哒哒"地讲话，格雷戈尔仔细地将整件事从头到尾想了一遍，试图理清事实。过了一会儿，他突然意识到他们已经在着陆了。他打开手电筒，照着地面，看见了坦塔卢斯的拱门旁堆着的森森白骨。

"我们真要停在这儿吗？"他问奈克。

"别担心，就一会儿，只是欧若拉和我必须休息了。"奈克说。

"哦，当然了，当然了。"格雷戈尔说。他很想赶快回去，但他们必须让蝙蝠们先休息一下，毕竟她们都受了重伤。

他们没有水喝，只有大把大把的李子。一行七个队员——四个孩子，两只蝙蝠，一只蟑螂——聚成一团，大吃起来。格雷戈尔觉得，他们随时都会成为别的生物的盘中餐，便时刻注意着丛林里的动静。

卢克萨看起来有些心不在焉，似乎根本就不在乎周围的环境。她手里一直抓着一只李子，目光却投向不远处大型啮齿目动物的骨架。

“卢克萨？你要不要吃东西啊？”格雷戈尔问道。

她一下子被拉回现实，“为什么？你想吃吗？”

“不，你应该赶快吃点食物，我们不能在这儿待很久。”格雷戈尔说。

卢克萨点点头，咬了一口手里的李子，但脸上依旧满是担忧，“我一直在想瑞普瑞德刚才所说的话，思考着这一杀伤性武器的价值。他说得没错，要是我们掌握了瘟疫，人类就会对其他温血生物拥有绝对的控制权。”

“那你认为我没说错吗？你也觉得是妮薇乌释放了瘟疫？”格雷戈尔说。

“虽然我还是觉得难以置信，但有一个办法能让我们找到确切答案。”卢克萨说。

“什么方法？”格雷戈尔问。

“如果在你们离开期间，她想出了解决办法，那你的猜想就是正确的。那印证了摇篮和解药所在地都是一个地方，星影草已经没了，我们也没其他解药了。到时候也就没有争辩的余地了。”卢克萨说。

经过短暂的休整，两只蝙蝠已经准备起飞了，大伙儿纷纷坐了上去。奈克建议格雷戈尔在回程的路上先睡一觉。他便和小靴子一起躺下睡了，小靴子一会儿就睡着了，但格雷戈尔却怎么也放松不下来。隧道里既安静，又黑暗，刚才那场恶战再次出现在他的脑海里。他对战斗中的每个细节都记得很清楚，相比之下，上次和乌贼打斗的经历几乎都快想不起来了。这次，他能回想起自己挥剑砍死每一只蚂蚁时的清晰画面。那些蚂蚁到底是谁？它们不仅仅是动物，更是来自于自然的力量。当瑞普瑞德谈起它们时，格雷戈尔总觉得他提到的好像是某种智能生物，这些蚂蚁居然能想出一个精密的作战计划。它们都有名字吗？它们有爸妈、孩子、朋友吗？刚倒在他剑下的到底是谁？

他思绪混乱，心里五味杂陈。当时他只想着保护星影草，自己的生命也危在旦夕——看看哈姆内特和皱边儿的命运吧。但在战场上，格雷戈尔并不只是为自己而战，也在为保护曾经被大家以为是解药的东西而战。有时你必须战斗……就连哈姆内特也承认了这点……他当时一定觉得那是一个必须拿起剑的时刻。格雷戈尔做了自己该做的事……但是……一想到那些蚂蚁倒在田地里的残破尸体，心里感觉还是很糟糕。哈姆内特也参战了，他没有退路，但格雷戈尔知道他并不想这么做，他觉得战争并不是解决问题的唯一方法。但他们采取了这个方法，最后成功破解了预言。但要是采取和平的方法又会怎样？当蚂蚁大军气势汹汹地杀来时，再想另一个办法已经太迟了。这么多生物——人类、老鼠和蚂蚁——所有人都觉得战争是解决问题的最佳方式。

如果格雷戈尔关于妮薇乌医生的猜想没错的话，那这一切就更复杂了。所有人的牺牲都将变得毫无意义。因为他们战斗的目的——星影草——根本就不是解药。

格雷戈尔越想，思绪就越混乱。打仗是对的，打仗是错的。我们必须打仗，打仗又是毫无意义的。格雷戈尔现在已经完全不知道自己的立场是什么了，这么多的想法都快把他逼疯了。怪不得哈姆内特逃进了丛林里。格雷戈尔被今天发生的一系列事情不断折磨着，如此过了几个小时，不远处渐渐亮起了摇曳不定的灯火。王之城就在眼前了。四名骑在蝙蝠背上的地底人挡住了他们的去路，接着他们就看到了卢克萨。

"女王卢克萨！"一名护卫难以置信地大喊道，"你还活着！"

"是的，我还活着，克劳迪亚斯。"卢克萨说，"我必须赶快和议会见面，事关瘟疫解药。"

"是的，一定立即通报。"克劳迪亚斯结结巴巴地说道，"但是……但是您的朋友们必须先进行几道检查，以免有人把瘟疫带进城里。"

"时间紧迫，我们必须绕过检查。相信我，就算我身上带着病毒，和我带回来的消息相比，完全不值一提。"卢克萨说。

"虽然如此，但我们必须严格执行规定……"护卫说。

"我现在驳回你的规定。"卢克萨说，"为我扫清进入王之城的通道。这是我对你直接下的命令，任何责任都由我来承担。”

克劳迪亚斯犹疑地看了看其他护卫，接着大喊道:“为女王清除入城的通道！”护卫和他们一道飞了进去,向试图阻止他们进入的人挥手。“是女王！女王回来了！”他激动地喊道。阻拦的地底人立马退到了一边。

他们在王之城上空飞过，格雷戈尔看见地面上的人们正看着他们指指点点,大喊大叫。他想,他们一定是通过那美丽的金色羽毛,认出了欧若拉,并希望骑在她背上的正是卢克萨。

蝙蝠们筋疲力尽地飞进了圣殿，肚子紧擦着地面停了下来,两名女性护卫赶忙跑过来迎接。

“把欧若拉和奈克立刻送去医院。”卢克萨说,“她们都受了重伤,已经召集议会成员了吗？”

“是的,陛下。刚刚去喊了。”一个女人回答道,说完,她连忙捂住嘴巴,好像在克制着自己无法抑制住的情感,“哦,卢克萨,你回来了！”

“看到你我也很高兴,米兰达。”卢克萨脸上挂着一丝笑意,“我们动作要快,格雷戈尔。”她牵着哈泽德的手,往外走去。

格雷戈尔抱起昏昏沉沉的小妹妹,和太普一起,跟在卢克萨后面穿过走廊，走进了议会厅。全部议会成员都坐在了里面，当然里面也包括维库斯和索罗维特。尼莉莎坐在石桌的主位上，妮薇乌医生正在发言。放在她前面的，是一个尺寸颇大的方形架子，上面摆放着几百个玻璃小瓶，里面装着橙色的液体。

等他们五人走进房间后，妮薇乌停下了话头，石桌边传来一阵阵喘气声。人们纷纷起立，向他们走来，但卢克萨只抬了抬手。

“请先坐下，我有紧急事情要跟你们说，这比我之前的经历要重要得多。坐下，听我说。”她命令道。所有人都疑惑不解地重新就坐。卢克萨依然握着哈泽德的手，径直走到妮薇乌医生面前。

“我们去了青藤园，找到了星影草。但整片田地都被一队剪切手破坏了，解药全没了。”卢克萨说，“对此你有什么要说的，妮薇乌医生？”

“这真是一个令人悲痛的消息。但好消息是，经过我们实验室夜以继日地工作，已经找到了瘟疫的解药。您看，这些瓶子里装着的就是我们的成果。”妮薇乌指着面前的玻璃瓶说道。

卢克萨低头看了一会儿，做了一个深呼吸，问出了下一个问题：“已经在瘟疫患者身上试过了吗？”

“医院里病人们的反应都很积极，地上人的母亲和他的结合的病情都出现了明显改善。”妮薇乌说。

格雷戈尔全身一阵轻松，紧绷的膝盖也放松了下来。“哦！”他不由自主地发出一阵感慨。他们还活着！他们坚持住了！

妮薇乌冲着格雷戈尔笑了,“是的,我们很有信心,这一药品的效果将会很好。”

桌边的议员们一阵嘀咕,纷纷表示赞赏和感激。解药起作用了,妮薇乌成了英雄。

“我希望这药能起到很好的疗效,但愿它能治愈这瘟疫。”卢克萨的声音像尖刀一样刺入了他们的耳中。

“我认为我们不会辜负您的信任的。”妮薇乌说。但她看卢克萨的眼神里却透着紧张和不安。

“哦,我想我们可以彼此信任。你看起来精神不错啊！”卢克萨说,“如果是发现解药让你精神如此振奋，那我们也该跟着一起高兴啊！”

妮薇乌脸上一阵潮红,“我不知道您的意思。”

“我的意思是,是你在你的实验室里释放了瘟疫病毒,那里才是摇篮，这也就印证了预言中的解药会出现在摇篮里的说法。”卢克萨说。议员们听到这话,发出一阵惊叹,纷纷表示反对,但卢克萨不管他们,自顾自地说了下去。

“你就否认吧,妮薇乌医生。当你在培养瘟疫细菌时,阿瑞斯正好在你的实验室里，他就是在那个时候被感染上的吧？”卢克萨说。

妮薇乌一下子面无血色，脸苍白得像个幽灵，“我……我……我没有……”

“他到底是不是在你的实验室里被感染上的？”卢克萨坚持问道。

“那是场意外……那不是任何人的错……”妮薇乌说，“他是因为其他事才去的……”

“之后你误导所有人相信解药在青藤园里，其实你一直都知道这是你一手造成的，不是吗？”卢克萨继续追问。

“我不能……透露出去……整个研究都是保密的，而且……”妮薇乌结结巴巴地说。

“你就一手掩盖了事实，任由瘟疫传播、杀人，还派一帮无辜的人去那该死的青藤园冒险，不是吗？”卢克萨厉声问道。

妮薇乌慌张地看着房间里的人们，“我……是有人命令我研究瘟疫的！我的任务是找到抗体，这样我们就能拿病毒做武器了……我这么做都是依命行事！”妮薇乌大喊道。

几乎所有议会成员都惊呆了。格雷戈尔却发现，人群中有几个人的表情印证了妮薇乌的话语。“他们有人知情，”格雷戈尔想，“有人知道这一切都是怎么回事！”

维库斯颤抖着从桌旁站了起来，冲一队护卫点点头，“立刻把妮薇乌医生关押起来。通知特别法庭,我们需要他们。”

护卫夹着妮薇乌的胳膊,但她并没有反抗。“我只是在听命行事。”他们把她带了出去,她只是轻声重复了这么一句话。

“联系实验室,看看他们还剩多少剂量的药。把药立刻送到医院去。”维库斯指着面前装着橙色液体的玻璃瓶说道。

“不,”卢克萨表情冰冷无比,坚决地说,“我们首先要做的是把药送到噬咬者那儿去。我向瑞普瑞德做了这样的保证,我言出必行。”

房间里无人敢反对。

26

卢克萨宣布完决定后,一阵疲惫感侵袭过全身。她低头看着哈泽德,这孩子一直不肯松开她的手。“你一定饿坏了。”她说。哈泽德点了点头。“送点食物来。”她在走出议会房间时对护卫说道。

他们并没走多远。议会厅对面就有一个小房间,里面放着两张沙发。卢克萨一屁股坐在了离角落最近的沙发上,整个身子都靠了上去。她拉着哈泽德,让他在自己身边坐下,然后把胳膊搁在沙发扶手边,头靠在手上。格雷戈尔也抱着小靴子,瘫倒在了她对面的沙发上。太普则趴在他们脚边。

“你刚才的表现很了不起,卢克萨。”格雷戈尔说。

卢克萨含糊地哼了一声。他看得出来,她心情很不好。这时,维库斯和尼莉莎突然出现在了门口,维库斯走了过来,用手轻轻抚摸着她的脸颊。

“我们该怎么渡过这个难关，维库斯？我们和敌人的关系……还有我们蒙受的耻辱。”卢克萨说。

“我们会一起挨过去的。”维库斯说，“要是受到了攻击，我们就一起保卫家园。但我们首先要做一番努力，安抚所有愤怒的生物，向他们道歉，给他们提供帮助，把土地还给他们，提供食物和药品。至于我们的耻辱，我们只能从中吸取教训了。”他抬起卢克萨的下巴，“能看到你真是太好了。”

“我也是。”卢克萨说着，眼神移到了尼莉莎身上，“觉得坐在王位上的感觉怎么样，尼莉莎？”

“你自己都能想象得出来。”尼莉莎大笑起来，声音却在颤抖，她将头上的王冠摘下，给卢克萨戴好，“我还是觉得这活儿更适合你。”

卢克萨叹了口气，正了正头上的王冠，“看来我刚丢了一个，又有一个主动找上门来了。谢谢你帮我打了这么久的掩护。”

“这真是项可怕的工作。我不知道你怎么能承受得住。”尼莉莎说。她伸手摸了摸哈泽德的头发，“你一定就是哈泽德了。”

“卢克萨说我可以住在这儿，做她的弟弟。”哈泽德不确定地说。他打量着房间，熟悉着这陌生的环境。格雷戈尔突然意识到，他以前肯定没看到过人造建筑。

“你能来真是太好了。”维库斯说。随后，他又看了看卢克萨，轻柔地说：“哈姆内特……”

卢克萨只略一摇头。

“他死了，现在不会回来了。”哈泽德说，“是吗，卢克萨？”

“不，他其实并没有死。我们要把他放在心里，好好照顾他。”她说着挽起了哈泽德的胳膊。

维库斯盯着格雷戈尔，仔细看着他的伤口，还有别在腰上的剑：“那么地上人格雷戈尔，你怎么样？”

“还行。”格雷戈尔说，他现在连一点讨论自己的兴趣都没有，“他们还活着吗？有没有好一些？”

这么长时间以来，维库斯第一次露出了笑容，“跟我走，一起去看看他们吧。”

食物刚刚送到。尼莉莎留在哈泽德、小靴子和太普身边，陪他们用餐，格雷戈尔和卢克萨则一起去了下面的医院。

“他们已经用了好几天妮薇乌的药了，现在正在恢复中。当然了，格雷戈尔，在你离开后，他们的病情加剧了不少。”维库斯顺着医院走廊走着，这条路把他们带到了瘟疫病区。

就在他们即将转弯，走到那排玻璃墙前面时，格雷戈尔抓住了卢克萨的胳膊，“他们看起来会相当糟糕，你要做好心理准备。”

“放心吧，格雷戈尔，再怎么说，我以前也看过不少吓人的东西。”卢克萨镇定地说。

“好吧，但我第一次看见阿瑞斯时……就吐了。”他说，“你舅妈还告诉我甚至有人晕倒过，说实话，那样子真的让人很震惊。”

一丝疑虑爬到了卢克萨的脸上，“那我该怎么办？我必须看看他们。”

“我不知道。给，你抓着我的手吧，要是你觉得难受，就捏我。”格雷戈尔说。

卢克萨低头看了看格雷戈尔的手，一把抓住了他，“那我们一起去吧。”

他们拐了个弯，玻璃墙后的阿瑞斯便映入眼帘。他看起来糟糕透了：身上大部分的皮毛都脱落了，皮肤上还覆盖着紫色的脓包。但格雷戈尔笑了，因为他的蝙蝠已经能从床上下来了。“嘿，看，阿瑞斯已经……啊！”卢克萨狠狠捏住了他的手，格雷戈尔突然觉得，这一捏至少让自己断了三根手指头。他扭头想让她放松下来，却看见她苍白的皮肤居然浮上了一层绿色。“没关系的，卢克萨。真的，他看起来已经比我离开的时候好多了。”

卢克萨此时连话都说不出来了。她站在原地，紧握格雷戈尔的手，睁着眼睛努力去适应她可怜朋友的惨状。

“说真的，卢克萨，他已经恢复了不少。”维库斯说，“你们俩的出现就像是一剂良药。”说完，维库斯敲了敲玻璃，阿瑞斯的头偏了过来。他拍打着翅膀，向他们这边跳了几步。但刚挪近一点距离，他就不得不停下来，喘着粗气。

“对他笑一下，卢克萨。”格雷戈尔一边不动声色地嘀咕，一边努力挤出笑容，“欧若拉——也在——那边！”格雷戈尔慢慢说着这句话，用手指着走廊的另一端，好让阿瑞斯能够明白，欧若拉也在医院里。

阿瑞斯点了好几下头，表示已经领会了他的意思。

“走吧，我们累着他了。”维库斯说。他向阿瑞斯摆摆手，又带着他们继续走了下去。

隔壁的房间里，霍华德和安德罗美达正躺在床上睡觉，他们的身上也有不少紫色的脓包尚未消退。就在格雷戈尔和卢克萨在玻璃墙外静静观察的时候，霍华德身上的一个脓包突然破裂了。此时，卢克萨猛地一用力，格雷戈尔的指尖便瞬间被她捏得失去了知觉。

“就在霍华德快不行时，妮薇乌医生开始给他用药了。之后他的病情每天都在好转。”维库斯说，“咱们去看看你的母亲吧，格雷戈尔。之后你们俩也得接受一下医疗护理。”

此时，格雷戈尔的妈妈也躺在床上，不过没有入睡。她正情不自禁地用手指摸着脸颊上的紫色脓包。当她看见格雷戈尔时，手上的动作停了下来。他们就这么互相看着，仿佛周围的世界都消失了一样。过了好一会儿，他看见妈妈的嘴唇动了一下，“小靴子？”格雷戈尔赶忙点点头，做出拿勺子吃饭的动作，表示小靴子正在吃东西。妈妈闭上了眼睛，但格雷戈尔清楚地看见，一行眼泪从她的睫毛处滚落下来。

“她看起来病得很重啊！”格雷戈尔说。

“是的，但她会慢慢好起来的。”维库斯说，“来吧，你们俩跟我走，你们身上的伤也需要好好治疗。”

“这里还有多少人？”卢克萨看着走廊问道。

“到目前为止，已经超过了一百人。”维库斯说，“在这一百多人中，已经有三十个去世了。芳特那边损失更重，大概已经死了八十人。”

卢克萨一直紧握着格雷戈尔的手，直到要走进不同的浴室时才松开。在卢克萨的手指离开格雷戈尔时，她低声说道：“谢谢你，格雷戈尔，谢谢你提前告诉了我。”

格雷戈尔洗了个澡，蚂蚁咬的伤口再次裂开了。也许那些伤口从来就没愈合过——有几处还真的挺深的。他躺在病床上，一队医生跑过来帮他检查身体。除了战斗时留下的伤口，他的胳膊上还有青藤划伤的痕迹，脚趾也被酸液腐蚀过。以目前这种状况来看，他身上的多处伤口都需要接受缝合手术。随后，一名医生让格雷戈尔服下一点淡绿色的液体，之后他就什么都不记得了。

当格雷戈尔醒来后，发现自己从头到脚都裹上了白色的绷带。在看到自己这副尊容的前十秒，他甚至觉得这木乃伊造型还挺酷的。但没一会儿，他就想把绷带撕掉了。他从手腕开始扯起，就在那时，一个声音制止了他。

“不要乱动，地上人，你这样会把伤口再次弄开的。”马雷斯说。这名战士正坐在床边的椅子上，他的拐杖放在一旁。

“嘿，马雷斯，你怎么样了？”格雷戈尔问道。

“要抱怨起来可是没完没了。你呢，感觉如何？”马雷斯问。

格雷戈尔活动了一下手脚，说道：“我的四肢又酸又痛。我到底睡了多久了？”

“大概十六个小时吧。他们还把你弄起来，喂你吃了些预防瘟疫的药，不过你一直都处在半睡半醒的状态。”马雷斯说。

“瘟疫药？为什么我要吃那个？”格雷戈尔不解。

“现在所有人都收到了一份这种药，防止感染病毒。”马雷斯说，“他们发现妮薇乌医生的洞穴实验室里存了好几万份这种药。她就忍心将药一直存在那，让外面那么多生灵一起受苦。”马雷斯难以置信地摇了摇头。

“老天啊，看来我是对的了？病毒就是从那个被打破的容器里跑出来的？”格雷戈尔说。

“是的，妮薇乌已经承认了。阿瑞斯在她的实验室里接受叮咬治疗时，翅膀不小心打翻了一个容器。罐子破了，带有病毒的跳蚤便逃了出来，将阿瑞斯和妮薇乌都咬了。她说她没法告诉阿瑞斯发生了什么，她原本打算等阿瑞斯第二天回来，再次治疗伤口时把解药给他，但阿瑞斯再也没有出现。据说，他那时飞到拉比瑞斯去找卢克萨和欧若拉了。就是在这种毫不知情的情况下，阿瑞斯将瘟疫病毒传播给了噬咬者。"马雷斯说。

"妮薇乌呢？"格雷戈尔问道。

"不在了，已经执行刑罚了。你睡觉的时候，特别法庭通过了审判，她被裁定为重度叛国罪。这一切发生得太快了。"马雷斯说。

"你的意思是……她已经死了？"格雷戈尔还以为他们不会杀她，而是把她先锁在地牢里的。杀了她又能带来什么好处？

"是的，她罪不可恕。"马雷斯说。

"那卢克萨去参加审判了吗？"格雷戈尔问道。他明白，女王有资格终止审判。

"没有，她也睡着了，但她本来就没法参加审判过程。要知道，妮薇乌是遵循指令制造瘟疫病毒武器的。妮薇乌承认，阿瑞斯的感染完全是个偶然事件，这一切只能归罪于她。但其实有人知道瘟疫的存在。"马雷斯顿了顿，才艰难地把下一句话吐出来，"索罗维特……就是一个。由于她和卢克萨有紧密的血缘关系，所以女王没有资格参加审判。”

“是索罗维特下的命令制造病毒？”格雷戈尔问道。

“显然是这样的，她带头组织了一个高度机密的武器委员会，批准了这一研究。”马雷斯说。

一想到索罗维特居然是这场瘟疫的幕后推手，格雷戈尔就忍不住感到一阵恶心——不仅因为自己的家人和朋友成为了受害者，更因为这一邪恶武器给所有生命带来的严重威胁。

“他们要处罚索罗维特吗？”格雷戈尔问。

“我怀疑是的。她和其他委员会成员现在都已经被拘禁了起来，正在接受盘问。”马雷斯答道。

格雷戈尔脑子里又浮现出另一个想法，“维库斯并不知情，是吗？”

“是这样的，要知道维库斯一直都强烈反对采用此类武器……没有谁的态度比他的更坚定了。”马雷斯说。

“想想也是。”格雷戈尔说。在这场差点害死所有温血生物的浩劫中，自己的妻子居然是首犯，这消息一定让老人痛苦不已。

一名医生走了过来，检查了一下格雷戈尔，命人给他拿了些食物过来。马雷斯也留了下来，和他一起用餐。饭菜看上去很朴素，只是简单的汤和面包，却让格雷戈尔觉得这是有生以来吃过的最美味的食物。

吃完食物，格雷戈尔恢复了精力，再也没法继续待在床上了。“卢克萨还在医院里吗？”她听到索罗维特的消息一定也不好受。

“医生想让她留下来，但她坚持带着哈泽德离开了。”马雷斯说。

“哈泽德是个好孩子。”格雷戈尔说。

“他的父亲也是。”马雷斯悲伤地说。

格雷戈尔不是女王，不知道医生会不会放自己出医院，因此只好趁他们不注意时偷偷溜了出去。但格雷戈尔必须承认，这并不是个好主意。现在，他的身体从里到外都疼痛不已，随着身体的移动，僵硬的肌肉稍稍松弛了一点，但伤口疼痛依旧。

现在一定已经是深夜了，育儿室一个人也没有。不过格雷戈尔深知，达尔西特一定会把小靴子照料得好好的。格雷戈尔漫无目的地随处走着，直到遇见一个护卫，获悉了去卢克萨房间的路。护卫虽然看起来有些迟疑，但还是领着他穿过宫殿，来到了皇室区域。这儿和格雷戈尔想象中一样富丽堂皇，周围还有好几对哨兵在巡逻。在等了十几分钟后，他低下身子，偷偷溜了进去。

格雷戈尔从来没见过卢克萨的住所。卢克萨站在一间带有壁炉的宽大起居室内，对他的到来表示了欢迎。格雷戈尔发现这里可以通向好几个房间，就好像卢克萨独自住着一套豪华公寓一样。这让格雷戈尔不禁想到了家里自己的卧室，其实那只不过是一间储藏室而已。“哇，这儿全都是你的吗？”他问道。

“自我的父母遇害后就都是的了。”卢克萨一边调整着身上的绷带，一边扫视着这个地方。格雷戈尔突然觉得十分庆幸，因为他住的那栋公寓内住满了所有他爱的人。“但现在哈泽德会和我一起住在这儿了。”说到这话时，卢克萨的表情不禁变得生动起来。

“他怎么样了？”格雷戈尔问道。

卢克萨冲格雷戈尔招了招手，示意他走过来。二人走到了一间卧室门口，室内的蜡烛正闪着柔和的光。哈泽德和小靴子像摆在大床上的小玩偶一样，挤成一团，正在呼呼大睡。

“这对哈泽德来说很不容易。毕竟他已经习惯了野外生活。而且，皱边儿和哈姆内特就是他的全部世界……”卢克萨说。

“是啊，我知道，”格雷戈尔说，“但是他现在有了你。”

“你知道他睡觉前跟我说了什么吗？他说，‘我爸爸之所以从这儿逃进丛林，是因为想远离纷争，但不管怎样，纷争都一直跟着他。’”卢克萨说。

“就像我奶奶跟我说的一样。我可以试图逃跑，但预言永远都会找到我。”格雷戈尔说。

“维库斯还说战争不请自来，牢牢跟着所有人。”卢克萨说着,从梳妆台上拿起一件东西,递给格雷戈尔看。是一块形状像鱼的淡蓝色水晶。

“这是你第一次和哈姆内特飞行时带回来的?”他问。

“是的,它看起来真的很像一条鱼,不是吗?”她说。

的确如此,格雷戈尔此刻实在不知道该说什么了,他感觉糟透了。面前的这块小石头似乎在提醒他,这些天来发生的一连串悲剧历历在目。

他们又回到起居室坐了下来。虽然格雷戈尔知道自己的下一个问题是个人隐私,但还是忍不住问了出来。“维库斯还好吗?”

“不好,”卢克萨说,“索罗维特的所作所为完全让他崩溃了。但他还是坚强地组织了救援行动,展开了一系列外交事务。老鼠们都气得发疯了。维库斯和我已经把该做的都做了。格雷戈尔,你也该回到正常的生活了,你该回家了。”

“是啊,我想我们过几天就要走了,等妈妈一恢复,我就带她回家。”格雷戈尔说。

“回家?”卢克萨惊奇地说,“但是格雷戈尔,她要过好几个月才能康复啊!”

27

得知这一消息，格雷戈尔拔腿就冲了出去，任由卢克萨在身后大叫自己的名字，他不想停下来听她解释。好几个月？他们要让妈妈在这里继续困上好几个月！这绝对不可能！

格雷戈尔顺着楼梯往下跑去，感觉身上的伤口又裂开了。他不顾一切，匆忙跑到医院，找到了一个看起来像是管事的人。那医生的确是个主管，一句简洁有力的命令过后，格雷戈尔就被扛回了病床。根本没人管他说的那番和妈妈有关的话——他们更关心的是他身上的伤口，因为鲜血已染红了白色的绷带。"听着，"格雷戈尔说，"我的腿没事，我现在迫切需要找人谈谈有关我妈妈留不留下的事……"格雷戈尔还没把话说完，一名地底人就把一剂药摁进了他的嘴里。由于被护卫摁着，格雷戈尔动弹不得，药被强制灌了下去。那种昏昏沉沉的感觉立马就来了。"不……不……你们不明白……"他挣扎着，只勉强说出了这几个字。

醒来后，格雷戈尔想了好一会儿，才回忆起之前发生的一切。他一边想，一边撑着自己坐起来，却发现有一只手正搭在自己胸口上——是维库斯。满脸疲惫的维库斯将格雷戈尔摁了下去，让他重新在被子里躺好，“躺着吧，格雷戈尔，要不他们会采取进一步措施的。”

“那是什么意思？”格雷戈尔问。

“就是把你绑在床上，”维库斯说，“你的伤口需要时间来愈合，这么做是为你好。”

“可卢克萨已经下床了，她在上面，我看见她了。”格雷戈尔表示反对。

“但至少卢克萨没有在宫殿里横冲直撞地跑来跑去，也没像你一样经历了几场大战，她的伤口比你的少，而且伤得也没那么严重。”维库斯说，“请你先待在这儿吧，格雷戈尔，要是配合医生的话，要不了多久你就会痊愈了。”

听了维库斯的话，格雷戈尔便不再反抗了。维库斯的脸色差极了，眼下挂着深深的眼袋，眼睛里满是血丝，脸颊深深地陷了进去。格雷戈尔不想再给维库斯惹上更多麻烦。“我只是担心我的妈妈，”他说，“卢克萨说你们要让她在这儿待上好几个月，你们不能这么做。”

“我们必须这样，她病得厉害，没法远行，甚至连回家的力气都没有。而且她一旦回去,那儿又有谁来照顾她？她是被地下王国的瘟疫感染的,要是不把她彻底治好,说不定她会带着病毒回去。病毒要是在地上传播开怎么办？你们的医生都不知道这病毒是什么,更别说消灭它了。”

“可是她不是已经好转了吗？”格雷戈尔不甘心。

“是这样的,但病毒并未完全从她的血液里除尽。她一定要完全康复了才行,你要帮助我劝劝她,格雷戈尔,你也明白她回家的愿望有多强烈。”维库斯说。

“但是问题是……我们需要她,维库斯。”格雷戈尔突然觉得,自己仿佛回到了和小靴子一样大的年龄。

“我明白。你们一定会带她回去的,只是时机未到。”维库斯说,“你能帮我的忙吗？”

格雷戈尔点点头。他还有什么选择余地吗？他们不能冒险带妈妈回去,要是瘟疫在地上传播开怎么办？

“谢谢你了,至少这件事不再让我操心了。”维库斯说。老天啊,他真的一脸愁容！

“索罗维特怎么样了？”格雷戈尔试探性地问。

“调查还在进行,她暂时被关在我们家里。你应该猜得到的,我们之间的事很难说明白。”维库斯说。

“她做了什么？”格雷戈尔问。

“她想把瘟疫掌握在我们手中……这样就会让我们在温

血生物中占据绝对优势。”维库斯搜肠刮肚，想找合适的词来解释这件事，“从军事角度来说，这病毒绝对是件值得拥有的武器，它高度致命，没了解药简直就是所向披靡。如此致命的武器……如此难挡的诱惑……”维库斯揉了揉眼睛，格雷戈尔十分担心他会哭出来，但他没有，“索罗维特和我……我们俩很不一样。”

“是的，你们居然成了夫妻，这让我有点奇怪。”格雷戈尔说道。刚一出口，他就意识到这话说得有多不合时宜了。

维库斯只是笑笑，“是的，这对我们俩来说也是个谜。”

接下来的两天，格雷戈尔不得不躺在床上接待接踵而来的拜访者，这差事让他焦头烂额。他一直在想丛林里的经历，对之前发生的一切耿耿于怀。他重新思考了预言，发现还是有一件事不明白。就在此时，尼莉莎走了进来，坐在了他身边，格雷戈尔便趁机把疑问提了出来。

“嘿，尼莉莎，你知道吗，关于‘温血预言’我还有个不明白的地方。”他说，“为什么我们必须出发去找那不存在的解药？妮薇乌一直都有解药啊，而且就在这儿。在我们还没回来之前，她就已经开始治疗患者了。”

“预言里所指的会毁掉所有温血生物的东西并不是瘟疫，格雷戈尔。它的原话是，‘若战火点燃，地下所有的温血生物将全部消亡。’”尼莉莎说。

“那……那会怎样？”格雷戈尔问。

“如果这趟寻找解药之旅从未开始，我们就不会知道妮薇乌的真相。她会造出解药，没错，但你觉得这药会到达噬咬者的手上吗？”尼莉莎问。

“不一定。你们连那个黄色的除蚤药粉都不愿意与老鼠分享。”格雷戈尔说。

“就是这样。噬咬者一发现除蚤药粉的存在，就下定决心要得到它。现在你想象一下，要是人类真的拥有了能治愈瘟疫的解药，而且不愿意给噬咬者，他们会做些什么事？”尼莉莎问。

“攻击你们。反正他们也会死于瘟疫，已经没有什么好牵挂的了。”格雷戈尔说。

“是的，战争就会爆发。三明治说，温血动物将全部消亡也就是这个意思。”尼莉莎说，“我们暂时避免了一场战争。”

格雷戈尔在床上待的时间越长，就越感到焦躁不安。他必须得去看一下妈妈！当他最终获得起床去看妈妈的许可后，医生告诫他，走路的动作必须要保持轻缓。他同意了。

此时，格雷戈尔的妈妈正半躺在床上，面前放着一盘食物，但她看上去似乎没什么胃口。

格雷戈尔走到了她床边，“嘿，妈妈。”

“嘿，宝贝。”妈妈的声音略显粗哑，脸上的紫色包块变小了一点，但她还是虚弱得连勺子也举不起来，“你怎么样了？”

“哦,我很好。”格雷戈尔说。这并不完全是实话,但他不想再让妈妈担心了。他努力思考着,想给妈妈说一些在丛林里发生的趣事,但此刻他的脑子里一片空白,什么都想不起来。“你看过小靴子了吗?”

“我看过她睡着的样子,我不想让自己现在这副样子吓到她。一个女孩把小靴子抱来窗边给我看了一下,不过那时她还睡着呢。”妈妈说,“那女孩看起来也还没长大。”

“那一定是卢克萨。”格雷戈尔说,不知怎么地,他觉得脸上一阵燥热。

“我挺喜欢她的,她看起来很有范儿。”妈妈说。

“我就知道你会这么说。”格雷戈尔舀起一勺菜汤,举到妈妈嘴边,“来吧,妈妈,你只盯着它看,身体是不会好起来的。”

她让格雷戈尔喂自己吃了一口东西,接着又说:“他们有没有告诉你我现在还回不了家?”

“我一直在想,也许小靴子和我应该先待在这儿陪你,等你好了之后再一起走。”格雷戈尔说。

强烈的忧虑感扭曲了妈妈的面庞,“哦不,你不可以!我希望你先离开这儿,带着小靴子,现在就回家去!”

接下来,妈妈让格雷戈尔一遍又一遍地保证,说他一定会带妹妹先走的。随后,妈妈又把之前他不守信用的事拿出来说了一遍:格雷戈尔在她感染瘟疫后,并没有回到纽约,反而违背她的意思,参与了丛林冒险。而现在已经没有寻找解药的必要了,他知道这次必须得听妈妈的话了。

几小时后，格雷戈尔和小靴子来到圣殿，与众人依依惜别。卢克萨、哈泽德、尼莉莎、马雷斯和太普,也都来给他们送行。在此之前,格雷戈尔还在医院里转了一圈,告诉大家他很快就会回来。他的确会再来的,维库斯跟他们说,只要愿意,他们随时都可以来看妈妈。

维库斯现在的生活已经够混乱的了，但仍然不辞辛苦地驾着大灰蝙蝠欧里庇得斯，将格雷戈尔和小靴子送到了洗衣房,而不是中央公园的入口。通道内气流强劲,欧里庇得斯没费什么劲,就在白色蒸汽的作用下,将他们送回了上面的世界。

当他们到达时，爸爸早就站在隔栏口候着了。他张开手臂,抱过小靴子,接着又伸手把格雷戈尔拉进了洗衣房。莉兹也在,长达几周的重压让她那张小脸消瘦了不少,但她一看到他们,脸上就绽放出欣喜的笑容。

“高飞吧!”欧里庇得斯飞回了迷雾中,维库斯的声音从下面传了过来。

“你也是,高飞吧,维库斯!”格雷戈尔大喊道。老人此刻最需要的就是良好的祝愿了。

小靴子回到家,高兴得不得了。她一路小跑着翻出她的箭蛙玩具,向莉兹讲述着自己看到真箭蛙的经历。她一边念叨着

"我看见了红色,还有蓝色,还有黄色的大雾",一边在起居室里蹦来跳去。格雷戈尔便趁此机会,和爸爸讲起了这些天来发生的事情。现在要想把这段经历一口气讲完,还是颇有难度:瘟疫、丛林、战争、死亡……妈妈不在了,家里显得空空的。

现在是星期五的深夜,他已经在地下王国待了近两个星期了。很难想象,这些离奇的经历居然只发生在短短两周里。

当爸爸喊他们上床睡觉时,没有一个人表示反对。格雷戈尔充满感激地爬进属于他的被子,一下子就睡着了。在梦里,格雷戈尔一直在寻找一个人,但直到第二天醒来,他才意识到自己一直寻找的人就是妈妈。

就在格雷戈尔还躺在床上的时候,莉兹的眼睛从门缝里露了出来。"嘿,莉兹,快进来。"格雷戈尔掀开毯子,莉兹便高兴地钻了过来,蜷曲在他身边。她举起一个信封,递给格雷戈尔。"这是什么?"格雷戈尔充满疑问地打开信封,发现里面装着一张莉兹自己做的贺卡,上面用亮色标记笔写着:"生日快乐,格雷戈尔!"直到这时,格雷戈尔才突然想起,自己的生日在上周已经过了,看来他的十二岁生日是在丛林里度过的。

"哇,卡片真漂亮,谢谢你莉兹。"他说。

"爸爸说,我们可以等你回家后给你准备些礼物,再给你做个蛋糕。"莉兹说,"但是,现在没钱了我不知道该怎么办。"

要知道,在此之前,一直是妈妈赚钱养家,但现在她病得都没法回家了。

“爸爸原本说他会开始工作，但一到下午，他就又发起高烧来，我觉得他还是没法重新工作。”莉兹说。

“他又病了吗？”格雷戈尔问。

“我看了他们上次从地下送来的字条。那上面说，有些人的病还会复发。”莉兹说。

爸爸昨晚的状态看起来还不错，但以前一到下午，爸爸就会旧病复发。格雷戈尔觉得内心的焦虑又开始蔓延开来。他努力克制着自己，不让任何不快写在脸上。“嗯，维库斯说他已经命人在博物馆里再找一些钱了，那钱足够支撑我们度过一段时间的。”他希望如此，“别担心，莉兹，一切都会好起来的。现在是星期六早上了，是吗？我得赶快去科尔马奇夫人家了。”他们迫切地需要那四十块钱。

“你又得了一场流感。”莉兹说。

“什么？”格雷戈尔不解。

“你又患了流感，周围人问起你时，我就是这么说的。”莉兹说，“科尔马奇夫人说你明年最好去打一针流感预防针。哦，拉瑞和安吉丽娜把你的作业带回来了。”她指了指窗台边的一摞书，格雷戈尔一看到那堆作业，就忍不住一阵头晕。

“老天啊，两周的作业！”格雷戈尔说。

“这儿下了两天雪，所以总共只上了八天学。”莉兹安慰他说。

“好吧,事情看来真的有所好转了。”格雷戈尔戳了戳莉兹的肚子。看见她能开心地笑起来真是太棒了。

寒流已经结束了,格雷戈尔再次打开窗户,一股轻柔的春天般的气息扑面而来。他穿上一条宽松的裤子,盖住扎满绷带的腿,又找出一件长袖汗衫。到了穿鞋的时候,他才突然想起,自己除了那双地底人穿的凉鞋,已经没鞋可穿了。不过那双凉鞋,也被他留在了王之城。他的靴子已经在丛林里被酸液腐蚀坏了,最后一双运动鞋也在圣诞节前解体了。格雷戈尔实在不知道该怎么办,便翻出一双凉鞋,把穿了袜子的脚塞了进去,然后又将腰带拉到臀部儿,试图用裤腿遮住脚上这不合时宜的搭配。

格雷戈尔踮着脚,亲吻了一下仍在睡梦中的奶奶。然后又帮小靴子掖好毯子。他看见小靴子身旁还放着一个枕头,枕头上正蹲着一只塑料箭蛙。“我最好想个主意把这玩具丢掉。”他想。爸爸还躺在沙发床上睡觉,在日光的照耀下,格雷戈尔发现莉兹所说确实不假:爸爸皮肤的颜色很古怪,手还在微微颤抖……他又生病了。

十点到了,格雷戈尔准时敲响了科尔马奇夫人的门。开门后,她就近打量了他一下,说他看起来糟糕透了,接着递过来一大盘炒蛋。在把今天的事情清单交给格雷戈尔之前,她让他先待在起居室里，说准备送给他一份生日礼物。

“你真的不需要再送我东西的。”格雷戈尔看着礼物盒子说。

“我想我一直在让你帮忙跑腿，所以我应该欠你这个东西。”科尔马奇夫人示意他过来看看。

格雷戈尔打开盒子，发现里面装着一双崭新的运动鞋。从它酷酷的外形就可以看出这双鞋非同寻常，是双非常好的鞋子。因为他知道这鞋价值不菲，所以平时想都不敢想会拥有它。“哦，这太漂亮了。”他说。

“为什么不试试呢？要是不合适的话，我这儿还有发票，我们还可以回店里换一下。”她说。

格雷戈尔一动不动。他知道，如果要试鞋，首先就得把那双奇怪的凉鞋脱下来，而在此之前，他一直把脚藏在咖啡桌下面。如果这样，他就不得不向科尔马奇夫人作一番解释，但他不能这样做，格雷戈尔的脑中一直在想着心事：妈妈正在离这里几千米远的地下受着瘟疫折磨，而家中爸爸的病情仍在不断恶化，他不仅没法回去工作，就连照顾大家都成问题，就算他能去工作，那又由谁来照顾奶奶和小靴子？家里需要的钱又从哪里来？不管他在地下王国是个什么样的人物，但在现实世界里，他只是格雷戈尔，一个十一岁——哦不，十二岁大的孩子，面对家里的难题，他一筹莫展。

“格雷戈尔？你要不要试一下鞋子？”科尔马奇夫人说，“要是你不喜欢它们，直接说就好了。我们可以去换一双。”

“不，它们完美极了。”他说，“只是……”

“怎么了，亲爱的？”她关切地问。

格雷戈尔还在犹豫着：到底要不要把这一切告诉科尔马奇夫人？他的家庭如果要继续运转，就必须依靠他人的帮助。格雷戈尔本就不擅长说谎，况且他现在已经非常非常疲惫了。

“格雷戈尔，怎么了？”科尔马奇夫人坐在格雷戈尔对面的椅子上，问道，“我能感觉出有什么地方出了问题。”

格雷戈尔摆弄着鞋带，深深地吸了一口气，下定了决心。“科尔马奇夫人，”格雷戈尔开口说道，“科尔马奇夫人……我有件事要告诉你，你能帮我保守秘密吗？”